中国的昨天已经写在人类的史册上，中国的今天正在亿万人民手中创造，中国的明天必将更加美好。全党全军全国各族人民要更加紧密地团结起来，不忘初心，牢记使命，继续把我们的人民共和国巩固好、发展好，继续为实现"两个一百年"奋斗目标、实现中华民族伟大复兴的中国梦而努力奋斗！

伟大的中华人民共和国万岁！
伟大的中国共产党万岁！
伟大的中国人民万岁！

习近平

2019 年 10 月 1 日

江 山◎主 编

名家笔下的爱国情怀

祖国万岁

九十五岁白石

人民出版社

特约策划：朱　庆

封面题字：苏士澍

责任编辑：宫　共

装帧设计：谭　锴

图书在版编目（CIP）数据

祖国万岁：名家笔下的爱国情怀 / 江山 主编. — 北京：人民出版社，2020.10

ISBN 978-7-01-022444-2

Ⅰ . ①祖… Ⅱ . ①江… Ⅲ . ①文艺 – 作品综合集 – 中国 – 当代 Ⅳ . ①I217.1

中国版本图书馆CIP数据核字(2020)第161562号

祖国万岁
ZUGUO WANSUI
——名家笔下的爱国情怀

江　山　主编

人民出版社 出版发行

（100706 北京市东城区隆福寺街 99 号）

天津创先河普业印刷有限公司印刷　新华书店经销

2020 年 10 月第 1 版　2020 年 10 月北京第 1 次印刷

开本：720 毫米 × 1092 毫米 1/16　印张：22

字数：315 千字

ISBN 978-7-01-022444-2　定价：99.00 元

邮购地址 100706　北京市东城区隆福寺街 99 号

人民东方图书销售中心　电话（010）65250042　65289539

版权声明

本书文字作品、音乐作品版权均由中国文字著作权协会代理。

电话：010-65978905　　传真：010-65978926

E-mail：wenzhuxie@126.com

序　言

　　祖国万岁！一声发自肺腑的高呼必会引起心底难以抑制的震颤和激昂。因为这响亮的一声，凝聚了中华大地的民族魂，表达了中华文明的自信心，寄托了中华儿女的中国梦。

　　为祖国放歌，为人民抒怀。当您手捧这卷装帧精美、内涵丰富的《祖国万岁——名家笔下的爱国情怀》，您一定会为其中一篇篇耳熟能详的经典名作而共鸣。因为这其中蕴含着人世间最深层、最持久的情感——爱国。

　　这是一部爱国主题经典作品汇编集萃，其中包括69首诗歌、50篇散文随笔和66首歌曲，均是大家熟知的著名文学家、艺术家的代表之作，广为传播，堪称经典。习近平总书记指出："经典之所以能够成为经典，其中必然含有隽永的美、永恒的情、浩荡的气。经典通过主题内蕴、人物塑造、情感建构、意境营造、语言修辞等，容纳了深刻流动的心灵世界和鲜活丰满的本真生命，包含了历史、文化、人性的内涵，具有思想的穿透力、审美的洞察力、形式的创造力，因此才能成为不会过时的作品。"（习近平：《在中国文联十大、中国作协九大开幕式上的讲话》，人民出版社2016年版，第18页）而本书中历经严选的每一篇作品正是这样的经典之作，从形式到内容无一不深沉承载着文艺界名家们的爱国情怀。

　　在社会主义核心价值观中，最深层、最根本、最永恒的是爱国主义。本书汇编的185篇经典作品寄托了先贤名家的家国情怀，更凝聚了中华儿女团结奋斗的民族精神。范仲淹的"先天下之忧而忧，后天下之乐而乐"，陆游的"王师北定中原日，家祭无忘告乃翁"及"位卑未敢忘忧国"，文天祥的"人生自古谁无死，留取丹心照汗青"，林则徐的"苟利国家生死以，岂因祸福避趋之"，岳飞的《满江红》，方志敏的《可爱的中国》，王莘的《歌唱祖国》等等，都以全部热情为祖国放歌抒怀。

爱国从来不是抽象的，它包含着丰富的内容，在每个历史时期都有不同的要求。进入新时代，身处中华民族伟大复兴的关键时期，面对世界百年未有之大变局，我们该如何将"爱国"融入实践？习近平总书记在不同场合关于"爱国"的论述，为我们梳理了清晰的"爱国观"："忠于祖国，忠于人民"；"把爱国主义精神贯穿各级各类学校教育全过程"；"主动为国担当、为国分忧"；"牢固树立正确的祖国观、民族观、文化观、历史观"；"不断奉献祖国、奉献人民"；"让每个人、每个家庭都为中华民族大家庭作出贡献"；"把爱家和爱国统一起来，把实现个人梦、家庭梦融入国家梦、民族梦之中"；"把爱国之情、报国之志融入祖国改革发展的伟大事业之中、融入人民创造历史的伟大奋斗之中"；"要高扬爱国主义主旋律"；"守护好、建设好我们伟大的国家"；"尊重和传承中华民族历史和文化"；"牢固树立创新科技、服务国家、造福人民的思想"。

诗与歌最能表达心底最深沉的爱国情。文艺是时代前进的号角，最能代表一个时代的风貌，最能引领一个时代的风气。受到举国欢庆新中国成立70周年盛大庆典的感染，我们精心策划汇编了《祖国万岁——名家笔下的爱国情怀》，以期作为各级各类组织、单位、企业、学校开展爱国主题歌咏、朗诵、歌唱活动范本，同时也是庆祝中国共产党成立100周年的献礼之作。

汇编本书，发端于内心的激情，落实于工匠的精心，成型于读者的认同。期待我们的努力能够给您带来一份价值认同。

编者

2020 年 9 月 5 日

目录

诗歌篇

散文随笔篇

歌曲篇

诗歌篇

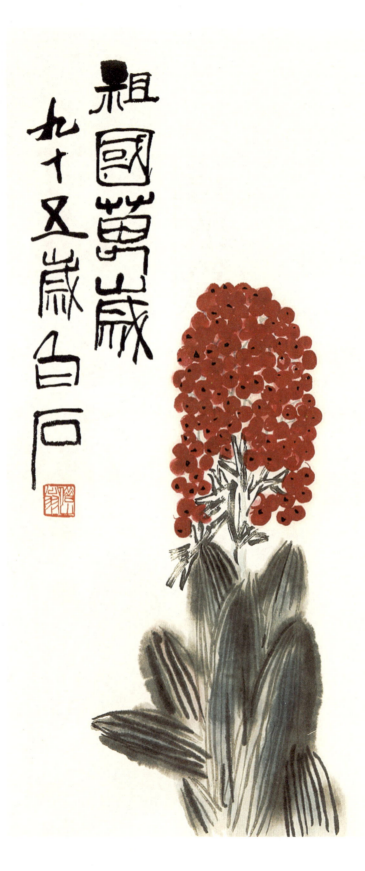

祖国万岁

● 屈　直

祖国万岁！犹如编钟响彻天宇
每一个音符都是惊心动魄的春雷
祖国万岁！一声最响亮的赞美
让我满眼都是如雨的泪水

祖国万岁！一声来自五千年的合唱
就像风吹麦浪一样生动和壮美
踏访草原，看雄鹰啸傲大雁列队
走进深山，看季节中的景色在风声鸟语中轮回
新世纪冉冉升起的旗帜
让我在巍峨的大厦上欢呼和陶醉
看万里江山
都有无限的风光明媚

祖国万岁！昂首矗立的是青山
不肯固定一方的是绿水
山的不朽，塑造了五千年的锦绣
水的流动，流出了五千年的声威
在节日的焰火中
我是燃烧爆响的花蕾

祖国万岁！一声悠长的呼唤

一声壮丽的赞美

在人民行进的行列中

我是国徽上的一粒小麦

在祖国的繁花绿树上

我是一只飞翔的子规

祖国万岁！万岁祖国

多少王朝远去了

一代天骄也烟灭灰飞

神的宫殿倒塌了

只有万里长城千古不毁

祖国万岁！我生命中的赞歌

我血中的光辉

在我的一生中

所有的身外之物都能割舍

唯一不能割舍的

是我亲爱的祖国

视听鉴赏　　通过手机或电脑输入关键词可视听鉴赏
小贴士　　多版本名家配乐朗诵和歌曲演唱

祖国在上

● 叶　舟

大地战栗
死亡封住了我们的嘴——
但是，请求一面泥墙
让我筑梁、架椽，用世上最鲜艳的涂料
写下所有父母和婴儿的笑
请求一个和平的上午
让我带上牵牛花、藤萝和星星草
开始一天的祈祷
请求一把蔬菜和口粮，滴着露水
祝福世上的好儿女
走在光明的路上

请求一块黑板、几根粉笔
画出天使和孩子的眼睛
挂入天堂
请求一座空空荡荡的山谷，让我
领着乌云、闪电和雷霆
熄灭一切的怒火
请求这个夏天，赐予一枚种子
时光回还
流火和丰收将再次破土
请求一本书，我要蘸着天空的泪水

滴血的翅膀
抹去"灾难"这个辞藻；
我还要请求一只鸽子的心，带上
卑微的念想
说出和平与爱人的芳名
是的，请求祖国在上
岁月静好
她每一次的阵痛，都是我难以割舍的心跳

大地战栗
而死亡不过是一次试问——
我知道天裂，并不能擦去太阳
青铜的光辉
鹰是一句誓言
要驰越昨天的废墟
我知道地坼，也不能抽取大地
凛冽的脊梁

一群梦中的学童，吃着饼干
跨进黎明的课堂
我知道眼泪在飞
冰雪无迹，大海为盐
白发苍苍的《二十四史》中
哪一次，不是痛苦的蜕变？
我知道一行褪色的碑文
补天、理水、抟土、造字
一阕漫长的歌谣
有待传唱；
我还知道一盏无畏的灯笼，挂在
东方的屋檐

一个民族的慈航，其实是
一种恩养
是的，我知道祖国在上
风吹草低的山冈
她每一次浴火的舞蹈
都是我引颈翘望的——凤凰

祖国，我是永远属于你的

● 辛　笛

我把你大块大块地
含在嘴里
就像是洁白如玉的油脂一样，
生怕它溶化了，
因为你是属于我的！

看见有人用手指指着你讲话，
我就生怕你遭受伤残，
就像手指要戳进我的眼珠，
我是爱护眼珠一样在爱护你，
因为你是属于我的！

我的脉管流着你热乎乎的血液，
我的心胸燃烧着你长征的火炬，

我的每一粒细胞都沉浸着幸福，
我的每一根神经都弹奏着尊严，
我是个百分之百的中国人，
在金不换的愉快中，
我从来没有想到什么叫作卑微！
我爱你爱得这样深沉，
我爱你爱得这样热烈，
即便是在那些田野间劳动
而黑云压城城欲摧的日子里，
我心的深处还是从不间断地
闪耀着你的光辉！
尽管你经历过千百年来多次尘世的劫火，
终于断然战胜的毕竟是光明，
而决不是黑暗！
你是永远原谅自己的儿女的，
你抚摩着伤口，揩干了身上的血迹，
却仍自昂然挺进，
你是一个超越世世代代的巨人！

人民能够没有祖国吗？
那不就变成了一群可悲的奴隶！
祖国能够没有人民吗？
那不就变成了古代的巴比伦、全部写进了历史！
人民不能没有祖国，
有祖国才有人民！

祖国没有一个我，
会感觉到丢失了什么吗？
不过是古往今来、亿万分之一的沙砾！
可是，如果我失去了祖国，

那不就要变成一只哀苦伶仃的孤雁？

我就更会像初生儿失去了哺乳的母亲，

感到饥火中烧，

热辣辣一样的灼肤之痛！

呵，祖国和我何曾一时一刻容许分离！

祖国，让我展开双臂，

虔诚地拥抱起你脚下的大地，

但是，九百六十万平方公里

是何等的广袤辽阔呵，

我掇起的只能是一把，

你的又肥沃又香甜的黑土，

放进我背上的行囊，

然后向你坦荡的心怀走去，

大声地说：

祖国，你是属于我的，

同样，我是属于你的

——一个忠诚的儿子！

祖国啊，我为你自豪（摘选）

● 秋酿醇酒（傅翔）

当巍峨的华表

让挺拔的身躯披上曙光

当雄伟的天安门

让风云迎来东升的太阳
历史的耳畔
传来了礼炮的隆隆回响
那排山倒海般的回响
是中国沧桑巨变的回响
一位巨人俯瞰着世界
洪亮的声音
全世界都听到了
中华人民共和国成立了！

当第一面五星红旗冉冉升起
那胜利的旗帜
在朗朗的空中迎风飘扬
人民扬起了头颅
全世界都看到了
中国人民从此站起来了！

这历史凝聚了宏伟
尽情地涂染十月的阳光
这气势慷慨激昂
筑起了一座丰碑屹立在世界的东方

辉煌的纪元
用苍劲的大手
抒写了新中国灿烂的篇章
人民自豪地指点江山

苦难的母亲
擦去满眼的泪花
露出内心的喜悦由衷地欢畅

祖国豪迈地走向了繁荣富强

祖国啊

我为你自豪

中华民族灿烂的文化

汇入历史的长河

永远在我的胸中激荡

祖国啊

我为你自豪

精彩神奇的土地上

又一次萌发了腾飞的希望

历史的巨笔将绘出你新世纪的辉煌！

祖国啊，我亲爱的祖国

● 舒　婷

我是你河边上破旧的老水车，

数百年来纺着疲惫的歌；

我是你额上熏黑的矿灯，

照你在历史的隧洞里蜗行摸索；

我是干瘪的稻穗，是失修的路基，

是淤滩上的驳船，

把纤绳深深勒进你的肩膊。

——祖国啊!

我是贫困,
我是悲哀。
我是你祖祖辈辈
　　　痛苦的希望啊,
是"飞天"袖间
千百年来未落到地面的花朵。
——祖国啊!

我是你簇新的理想,
刚从神话的蛛网里挣脱;
我是你雪被下古莲的胚芽;
我是你挂着眼泪的笑窝;
我是新刷出的雪白的起跑线;
是绯红的黎明
　　　正在喷薄。
——祖国啊!

我是你的十亿分之一,
是你九百六十万平方的总和;
你以伤痕累累的乳房
　　　喂养了迷惘的我、深思的我、沸腾的我;
那就从我的血肉之躯上
　　　去取得你的富饶、你的荣光、你的自由。
——祖国啊,我亲爱的祖国!

种子的梦

● 柯 岩

在一个冰冷冰冷的世纪，
我藏身金褐色的土地，
像一条小小的沉默的鱼，
潜身在碧绿的海底。

鱼儿在大海里自由来去，
我却憩睡在母亲的怀里：
让水分滋润着我的躯壳，
让梦儿孕育在我的心底。

梦儿伴着我甜蜜的叹息，
根须帮助我轻轻地吮吸，
为了冲破那土层的压力，
我一点一滴地积攒着力气。

我思念那明媚的阳光，
我思念那辽阔的大地，
我想他们也同样思念着我，
于是：降下了相思的雨滴……

我会长出两片绿油油的叶子，
去迎接春风悄悄地絮语；

我缓缓地伸展腰肢，
好慢慢地挤碎冰雪的妒忌。

然后我要开出鲜艳的花朵，
每一个花瓣都娇嫩而又稚气；
蜜蜂会绕着我不倦地飞，
说我比这世界上的一切都美丽。

我愿意相信它的盟誓，
醉心于它忙碌的许诺里，
我把爱情倾心交付，
把生活酿造成金色黎明的蜜。

风将摇落我的果实，
把它送到另一片土地。
于是我溶化在母亲的怀抱，
并且相信：明年的春天会更加美丽……

中秋月

● 杨　然

今夜只有中国才有月亮
只有中国才有这么大这么明这么圆圆的月亮
这样沉重的月亮，是中国人悬天的魂魄

啊！中秋节

只有中国人在望月

今夜，中国最公开的隐痛啊，被叹息的夜色浮动

七月流火之后，母亲又为我们授衣，授第三十五件衣

蟋蟀，又将入我床下

但是古代的泪眼啊，还是这么圆睁

望穿历史，望穿岁月

月亮，月亮，从远古照耀现代的中国

今夜，中国最动情了

用期盼去填海峡两岸的距离

同时推开的窗——

这边岸上的，那边岸上的

集中人类五分之一的目光，一齐在望月

每张脸，阴了一半，明了一半

碎了的月亮在水里，复圆的月亮在天上

写深深的情思，在浅浅的海滩

纵然被水冲走了，还是要写下去

一年又一年，目光飞不过去，就到月面上相逢

声音飞不过去，就到海上碰杯

那三十五年没有启封的一瓶酒

还是桂花酿的味，还是菊花染的色

最清醒的一醉，饮出五千年的史记

还记得征人的泪，还记得烽火台下的羌笛

中国的关啊，虽不再是汉时的关

天上有飞机，水面有轮船，地下有火车

中国的月啊，却还是秦时的月

还是李白举杯相邀，苏轼把酒问天的那一轮

还记得阳关古道、杨柳攀折，乐游原上、残阳如血

还记得江南又绿两岸，梦醒秦娥伤别

中国的月啊，难道就永远这样离愁别恨
这样照九州的不全，这样幽思声声哽咽？

就到月上暂时相会，月上有海无峡
还有哪一张中国人的脸，
不愿飘来镜中相看
那边有阳明山，这边有东岳
那边有日月潭，这边有云梦古泽
总不能把月也锯成两半
怨这祖先遗传的佳节
要怨，就怨这使人频添白发的怀想
怨这太多太绵缠的乡恋、乡愁、乡情
怨这龙的、凤的、长城的、黄河的相思
怨这父子母女、夫妻兄妹　割不断的恩爱
怨吧，最亲最亲的人，是最可怨恨的
只有中国，今夜多梦
月亮的名字丢失了，明月不再叫作明月
而被中国叫作团圆，叫作统一
今夜，中国推开所有的窗，啊！中秋节

注释：诗中的"三十五"，指的是新中国成立三十五周年。

中华、中华

● 柯　原

这一片土地叫中华
这一片碧波叫中华
这一片彩云叫中华

中华　中华
我们慈祥的母亲
我们可爱的家
我们胸中沸腾的热血
我们心中璀璨的宝石花

喊一声中华呀
情如泉涌
喊一声中华呀
泪如雨洒

我们曾遭凌辱、奴役、践踏
战斗的旗帜在硝烟中高挂
我们曾被封锁、禁运、制裁
高昂的头颅从不低下
爱中华呀是血脉相连的爱
从来掺不得半分虚假

爱你的三山五岳，江海湖泽
爱你的长城内外，大河上下
爱你的诗词歌赋，诸子百家
爱你的宫殿城阙，石窟宝塔
爱你的松柏杨柳，梅兰竹菊
爱你的江南春雨，塞北雪花

爱中华呀是梦魂萦绕的爱
请看亿万儿女彩笔绘新画
工人迎滔滔洪峰挺身筑大堤
炉前拼搏高温不知有冬夏
农民抗旱抗涝汗水化金谷
扬净晒干一片忠心交国家
战士南海高脚屋里日夜伴波涛
雪山上风餐露宿守边卡
知识分子千山万水寻宝藏
课桌前熬白了多少黑发

真正爱中华
把血肉之躯筑长城
化作人民英雄纪念碑
朝阳下一朵胜利花

真正爱中华
默默奉献甘当砖与瓦
筑起人民共和国
我们共同的千秋大厦

灿烂的蓝图已铺开
让我们用忠诚与爱

装点她
让我们用汗水与热血
描绘她
绘一幅万里锦绣黄土地
绘一幅碧海滔滔银浪花
绘一幅红日高悬满天霞

中国制造

● 赵良田

我自豪，中国制造
我骄傲，中国制造
四大发明有口皆碑
我们的祖先劳苦功高
造纸术、印刷术、指南针、黑火药
中国人的智慧之花
开遍了丝绸路上的天涯海角

我们有过辉煌，我们也有过迷茫
我们有过失落，我们也遇过强盗
祖先的善良和肉体
挡不住侵略者的洋枪洋炮
落后就要受辱　落后就要挨打
这个教训　我们一定要记牢

我自豪，中国制造
我骄傲，中国制造
高铁走五洲
飞船太空绕
"中国天眼"把外星人寻找
中国制造，不再是假冒伪劣的代号

我们不能沾沾自喜
我们必须保持清醒头脑
我们必须创新　我们必须勤劳
工匠精神要发扬　撸起袖子加油干
我们必须领跑
自己的幸福，靠我们自己打造
民族的复兴，靠我们大家制造
祖国的未来，靠我们大家创造
落后就要受辱　落后就要挨打
这个真理　我们一定要记牢

中国印随想

● 李自国

当火漆像印章一样古老的东方
肖像印已经从战国出发
在那架列队而来的马车上

在那远离权贵们的法物中
这意志的血滴，这不灭的向往
你终于回到劳动者
力与美雕像的古朴插图
回到生命与运动不断刷新的字符里
回到被八月染红的一张张中国脸庞

道路为何如此悠远而漫长
五千年浴火抄的黄昏
到处布满了泥泞和雨点
到处依然是沉重而难迈的步伐
让时间在闪电的坠落中衰老吧
新生的曙光追赶着广场上的华灯绽放

从二〇〇三年八月三日
北京天坛祈年殿前的庄严宣告
到永恒的二〇〇八，
"这是一个完美的奥运会会徽
这是一个卓越且充满诗意的会徽"
中国印呵
你舞动了北京也舞动了世界
你那优美的曲线像龙的蜿蜒身躯
讲述着一种文明的过去与未来
讲述着千百年来龙子龙孙的
图腾与想象

当生命变得更快、更高、更强
当五洲连五环，当五星连五脏
心灵的阳光像一只只勇敢的凤凰
那个张开双臂、运动着的孩子

奔跑着的孩子呵！
既是京、文、龙的变体
更是吉祥、美好在大地上日夜传唱
尺幅之地，凝聚着东方气韵
笔画之间，升华着奥运精神
中国印，
你在对生命的诠释中旋转或辉煌
我们站在舞动者的光环之上
感受你带来一个民族的
伟大激情与梦想

中国世纪

● 张学梦

我无法冷却自己的激昂，
我有理由作这样的遐想。
愿美利坚合众国继续她的卓越，
愿俄罗斯重建她的荣光——
愿摩纳哥和圣马力诺云般高飞，
愿日本和欧盟铸就她们的辉煌……
但宿命和逻辑也属于我们；
这个世纪也是中国世纪，
新世纪的曙辉也哗哗倾泻在中国大地上。

我无法拒绝蔚蓝和碧绿的映照，
我有理由让思维，这样的闪光。
不论国际论坛，还是国内论坛，
我也欣赏灰色和低沉的吟唱，
我知道忧患的深刻贵如金玉，
我知道不可小看悖论的狰狞和乖张。
但这世界正值青春年少，
现代文明刚刚展开它的翅膀，
无论南方或北方，希望之歌都嘹亮。
新世纪的花环也选择了中国，
新世纪的机遇也选择了中国，
中国精神，春蕾初放，灿灿金黄，郁郁芬芳。
亿万人民的意愿和精英们的选择
决定了中国的复兴，中国的富强。

不渺茫，也非虚妄和幻象：
在前进、在孕育、在隆起、在变革、在增长。
物质的证明、蓬勃的速度与力量。
世界睁大眼睛注视着中国，
世界惊奇地感受着中国的影响。
顶着信息化数字化的露珠，
顶着知识经济科技革命的晨光，
在真诚合作与残酷竞争中，
在风云变幻的今日世界与市场，
我们高奏凯歌，硕果累累，
综合国力扶摇直上。
而我们眺望的方向正热烈：一轮碧绿的太阳。

我无法冷却自己的激昂，
我有理由写出这样的诗行。

新世纪也是中国世纪，
新世纪也将成就中国的光荣和梦想。
我们将与一切富有创造力的国家
共同谱写现代文明的新篇章。
透过忧患的智慧，透过未来学的视野，
未来前景是如此的清晰和明朗。
不论经历多少困难和风险，
不论付出多少痛苦和牺牲，
我们神圣的事业，我们神圣的丰碑，
必将灿烂地球村的广场。
中国道路，中国智慧，中国的贡献，
必将铸造中国世纪的柱石
参与支撑存在和美好的存在：人类共同的信仰。

中国梦，龙图腾

王 鹏

这是一个人的梦想
这是两个人的梦想
这是十三亿炎黄
五千年积蓄的力量
这是小家的希望
这是不同阶层的希望
这是同根同文同脉的华夏儿女温文尔雅魅力的张扬

一个以龙为图腾的民族

一个拥有绵延不绝文明的民族

一个诞生了孔子孟子和孙子兵法的民族

一个手拿锄头的老农都可以和您侃侃哲学的民族

她的梦的颜色已经超越了这个星球

她的梦的颜色是太阳温暖的光芒

她的梦的颜色是宇宙间一切一切的正能量

我的成吉思汗

我的项羽刘邦

我的乌骓马的嘶鸣

我的大风歌的唱响

我的一统天下的秦始皇

我的溢满诗歌和酒香的盛唐

我的宋词元曲

我的锦绣文章

我的两万五千里长征

我的改革开放的辉煌

我的追求卓越海纳百川的胸膛

我的宝剑无须出鞘

手指一指就是一道必胜的寒光

我原谅你的无知　包括你的猖狂

太平洋上的巡警莫要轻易充当

在我的领土我的海洋

鲜艳的红旗是我无畏的鲜血猎猎地飘扬

历史不会忘记　我的小米加步枪

历史不会忘记　那些刀剑的锋芒

历史不会忘记　那颤抖的笔　你曾写下投降

今天　我高擎和平仁爱的旗帜

为人类为宇宙　无私奉献伟大的哲学思想
我的崛起
崛起的是一支和平的力量
我的发展
发展的是我中华民族千年的梦想
各美其美　美美与共
这是我泱泱大国智慧的担当
龙　是我的图腾
腾飞　是我的本能
就像牡丹需要绽放
就像鲲鹏需要飞翔
就像我的黄河长江　毕竟东流去　梦系太平洋
我的梦　你的梦　他的梦
汇成一个伟大的梦想
中国雄起，民族复兴——这是我们共同的梦想

中国话

● 吴筱峰

有一种语言，她很神秘
她蕴含着一个民族上下几千年悲喜交加的情感。
有一种语言，她很古老
古老到那刻在骨头上的文字里都找不到她的起源。
有一种语言，她很丰富

阴阳上去中　回荡着慷慨激昂　倾诉着温婉缠绵。
这，便是中国话，一个古老的东方神话。

中国话是如诗如画的表达。
"春"，万物蠢动；"秋"，万物凋愁
干渴的舌有了水就是"活"
——哪一种语言能有如此精练简约？
"树索索而摇枝，马得得而驰骋"
——哪一种语言能有如此逼真的描摹？
"落霞与孤鹜齐飞，秋水共长天一色"
——哪一种语言能说出如此图画般的美丽？
"春江潮水连海平，海上明月共潮生"
——哪一种语言能有如此动听的旋律？

中国话像东方一样神秘而古老
中国话像太阳一样新鲜而富有活力
中国话像行云流水般灵活而自由
中国话就是诗，就是画，就是曲！
你是屈原的长叹，项羽的啸吼，司马迁的痛述
你是李白的浪漫，杜甫的激愤，苏东坡的豪放
你是陆游死前的《示儿》
你是辛弃疾登楼阑干拍遍……

"五四"前夜，那是李大钊在拊掌欢呼《庶民的胜利》
面对敌人的屠刀，那是鲁迅在指斥《无声的中国》
迎着特务的枪弹，那是闻一多拍案而起，弘扬正义
礼炮声中，那是毛泽东庄严宣告：民族站起！

那黄河的不羁和刚强，是中国话！
那长江的奔放和潇洒，是中国话！

那大山的雄伟，高原的粗犷，是中国话！
那江南的温柔，水乡的秀雅，是中国话！
听，中国话正通过我的胸腔
我的喉头在联合国讲坛上响起……

——那么亲切，那么优美
——那么有力，那么伟大！
因为，你属于一个伟大的民族
一个朝阳升腾的天地！
我爱你，我们的中国话！

中国红

● 闻　波

有一种颜色，鲜明亮丽，喜庆祥和
在喷薄而出的朝阳里绽放，云蒸霞蔚
在凤凰浴火的烈焰里舞蹈，光彩夺目！

有一种颜色，沉稳豪迈，庄严神圣
在一个民族的血管里沸腾，大气磅礴
在上下千年的长河里流淌，波澜壮阔！

有一种颜色，福瑞高贵，风韵千秋
在秦汉参天的气息里酝酿，历久弥新

在魏晋旷达的遗风里熏陶，辽阔深邃！
有一种颜色，热情奔放，感召万代
在唐宋华美的歌舞里漂染，神采飞扬
在明清典雅的神韵里沉淀，器宇轩昂！

她承载着龙的传人　祈盼红火的梦想
她传颂着炎黄子孙　生生不息的神话。

她渲染了中华民族排山倒海的气势
她鼓荡了华夏儿女勇往直前的品格。

浸润在血液里，她是中国人的精神皈依
刻画在骨头上，她是中国人的文化图腾
她，就是龙子龙孙世代传承的中国红！

中国红，中国文化的底色
那小儿贴身的红肚兜是中国红，那深闺女儿的红绣球是中国红
那鹤发老人的红围脖是中国红，那风华少年的红腰带是中国红

中国红，中国文化的底色
那缠缠绵绵的红盖头是中国红，那光光亮亮的红蜡烛是中国红
那欢欢喜喜的红窗花是中国红，那噼噼啪啪的红爆竹是中国红

你是黄土高原的红高粱，你是四川盆地的红辣椒
你是河西走廊的红枸杞，你是南国花都的红木棉
你是紫禁城里的红宫墙，你是儒释道家的红庙堂
你是闪烁花火的红泥炉，你是古朴雅致的红木坊

大红的灯笼中国结，大红的福字倒着贴
大红的棉袄狮子舞，大红的秧歌和腰鼓

你，就是龙子龙孙深深陶醉的中国红！

中国红，中国人的信仰
有一艘游船叫红船，装满理想，在黑暗中启航
有一座小镇叫红都，星星之火，燃起燎原之势
有一口水井叫红井，世代牢记，吃水不忘挖井人
有一支队伍叫红军，枪林弹雨，千难万险两万五

中国红，中国人的信仰
有一面红色的旗帜，铁锤砸碎枷锁，镰刀收割光明
有一段红色的征程，从建党到建军，从建国到复兴
有一方红色的大印，从先辈到子孙，紧握在我们手中
有一首歌叫东方红，从地球到太空，唱响在我们心中

中国红，中国人的魂
历史的沙尘，掩埋了你的苦难和艰辛
融化千年的冰霜，才重现你如花的绚烂
多少目光把你遥望，多少颗心把你向往

中国红，中国人的魂
十月的欢腾，宣誓了你的正义和力量
洗刷百年的沧桑，才展露你青春的模样
多少鲜血把你浸染，多少双手把你开创

中国红是登上城楼，振臂高呼——人民万岁
中国红是勇立潮头，划下红线——人民必胜
中国红是太阳的光芒——洒满我的土地我的海洋
中国红是宇宙的正能量——崛起的步伐势不可挡

中国红，婉约的美，一湾柔情西湖水，一帘幽梦故人归
中国红，气质的美，真草隶篆风在舞，笔墨纸砚龙在飞
中国红，豪迈的美，大江东去浪淘尽，奔流到海不复还
中国红，和谐的美，三皇五帝平天下，四书五经和为贵

我懂你凄风苦雨，信念不灭；我懂你壮志未酬，坚贞如铁
我追逐着你，追逐着你火热的华年，更好的季节在下一个春天
我爱你国色天香，花好月圆；我爱你红妆素裹，火树银花
我痴恋着你，痴恋着你不老的容颜，再苦的岁月也守在你身边

中国红，播种梦想的火种；中国红，谱写真理的诗行
中国红，拥抱幸福的畅想；中国红，奏响辉煌的乐章

一个朝气蓬勃的民族，描绘着火红的中国梦
五千年的风和雨，舞一片如梦的中国红
一个欢天喜地的盛世，舞动着壮美的中国红
十三亿火热的心，圆一个如虹的中国梦

雄狮醒来，圆一个如虹的中国梦
蛟龙腾飞，舞一片如梦的中国红

中国的除夕（摘选）

● 毛　翰

华灯映红了祖国的除夕
天涯游子也分享着祥和之气
在家的时候没觉得家特别温暖
如今漂泊海外，才体会到那份融融暖意

春联贴上了祖国的城楼
天涯游子此刻也一齐回眸
在家的时候总想跨出家门
如今身在异国，才知道什么叫乡愁

饺子下在热腾腾的锅里
全中国都洋溢着过年的欢喜
在家的时候总嫌家太挤太窄
如今远离家邦，又向往那种无间的亲密

梅花开遍华夏九州
暗香浮动在游子心头
在家的时候总惦记外面的世界
如今浪迹天涯我们多想与祖国厮守……

打个国际电话，用不改的乡音
给家乡的父老拜年请安

发个越洋传真，用龙飞凤舞的汉字
祝祖国的春天山川锦绣

华夏文化是一坛五千年的陈酒
中华腾飞是中华民族世代的诉求
下一个世纪是中国人的世纪呀
为这句吉言，让我们一醉方休

今宵是中华民族的母亲节啊
全世界的炎黄子孙心向神州
祖国啊，游子的心今宵簇拥着您
为您博大的母爱，让我们对您三拜九叩

中国茶

● 小　蝶（王凤莉）

一杯中国茶
茶汤香浓　人心温暖
让茶席间
一器一物葆有默契
想来这世上
没有什么比灵魂的香气更迷人
真正的美景　是来自内心的山水
真正的平衡　是自心灵深处的安静

安静中　把生活安顿好　把生命照顾好
把时光过成波澜不惊的模样
光阴过滤了所有的糟粕
能停留在心间的
一定是朱砂
且以喜乐
且以咏怀

中　国

● 张雪杉

在外国人的
心目中
你是茶叶你是瓷器
你是泰山你是长城
你是北京的太和殿
你是西安的兵马俑

在中国人的
心目中
你是盘古你是女娲
你是大禹你是黄帝
你是白居易的《长恨歌》
你是曹雪芹的《红楼梦》

在历史的
心目中
你是庄子你是孔丘
你是《易经》你是《通鉴》
你是合久必分分久必合
你是天灾人祸歌舞升平

在未来的
心目中
你是问号你是叹号
你是破折号你是省略号
你是半部楷书工整严谨
你是半部狂草虎跃龙腾

多言无益，
祝福祖国！

真正的祖国

● 李　笠

秋风吹着我们头上的树，树发出海上船帆的声音
我们不在花园里，我们在海上扬帆
爱尔兰咖啡，绿茶，普洱，拿铁，热巧克力
它们用不同的语言驶向同一种诗意：穿越疆界

敞开的词语打开布满蜘蛛网的时间
让竹林七贤的东晋和岳飞的南宋也在下午茶里
"这才是真正的祖国！"咯吱作响的椅子说
"与祖先开辟的生存地无关！"

是的，祖国不是身份证，祖国是一种气氛
祖国是此刻：一个男人
与一个女人的手缠在一起，像藤
或是女人把脸贴向自己心爱的男人，像船依偎着海水

"祖国对于我并不存在，存在的
仅仅是不可逃脱的抖颤。"风中的草说
唐诗里的蝉在风加剧时提高嗓门
为了让宇宙听到自己的歌声　那唯一的祖国

致祖国

● 吉狄马加

我的祖国
是东方的一棵巨人树
那黄色的土地上，永不停息地
流淌着的是一条条金色的河流
我的祖国
那纯粹的蓝色

是天空和海洋的颜色
那是一只鸟，双翅上
闪动着黄金的雨滴
正在穿越黎明的拂晓

我的祖国，在神话中成长
那青铜的树叶
发出过千百次动人的声响
我的祖国，从来
就不属于一个民族
因为她有五十六个儿女
而我的民族，那五十六分之一
却永远属于我的祖国

我的祖国的历史
不应该被随意割断
无论她承载的是
光辉的年轮，还是屈辱的生活
因为我的祖国的历史
是一本完整的历史
当我们赞颂唐朝的时候
又怎能遗忘元朝开辟过的疆域
当我们梦回宋词的国度
在那里寻找文字的力量
又怎能真的去轻视
大清开创的伟业，不凡的气度
我说我的祖国的历史，是一部
完整的历史，那是因为我把这一切
都看成是我的祖国
血肉之躯不可分割的部分

我的祖国，我想对你说
当有一天你需要并选择我们
你的选择，一定不是简单的
由于地域的因素，不同的背景
不仅仅是因为我们来自哪一个民族
同样也不要因为我们的族别
而让我们，失去了真正平等竞争的机会
我的祖国，我希望我们对你的
一万个忠诚，最终换来的
是你对我们的百分之百的信任

我的祖国
那优美的合唱，已经被证明
是五十六个民族语言的总和
离开其中任何一位歌手的参与
那壮丽的和声都不完美
就如同我的民族的声音
或许它来自遥远的边缘
但是它的存在
却永远不可或缺
就如同我们彝人古老的文字
它所记载的全部所有的一切
毫无疑问，都已成为了
你那一部辉煌巨著中的
足以让人自豪的不朽的篇章

我的祖国，请原谅
我的大胆和诗人才会有的真实
我希望你看中我们的是，而只能是
作为一个人所具有的高尚的品质

卓越的能力，真正摒弃了自私和狭隘
以及那无与伦比的，蕴含在
个体生命之中的，最为宝贵的
能为这个国家和大众去服务的牺牲精神
我的祖国，我希望并热忱地期待着
你看中我们的是，当然也只能是
我们对你的忠诚，就像
血管里的每一滴鲜血
都来自于正在跳动的心脏
而永远不会是其它！

致最可爱的人

● 徐　芳

分明是多，又浑然为一
眼见是分，却又统一
异名却又同名："最可爱的人"
……

那，每个人都是战士
那，每条街道都是
战壕的前沿阵地与工事
召之即来，来之能战，战之能胜……

或者，并不需要另外的集结号
热烈而强烈的军人步伐
和立刻火速反应的爱憎保卫
在护目眼镜后，在口罩后
在塑封的移动人形里……

心，自身就代表着家园
一颗颗，不因为脱下军服
而改变的心——也不单是心
不单是感官或意志
而是身心一体地做到
聚集所有的力量：
壮臂高举，举目四望
因为这场看不见硝烟的战争
勇毅果敢，就像磁铁吸金
那就是心灵体质内存的
"下定决心""永不后退"
不躲不闪，和困难绑在一起
那就是，解困且难于水火之中

这想象的景象
该是猛烈并壮烈的吗
而如果你们只是用眼睛
来彼此致意，互相鼓励
那么我的眼睛，一双双
被你们守护的眼睛——

之一、之二、之三
之无穷，之省略……
必须，马上，立刻

我们的目光，不约而同地
前进、前进、向前进
就用强有力的眼波
打出"明码"或"暗码"的"电报"：
"致：最可爱的人！"……

站 立

——写给炎黄的颂歌

● 薛锡祥

我不知道你的故事从哪里开端？
我不知道你的神话从何时传扬？
我不知道你的传说是谁人创造？
我不知道你的戏剧是怎样登场？
但我相信你的出世是历史的延续，
延续至今五千年是一个站立形象。
如同一棵树、一架山、一座塔，
一尊用青铜熔铸的塑像。
正因为站立，你昂着头，乘龙升天，
宽厚的肩膀扛起滚圆的太阳。
双手捧起皓月繁星，头发与白云相接，
目光变成闪烁电光。
正因为站立，大山写着你的名字，
长江黄河横卧成等号，

你等于伟岸、等于不朽、等于崇高，
等于万古流芳。
正因为站立，高耸成"桥陵龙驭"，
高耸成惊叹号，
高耸成蓝天与大地的支撑，
支撑是你永不弯曲的脊梁。
正因为站立，弱者变成强者，
犹如大海悬帆的桅杆，迎着风浪远航。
你站成勇敢、站成强悍、站成信念，
站成激情与自豪的奔放。
哦，我的炎黄，我的先祖，我血脉相连的根，
我生命之泉最初而又远古的河床。
你的站立成为启示、成为召唤，
成为永恒碑林镌刻的刚强。
正因为站立，你才成为千古不倒的旗帜，
旗帜上写着，只有站立的民族，
才是龙的子孙，才能获得生存与繁衍的兴旺。
而今我们已经站立、站立成尊严，
站立成自信、站立成文化风景和荣光。
在世界民族之林，我们的站立，
是泰山的挺拔，是昆仑的昂扬。
当我们今天面向你的陵寝站立，
你是否看到，你每个子孙都是站立的汉字，
组成站立的宣言让天下敬仰，
因为伴随我们是一个站立的祖国，站立的辉煌。

赞美：一个民族已经起来

● 穆　旦

走不尽的山峦和起伏，河流和草原，
数不尽的密密的村庄，鸡鸣和狗吠，
接连在原是荒凉的亚洲的土地上，
在野草的茫茫中呼啸着干燥的风，
在低压的暗云下唱着单调的东流的水，
在忧郁的森林里有无数埋藏的年代。
它们静静地和我拥抱：
说不尽的故事是说不尽的灾难，沉默的
是爱情，是在天空飞翔的鹰群，
是干枯的眼睛期待着泉涌的热泪，
当不移的灰色的行列在遥远的天际爬行；
我有太多的话语，太悠久的感情，
我要以荒凉的沙漠，坎坷的小路，骡子车，
我要以槽子船，漫山的野花，阴雨的天气，
我要以一切拥抱你，你，
我到处看见的人民呵，
在耻辱里生活的人民，佝偻的人民，
我要以带血的手和你们一一拥抱。
因为一个民族已经起来。

一个农夫，他粗糙的身躯移动在田野中，
他是一个女人的孩子，许多孩子的父亲，

多少朝代在他的身边升起又降落了
而把希望和失望压在他身上，
而他永远无言地跟在犁后旋转，
翻起同样的泥土溶解过他祖先的，
是同样的受难的形象凝固在路旁。
在大路上多少次愉快的歌声流过去了，
多少次跟来的是临到他的忧患；
在大路上人们演说，叫嚣，欢快，
然而他没有，他只放下了古代的锄头，
再一次相信名词，溶进了大众的爱，
坚定地，他看着自己溶进死亡里，
而这样的路是无限的悠长的
而他是不能够流泪的，
他没有流泪，因为一个民族已经起来。

在群山的包围里，在蔚蓝的天空下，
在春天和秋天经过他家园的时候，
在幽深的谷里隐着最含蓄的悲哀：
一个老妇期待着孩子，许多孩子期待着
饥饿，而又在饥饿里忍耐，
在路旁仍是那聚集着黑暗的茅屋，
一样的是不可知的恐惧，一样的是
大自然中那侵蚀着生活的泥土，
而他走去了从不回头诅咒。
为了他我要拥抱每一个人，
为了他我失去了拥抱的安慰，
因为他，我们是不能给以幸福的，
痛哭吧，让我们在他的身上痛哭吧，
因为一个民族已经起来。

一样的是这悠久的年代的风，

一样的是从这倾圮的屋檐下散开的无尽的呻吟和寒冷，

它歌唱在一片枯槁的树顶上，

它吹过了荒芜的沼泽、芦苇和虫鸣，

一样的是这飞过的乌鸦的声音。

当我走过，站在路上踟蹰，

我踟蹰着为了多年耻辱的历史

仍在这广大的山河中等待，

等待着，我们无言的痛苦是太多了，

然而一个民族已经起来，

然而一个民族已经起来。

月的中国

● 阎月君

从未曾去过也不曾有来

所谓的日子播种在窗外

唯一的裤子精心洗了又晒　年年盼年

年年吃去春的野菜　年年把月放在江里

年年用九歌的魂把她嫁娶

我们喝江中的水　喝她永不枯竭的隐秘

并得知祖先曾喝过她的水被她吮干过

我们是她心甘情愿的鱼儿

争宠吃醋受苦于她的河

我们恋着的双腿永是成不了佛了
我们在春天只痴心于一种花
说不尽勿忘我勿忘我的悄悄话
我们把这花儿一路栽种下去
便再也走不出走不出这块土地

对酒当歌　歌山光也歌水色
拍遍栏杆　抚红叶的台阶
长空浩瀚啊　银河是一条流向何处的河
夕阳西下　伊人断肠在天涯
瘦马瘦马哟　犹自吻落花

在东方朗碧的天空下
有清泪千年蜿蜒为芬芳
一行黄河　一行长江
寒蝉凄切　何人独对长亭晚凉
落红飞花　荷锄怅惘的是哪一家的姑娘
基督基督你永不会读懂
这神秘多情的东方之泪
更不必说　那凤凰毁于火亦生于火
那披发浪子当哭的长歌

我和庄生并不隔膜
有我的时候就有蝴蝶
有我的时候就有苏东坡的月色
月色总在有雾的江边等着
从前李白曾踏歌来过
那以后的屐声便夜夜从未断过
月呵月　你吮尽了中国
月呵月　你化作金灿灿的颜色

那金黄的颜色是龙的颜色

月呵月呵　你是中国
寒食夜　见河汉袅袅你浑圆将落
那满月之上装满了什么
有什么舞着且歌着
纵使欢乐盛满五千年也是沉甸甸的
更何况太多的苦痛与伤别
而我们仍把你当少女的唇吻着
当慈母的怀抱倾吐着　当圣洁的天使崇拜着
我们是心甘情愿的鱼儿
死去　活着　游弋于你的河
我们恋着的魂纵使飞天　也成不了佛了
永是一串串清泪啊
一声声中国

有一首歌

● 王宜振

有一首歌，在大地上传播，在阳光里穿梭
有一首歌，在脉管里流淌，在心里头铭刻
这首歌的名字叫作——
《没有共产党就没有新中国》

这首歌，歌词铿锵有力，旋律气势磅礴
这首歌，是照亮心灵的灯，是点燃信念的火
这首歌，是吹沸热血的风，是酿造蜜汁的果
这首歌，曾被大风搓揉，曾被暴雨打磨
这首歌，愈搓愈加光亮，愈磨愈是闪烁
这首歌，唱了半个世纪，愈唱愈加鲜活
这首歌，植根几代人的心灵，在代代人心上蓬勃……

这首歌，在我们心上活着
它融入我们的生命，融入我们的血液
有了它，生活就会充满色彩
有了它，生命就会充满蓬勃……

这首歌，内涵极其丰富
值得一生咀嚼
这首歌，告诉我们一个真理——
没有共产党，就没有新中国
就没有我们的一切

是党推翻三座大山，人民才尝到翻身的喜悦
是党领导改革开放，富裕才走进百姓生活
是党倡导西部开发，戈壁才崛起新城座座
唱着这支歌，我们又听到祖国的吩咐
唱着这支歌，耳畔又响起党的嘱托
我们会接过革命的红旗，我们会挑起父辈的大业
我们会让未来的世界，充满鸟语花香
我们会把一个个日子，烹制成香甜可口的音乐……

有一首歌，照亮我们的岁月，芬芳我们的生活
有一首歌，鼓起理想的风帆，填平征途的沟壑

有一首歌，越唱眼睛越亮，越唱心胸越阔

它是前进时的火炬，它是焦渴时的清波

它是沉闷时的惊雷，它是迷路时的星座

它是心上的一轮明月，它是生命之树的一片绿叶

这首歌的名字叫作——

《没有共产党就没有新中国》

写给祖国

● 朱珊珊

你是一支燃烧的火炬

我们是熊熊烈焰撒遍山河

你是一面激越的战鼓

我们是前赴后继神奇走过

你是一盏指路的明灯

我们是灿烂光芒天下瞩目

你是一杆鲜艳的旗帜

我们是诗情画意舒展快乐

你是一棵擎天的大树

我们是枝头硕果渗透蓬勃

你是一缕温暖的春风

我们是葱郁茂盛百鸟飞落

你是一条腾越的巨龙

我们是万里长城壮丽巍峨

你是一只高唱的雄鸡
我们是世纪风流载歌载舞
你是一位慈祥的母亲
我们是中华儿女感受甘露
我们永远属于长江黄河
你是我们欣欣向荣的伟大祖国

象形的中国

● 汤养宗

我管写字叫作迈开，一匹或一群，会嘶鸣
或集体咆哮，树林喧响，松香飘荡
当我写下汉语这两字，就等于说到白云
和大理石，说到李白想捞上的月亮
还有家园后院，蟋蟀一声紧一声慢的小调
以及西施与花木兰身上的体香
如果再配上热血这个副词，又意味着
你我都是汉字的子民，一大群
墨意浓淡总相宜的兄弟姐妹，守着两条
很有型的大河，守着流水中的父母心
与高贵的亚洲象为伍，写象形字
使用象形的脾气，享用着象形的时光
文的都在做学问，不给汉语丢脸
武的用刀用枪，守卫每一个汉字

绝不缺失一竖一横，一点一划一旁
现在我写下了祖国，我终于
原形毕露，看，一群大象在我的纸张上
奔跑起来了，它们黑压压地
拱起世界的背脊，气息浩瀚，气场强大
让我这个一生使用自己母语的人
每天都能摸到最开阔的地平线，我的语言
是纷至沓来的语言，大地上
最大的蹄印，就是我留下的
每一个象形字都是我的靠山，秘诀，依据
将时光铺开，我白衣如雪玉树临风
说一句就是春秋，写一笔便是莺飞草长

相信未来

● 郭路生（食指）

当蜘蛛网无情地查封了我的炉台
当灰烬的余烟叹息着贫困的悲哀
我依然固执地铺平失望的灰烬
用美丽的雪花写下：相信未来

当我的紫葡萄化为深秋的泪水
当我的鲜花依偎在别人的情怀
我依然固执地用凝露的枯藤

在凄凉的大地上写下：相信未来

我要用手指那涌向天边的排浪
我要用手掌托起那太阳的大海
摇曳着曙光那温暖漂亮的笔杆
用孩子的笔体写下：相信未来

我之所以坚定地相信未来
是我相信未来人们的眼睛——
她有拨开历史风尘的睫毛
她有看透岁月篇章的瞳孔

不管人们对我们腐烂的皮肉
那些迷途的惆怅、失败的苦痛
是寄予感动的热泪、深切的同情
还是轻蔑的微笑、辛辣的嘲讽

我坚信人们对于我们的脊骨
那无数次的探索、迷途、失败和成功
一定会给予热情、客观、公正的评定
是的，我焦急地等待着人们的评定

朋友，坚定地相信未来吧
相信不屈不挠的努力
相信战胜死亡的年轻
相信未来，热爱生命

乡 愁（1）

● 席慕蓉

故乡的歌
是一支清远的笛
总在有月亮的晚上响起
故乡的面貌
却是一种模糊的怅惘
仿佛雾里的挥手别离

离别后
乡愁是一棵没有年轮的树
永不老去
小时候
乡愁是一房不大的蓝天
我呆望着
忘记了时间
长大后
乡愁是一个温暖的肩膀
我静靠着
一直到落夕
后来啊
乡愁是一长绿色的机票
我俯视着
离开了祖国

现在啊
乡愁是一面庄严的国旗

我感叹着
时间的推移

乡　愁（2）

● 余光中

小时候
乡愁是一枚小小的邮票
我在这头
母亲在那头

长大后
乡愁是一张窄窄的船票
我在这头
新娘在那头

后来啊
乡愁是一方矮矮的坟墓
我在外头
母亲在里头

而现在
乡愁是一湾浅浅的海峡
我在这头
大陆在那头

五月的鲜花

● 光未然

五月的鲜花开遍了原野，
鲜花掩盖着志士的鲜血。
为了挽救这垂危的民族，
他们曾顽强地抗战不歇。
如今的东北已沦亡了四年，
我们天天在痛苦中熬煎！
失掉自由也失掉了饭碗，
屈辱地忍受那无情的皮鞭！
敌人的铁蹄越过了长城，
中原大地依然歌舞升平；
"亲善"！"睦邻"！啊！卑污的投降！
忘掉了国家更忘掉了我们！
再也忍不住满腔的愤怒，
我们期待着这一声怒吼；
吼声惊起这不幸的一群，
被压迫者一齐挥动拳头！

我追随在祖国之后

● 梁　南

我的足音，是我和道路终生不渝的契约，
是我亲吻大地得到的响应。
我渴求污垢不要沾染母亲的花裙，
难道是我过分？不！是人子爱她之深。
我愿做她驱使的舟楫和箭，水火相随；
我愿如驼队，昂首固执地穿越戈壁，
背负她沉重的美好，以罗盘做我的心。

渴望她优美的形象映红世界民族之林，
我探索风向标的误差，知足者的衰微；
探索人们对真理的怀念，对美学的虔诚；
思忖粉饰的反作用，偶像的破坏性能；
考核安乐椅的磨损力，先民们的艰辛；
查证狂欢时的失误，严谨时的繁盛；
研究实事求是的哲学，刚直不阿的本分……

我探索，拥抱阳光，栉风沐雨，
曾鲁莽，造次，也曾执着，认真；
时而在严肃中思考，时而在意料外欢欣；
我以惭愧去接受不幸，我走向沼泽，
深入茫无涯际的古林，蚊蚋如雾的处女地；
历经了种种炼火，我仍是母亲衣领上一根纬线，
时刻闻着她芬芳的呼吸。

我是滚滚波涛中微不足道的一滴水，
我是银河系中渺小的一颗星，
我是横越荒寒的天鹅翅上的一片毛羽，
我是组成驼铃曲中的短促一声……
昨天已经死去，明天即将诞生。
探索的岂止是我，是一支欢快的队伍，
一个自强的民族，我是走在最后的一人。

我不属于我，我属于历史，属于明天，
属于祖国——花冠的头顶，风的脚步，太阳的心。
从黎明玫瑰色的云朵穿过，向远方，
如风吹，如泉流，如金鼓，如急钲，
一声呼，一声唤，一声笑，一声吟，
款款叩击着出生我的广袤大地，
这行进之音，恳切而深深，
像探索一样无尽……紧紧把祖国追随。

我用残损的手掌

🔴 戴望舒

我用残损的手掌
摸索这广大的土地：
这一角已变成灰烬，

那一角只是血和泥；
这一片湖该是我的家乡，
（春天，堤上繁花如锦幛，
嫩柳枝折断有奇异的芬芳，）
我触到荇藻和水的微凉；
这长白山的雪峰冷到彻骨，
这黄河的水夹泥沙在指间滑出；
江南的水田，你当年新生的禾草
是那么细，那么软……现在只有蓬蒿；
岭南的荔枝花寂寞地憔悴，
尽那边，我蘸着南海没有渔船的苦水……

无形的手掌掠过无限的江山，
手指沾了血和灰，手掌沾了阴暗，
只有那辽远的一角依然完整，
温暖，明朗，坚固而蓬勃生春。
在那上面，我用残损的手掌轻抚，
像恋人的柔发，婴孩手中乳。
我把全部的力量运在手掌
贴在上面，寄予爱和一切希望，
因为只有那里是太阳，是春，
将驱逐阴暗，带来苏生，
因为只有那里我们不像牲口一样活，
蝼蚁一样死……
那里，永恒的中国！

我是青年（摘选）

● 杨　牧

人们还叫我青年……
哈……我是青年！

我年轻啊，我的上帝！
感谢你给了我一个不出钢的熔炉，
把我的青春密封、冶炼；
感谢你给了我一个冰箱，
把我的灵魂冷藏、保管；
感谢你给了我烧山的灰烬，
把我的胚芽埋在深涧！
感谢你给了我理不清的蚕丝，
让我在岁月的河边作茧。
所以我年轻——当我的诗句
出现在人们面前的时候，
竟像哈萨克牧民的羊皮口袋里
发酵的酸奶子一样新鲜！
……哈，我是青年！

我年轻啊，我的胡大！
就像我无数年轻的同伴——
青春曾在沙漠里丢失，
只有叮咚的驼铃为我催眠；

青春曾在烈日下暴晒，

只留下一个难以辨清滋味的杏干。

荒芜的秃额，

也许正是早被弃置的土丘，

弧形的皱纹，

也许是随手划出的抛物线。

所以我年轻——当我们回到

春天的时候，

你看看我，我看看你，

哈……我们都有了一代人的特点！

我以青年的身份

参加过无数青年的会议，

老实说，我不怀疑我青年的条件。

三十六岁，减去"十"，

正好……不，团龄才超过仅仅一年！

《呐喊》的作者

那时还比我们大呢；

比起长征途中那些终身不衰老的

年轻的战士，

我们还不过是"儿童团"！

……哈，我是青年！

嘲讽吗？那就嘲讽自己吧，

苦味儿的辛辣——带着咸。

祖国哟！

是您应该为您这样的儿女痛楚，

还是您的这样的儿女，

应该为您感到辛酸？

我，常常望着天真的儿童，
素不相识，我也抚抚红润的小脸。
他们陌生地瞅着我，歪着头，
像一群小鸟打量着一个恐龙蛋。
他们走了，走远了，
也许正走向青春吧，
我却只有心灵的脚步微微发颤……
……不！我得去转告我的祖国：
世上最为珍贵的东西，
莫过于青春的自主权！

……
既然这个特殊的时代
酿成了青年特殊的概念，
我就要对着蓝天说：我是——青年！
我是青年——
我的血管永远不会被泥沙堵塞；
我是青年——
我的瞳仁永远不会拉上雾幔。
我的秃额，正是一片初春的原野，
我的皱纹，正是一条大江的开端。
我不是醉汉，我不愿在白日说梦；
我不是老妇，絮絮叨叨地叹息华年；
我不是猢狲，我不会再被敲锣者戏耍；
我不是海龟，昏昏沉睡而益寿延年。
我是鹰——云中有志！
我是马——背上有鞍！
我是骨——骨中有钙！
我是汗——汗中有盐！
祖国啊！

既然你因残缺太多
把我们划入了青年的梯队，
我们就有青年和中年——双重的肩！

我们将来的历史是首歌（摘选）

● 闻一多

我的记忆还是一根麻绳，
绳上束满了无数的结梗；
一个结子是一桩史事——
我便是五千年的历史。
我是过去五千年的历史，
我是将来五千年的历史。
我要修葺这历史的舞台，
预备排演历史的将来。
我们将来的历史是首歌：
还歌着海晏河清的音乐。
我们将来的历史是杯酒，
又在金罍里给皇天献寿。
我们将来的历史是滴泪，
我的泪洗尽人类的悲哀。
我们将来的历史是声笑，
我的笑驱尽宇宙的烦恼。
我们是一条河，一条天河，

一派浑浑噩噩的光波！——
我们是四万万不灭的明星，
我们的位置永远注定。
伟大的民族！伟大的民族！

我骄傲：我是中国人

● 王怀让

在无数的蓝色的眼睛、
黄色的眼睛之中，
我有着一双宝石般的黑色的眼睛，
我骄傲：我是中国人！

在无数的白色的皮肤、
黑色的皮肤之中，
我有着大地般黄色的皮肤，
我骄傲：我是中国人！

我骄傲，我是中国人——
黄土高原是我挺起的胸脯，
黄河流水是我沸腾的血液，
长城是我扬起的手臂，
泰山是我站立的脚跟！

我骄傲，我是中国人——
我的祖先最早走出森林，
我的祖先最早开始耕耘，
我是指南针、印刷术的后裔，
我是圆周率、地动仪的子孙。

我骄傲，我是中国人——
在我的民族中
不光有史册上万古不朽的
孔夫子、司马迁、李自成、孙中山……
还有那文学中永远活着的
花木兰、林黛玉、孙悟空、鲁智深……

我骄傲，我是中国人——
在我的国土上
不光有雷电轰不倒的
长白雪山、太行翠柏、黄山劲松……
还有那风雨不灭的
井冈传统、雪山火炬、延安精神……
我骄傲，我是中国人！

我是中国人！
我那黄河一样粗犷的声音，
不光响彻在联合国的大厦里，
大声发表着中国的议论，
也响彻在奥林匹克的赛场上，
大声高喊着："中国得分"！
当掌声把五星红旗托上蓝天，
我骄傲：我是中国人！

我是中国人！
我那长城一样巨大的手臂，
不光把采油钻杆
钻进外国人预言打不出石油的地心，
也把载人飞船送上
祖先们梦里也没有到过的白云，
当五大洲向东方竖起耳朵，
倾听东方声音的时候，
我骄傲：我是中国人！

我是中国人！
我是莫高窟壁画的传人，
让那翩翩欲飞的壁画与我们同住。
我们就是飞天，飞天就是我们。
我骄傲：我是中国人！

我是中国人！
不是圣经中的古代巴比伦人！
让祖国踩着我们的脊梁走进天堂——
我们就是通天塔！
通天塔就是我们！
我骄傲：我是中国人！

视听鉴赏　　通过手机或电脑输入关键词可视听鉴赏
小　贴　士　　多版本名家配乐朗诵和歌曲演唱

我的歌献给辉煌的七月

● 陈所巨

七月　阳光和雨水充沛的季节
大海和高山心潮澎湃
笑容和鲜花同时盛开
写满理想和信念的旗帜
铺展开来　展示它无与伦比的
青春光彩

我们看见日出
也看见以江河奔腾的气概
走进纪念碑的无数英雄
血与火的奠基成为永恒的景仰与怀念
七月的歌　更加嘹亮　响彻云霄
——起来　不愿做奴隶的人们
我们唱着春天的故事
继往开来　走进那新时代

我们自豪　为了诞生在七月里的一切
我们荣耀　为了我们的祖国和人民
我们有理由相信
我们开创于七月的伟大事业
相信它光辉与成功的必然
我们有理由相信　我们那些

举着沉重的誓言诞生在七月的人们
相信他们无可更改的无私和坚定
但是　我们同样有理由鄙视和拒绝

那些躲在阴暗角落和乔装打扮精心包装
然后冠冕堂皇　大摇大摆的腐败、罪恶和肮脏

七月的神圣不可亵渎
七月的光荣不容玷污
七月的信念不能动摇
七月健康的机体　不容许任何
蛀虫和病毒的危害与侵蚀
七月的歌　只能是澎湃的大潮
催人的战鼓　奋斗的脚步

七月是我们的信心
七月是我们的责任
七月给了我们无限广阔的视野
我们敞开胸怀　接受八面来风
我们青春的血脉　永远阳光流动
我的歌献给辉煌的七月
献给同样诞生在七月里的我们
一代又一代优秀的共产党人

视听鉴赏　　通过手机或电脑输入关键词可视听鉴赏
小 贴 士　多版本名家配乐朗诵和歌曲演唱

为祖国而歌

● 胡　风

在黑暗里在重压下在侮辱中
苦痛着呻吟着挣扎着
是我底祖国　是我底受难的祖国！
在祖国忍受着面色底痉挛和呼吸喘促
以及茫茫的亚细亚的黑夜
如暴风雨下的树群
我们成长了
为有明天　为了抖去苦痛和侮辱底重载
朝阳似地　绿草似地　生活会笑
祖国呵　你底儿女们
歌唱在你底大地上面
战斗在你底大地上面
喋血在你底大地上面

在卢沟桥　在南口
在黄浦江　在敌人底铁蹄所到的一切地方
迎着枪声炮声炸弹声地呼啸声——
祖国呵　为了你
为了你底勇敢的儿女们　为有明天
我要尽情地歌唱：用我底感激　我底悲愤　我底热泪
我底也许迸溅在你底土壤上的活血！

人说：无用的笔呵　把它扔掉好啦

然而，祖国呵

就是当我拿着一把刀　或者一支枪

在丛山茂林中出没有时候罢

依然要尽情地歌唱

依然要倾听兄弟们底赤诚的歌唱——

迎着铁底风暴　火底风暴　血底风暴

歌唱出郁积在心头上的仇火

歌唱出郁积在心头上的真爱

也歌唱盘结在你古老的灵魂

里的一切死渣和污秽

为了抖掉苦痛和侮辱重载

为了胜利　为了自由而幸福的明天　为了你呵

生我的养我的

教给我什么是爱　什么是恨的

使我在爱里恨里

苦痛的辗转于苦痛里

但依然能够给希望给我力量的

我底受难的祖国！

视听鉴赏　|　通过手机或电脑输入关键词可视听鉴赏
小 贴 士　|　多版本名家配乐朗诵和歌曲演唱

太阳吟

● 闻一多

太阳啊，刺得我心痛的太阳！
又逼走了游子的一出还乡梦，
又加他十二个时辰的九曲回肠！

太阳啊，火一样烧着的太阳！
烘干了小草尖头底露水，
可烘得干游子底冷泪盈眶？

太阳啊，六龙骖驾的太阳！
省得我受这一天天的缓刑，
就把五年当一天跑完那又何妨？

太阳啊——神速的金乌——太阳！
让我骑着你每日绕行地球一周，
也便能天天望见一次家乡！

太阳啊，楼角新升的太阳！
不是刚从我们东方来的吗？
我的家乡此刻可都依然无恙？

太阳啊，我家乡来的太阳！
北京城里底官柳裹上一身秋了吧？
唉！我也憔悴的同深秋一样！

太阳啊，奔波不息的太阳！
——你也好像无家可归似的呢。
啊！你我的身世一样地不堪设想！

太阳啊，自强不息的太阳！
大宇宙许就是你的家乡。
可能指示我我底家乡的方向？

太阳啊，这不像我的山川，太阳！
这里的风云另带一般颜色，
这里鸟儿唱的调子格外凄凉。

太阳啊，生命之火底太阳！
但是谁不知你是球东半底情热，
——同时又是球西半的智光？

太阳啊，也是我家乡底太阳！
此刻我回不了我往日的家乡，
便认你为家乡也还得失相偿。

太阳啊，慈光普照的太阳！
往后我看见你时，就当回家一次；
我的家乡不在地下乃在天上！

示 儿

● 陆 游［南宋］

死去元知万事空，
但悲不见九州同。
王师北定中原日，
家祭无忘告乃翁。

时间的入口（摘选）

● 吉狄马加

有诗人写过这样的诗句：
——时间开始了！
其实时间从未有过开始，
当然也从未有过结束。
因为时间的铁锤，无论
在宇宙深邃隐秘的穹顶，
还是在一粒微尘的心脏，
它的手臂，都在不停地摆动，
它永不疲倦，那精准的节奏，

敲击着未来巨大的鼓面。
时间就矗立我们的面前，
或许它已经站在了头顶，
尽管无色、无味、无形，
可我们仍然能听见它的回声。
那持续不断地每一次敲击，
都涌动着恒久未知的光芒。
时间不是一条线性的针孔，
它如果是——也只能是
一片没有边际浮悬的大海。
有时候，时间是坚硬的，
就好像那发着亮光的金属，
因此——我们才执着地相信，
只有时间，也只能是时间，
才能为一切不朽的事物命名。
……

但是今天，作为一个诗人，
我要告诉你们，时间的入口
已经被打开，那灿烂的星群
就闪烁在辽阔无垠的天际。
虽然我们掌握不了时间的命运，
也不可能让它放慢向前的步伐，
但我们却能爬上时间的阶梯，
站在人类新世纪高塔的顶部，
像一只真正醒来吼叫的雄狮，
以风的姿态抖动红色的鬃毛。
虽然我们不能垄断时间，
就如同阳光和自由的空气，
它既属于我们，又属于
这个星球上所有的生命。

我们知道时间的珍贵，
那是因为我们浪费过时间，
那是因为我们曾经——
错失过时间给我们的机遇，
所以我们才这样告诉自己，
也告诉别人：时间就是生命。
对于时间，我们就是骑手，
我们只能勇敢地骑上马背，
与时间赛跑，在这个需要
英雄的时代，我们就是英雄。
时间的入口已经被打开，
东方这片古老土地上的子孙，
已经列队集合在了一起。
是的，我们将再一次出发，
迎风飘动着的，仍然是那面旗帜，
它经历过血与火的洗礼，
但留在上面的弹孔，直到今天
都像沉默的眼睛，在审视着
旗帜下的每一个灵魂。
如果这面旗帜改变了颜色，
或者它在我们的手中坠落在地，
那都将是无法原谅的罪过。
我们将再次出发，一个
创造过奇迹的巨人，必将在
世界的注目中再次成为奇迹。
因为我们今天进行的创造，
是前人从未从事过的事业，
我们的胜利，就是人类的胜利，
我们的梦想，并非乌托邦的
想象，它必将引领我们——

最终进入那光辉的城池。
我们将再次出发，吹号者
就站在这个队伍的最前列，
吹号者眺望着未来，自信的目光
越过了群山、森林、河流和大地，
他激越的吹奏将感动每一个心灵。
他用坚定的意志、勇气和思想，
向一个穿越了五千年文明的民族，
吹响了新时代——前进的号角！

秋天里，说出祖国的名字

姜　桦

在秋天，用方言说出祖国的名字
说出我平原一样安静慈祥的母亲
你白杨树一般挺直的身躯
你甘草根一般干净的细节
一条小河流过千里之外的故乡
啊，祖国，每时每刻
你一直生长在我的心里

说出你，说出祖国的名字
你的脸庞葵花一样灿烂
你的胸膛大海一样宽阔

你的声音春雨一样酥软
不变的语言是我最爱的母语
——那熟悉又亲切的声音
祖国，在梦中，你
常常将我唤醒

唤醒我！并且是唤着我的小名
那童年时夏雨过后的野蘑菇
那少年时月亮弯弯的采菱船
那睡梦里轻声哼唱的童谣啊
一罐青瓷发出的细碎声响
在泥土里悄悄发芽的种子
只差一点点，它们就钻出来了
现在，我正期待着
和它一起赞美

赞美天空、大地、白云！
赞美祖国十月凉爽的秋风！
母亲，有你喊着我我就踏实
祖国，时刻想着你我最幸福
集合在阳光下秋天的广场
将手臂挽成一道葱郁的篱笆
让笑脸盛开成十月金黄的葵花
祖国，几十年，你一直这么年轻
我满头白发的母亲
依旧爱穿绣花的衣裳

秋天，又一个金黄的季节来临
每棵树都挂满沉甸甸的果实

说出你！说出祖国的名字

说出美丽、和平与自由

说出伟大、繁荣和富庶

秋天的身影如此匆匆一闪而过

父亲和母亲，他们手挽着手

在夕阳下的广场上缓慢地散步

缤纷的花朵见证了他们一生的爱情

而我、我和我的儿女

——从宽阔的草地出发

一群鸽子，正飞翔于

蔚蓝的天空之下

在秋天，用方言说出祖国的名字

说出千里之外的故乡！

说出天空、大地、河流

啊！祖国，我是如此深切地

爱你爱你爱你啊！

爱你——祖国！

视听鉴赏 小贴士	通过手机或电脑输入关键词可视听鉴赏 多版本名家配乐朗诵和歌曲演唱

起飞中国

——祝贺国产C919大型客机首飞成功

● 宁　明

我的生命注定要写进这一天的日历
从跨进驾驶舱那一刻起
我就把自己都交给了 C919
它也把命运交给了我
这一天，上海浦东机场的天空阳光明媚
把试飞现场几千人激动的心情
也映照得像五月一样晴朗

我调匀呼吸，再次仔细检查每一项座舱设备
仪表板上的每一只指示灯
都向我意味深长地眨着明亮的眼睛
它们像刚踏上花轿的新娘，眼神儿里充满了
难抑的激动和掩饰不住的一丝紧张
而此刻的我，心情和 C919 一样
彼此怀揣着好奇，一次次把对方深情地凝视

我了解 C919 不平凡的身世
也听说过它背后藏起太多的动人故事
它是一个吃百家饭长大的孩子
血液里流淌着几千名设计师的腾飞梦想
就连身上穿的衣裳，也是来自祖国的四面八方

——有成都的帽子，江西的上衣，哈尔滨的鞋子
还有西安的风衣，沈阳的裤子，上海的领带……
这样的完美组合，才更具一副中国的气质

我还知道，C919 是一个腹有诗书的才子
据说，它有六项学问至今无人可及
能与这样的优秀者做合作队友
是我的荣幸，更是一种信任的依托
我和 C919 神情肃穆，静静地昂立在起飞线上
只待那一句"起飞"的口令

发动机涡轮叶片的旋转比思绪更快
我收回想象，目视笔直的通天大道伸向远方
将心中按捺不住的冲动，用刹车止住
C919 在静止中积蓄着冲刺的力量
我的心和它一起震颤，一起渴盼
巨大的轰鸣声淹没了外界的一切窃窃私语
一个大国的自豪，即将起飞

我感受到了 C919 的巨大推力
它正在让一个民族的伟大梦想不断加速
跑道两侧的障碍物统统被甩在了身后
速度表上的数字在迅速攀升
我在耳机里仿佛听到了自己的心跳
加速滑跑，再加速、加速——
C919 终于盼到了昂首挺胸的时刻

我双手握紧驾驶盘，像轻轻托起
一颗初升的太阳，又像托住了一个初生的婴儿
飞机挣脱大地怀抱的那一刹那

我的心倏然下沉，虽意志决绝，而又依依不舍
这多像十月怀胎的母亲，猛然听到了
那一声让人喜极而泣的幸福哭喊

今天，所有的云朵都格外洁净、安详
它们轻轻擦拭着 C919 修长的双翼
像抚摩一位新过门的蓝天女儿
C919 尽情地沐浴在万里春风和灿烂阳光下
比游弋在大海中的大白鲸游姿更美

飞翔中，我的意志被插上了自由的翅膀
其实，我就是一只巨大的白鸟
用羽翅在蓝天上描绘一幅最美的图画
我要让日月星辰和所有仰望的眼睛
都能看清，并牢牢记下 C919 潇洒的身姿
记住 2017 年 5 月 5 日这个神圣而庄严的日子

是的，我用使命把 C919 送上了天空
我的生命，从此注定要和 China 焊接在一起
天空不再只会掠过 A 字头和 B 字头飞机的身影
更多 C 字头的飞机，将跟随我一起起飞
一个庞大的机群，将穿行在地球未来的上空
用一条条纵横交错的航线
编织出一张巨大的天网，为全人类
日夜打捞，最吉祥、美丽的礼物

噢，中国

🔴 郑　敏

噢，中国！土地上满蔓着莠草野藤，
运河里沉淀着历史的糟粕渣滓，
更加深今日的贫乏的是祖宗的穷奢，
那曾开满牡丹的花园，铺着红莲的池塘

更留给人们惆怅，太多的骄傲已被西方的风吹醒，
土地不再献出果实，等待新文化的施肥
哦，你们可仍在蹉跎，迟疑
让自己成为这样的民族，营养于旧日光荣的回忆？

我们曾有过第一次的觉醒，噢，中国，她的灵魂
终于从幽暗的宝座上走下，来到广袤的大野
那里树木高举自由的手臂。她旋舞，呵，新鲜的风唤醒
每一片树叶，参加这个舞蹈，响应着西方的拍节。

清晨，曾经是这样可振奋的时代，
甚至雏雀也勇敢地跃上高枝，
纵然未丰满的两翅带给它们死亡
它们却曾生活得比我们快乐，
呵，那忐忑于胸中的新的想象！
那孕育中的盛夏的美梦，飞入深林，
沼泽反映出健壮的身影！

消失了，短促的，花似的希望，我们禁不住怀疑
噢中国！你的命运，阻挠你的力量这么多！
一分历史就是一分束缚！
这化身成千百种的魔魅，不断地给予我们折磨，
藏匿在每一个角落，甚至我们自己的血里，可怕的仇敌！

每一次它却用假死换得我们的血的洗涤，
待我们将庆祝的花球扎好，它却又在远方站起，
无数次的欢呼，接着无数次的叹息，
而且，看，西方和东方又开始了新的风雨。

噢，中国！当你还不能克服自己体内的困难，
来跳这个西方的舞蹈，它曾经成了你的整个目标，
听，从你的比邻传出何等殊异的音乐？
这搅扰了西方的舞蹈者，更令你学习的脚步蹒跚

降生了，奇异的婴孩，他啼哭，猛地失去平衡，
这世界掀起怀疑的巨浪，恐怖的乌云，
也许是幸福的开始？也许是不详，是自杀，是沉灭……
呵人类的前途……
在这汹涌的胸上，
噢中国，一只方解缆的小船，她应当向何处驶去？

双重的障碍结成不解的连环，
你追求和谐，正当世界因跌入一个剧烈的转变，
而失去和谐的希望，苍白呵
一个贫血的民族，在两个漩涡中挣扎。

但是，你不会沉灭，
你的人民第一次助你突破古老的躯壳，
第二次助你把自卫的手臂举起，
第三次，现在，他们向
你呼唤，噢中国！觉醒！

这一次是自你的血液里升出真的觉醒，
从灵魂的田野里将隐埋
在泥土下的腐败连根掘去
还有那些怠惰的杂草。

首先要建立一座庙堂，崇高而静穆，
自废墟遗迹中耸立，唤醒我们心头假寐的美德
好像落日里召回失散的鸟群的一株乔木，
然后用艰苦和忍耐克服你唯一的敌人——饥饿。

爱琴海上，圆满与和谐的歌颂者已跌碎他的弦琴
印度洋边，陷入不懈的纠纷的正是那寻求圆寂
的民族。噢，中国，你成了唯一的屹然存在的古国，
甚至你，也正为了一个更透彻的复活忍受诞生的痛苦！

鸟巢里，梦想破壳而出

● 蒋 巍

1

五千年的桨声，声势浩大
今夜集合，把地球轻轻摇响
一起划动掌声的波浪
把激情举得很高
在圣火和礼花升起的地方
五千年的书卷，把历史打开
告诉每一双眼睛
"和"——这个恒久的梦想
就刻在刚刚出土的第一根竹简上
后来用活字版
把"和"的光芒　印满这个星球的思想
今夜，世界也许会懂得
"和"，就是中国的名片　中国的论语　中国的道德经
奥运　其实就是"和"的盛大节日
从健美的古罗马到绚丽的新北京
它把全球每个身体都拥进怀抱
从鸟巢腾空而起
你是浪花，我是礼花，都在天空

朝着"和"的梦想飞翔
就像绿叶围绕花朵行星围绕太阳

2

世界上所有的树林都宁静着绿色
世界上所有的小鸟都是和平鸽
世界上所有的鸟巢都是爱的暖窝
今夜,中国捧出世界最大的鸟巢
让"和"的梦想在这里破壳而出
同时,中国的将军们呼吁
世界上所有的战争今夜停火!

中国的鸟巢装进各个大陆和各个海洋
中国最爱的小鸟开始唱歌
啊,一只光芒四射的和平鸽从鸟巢飞出
衔起万里黄河　给地球系一条飞天的飘带
那一刻,这颗礼花升空的星球
像银河系中迎风怒放的花朵

3

今天,我们用圣火照亮
一个伟大文明的剪影
把半坡村、三星堆、未央宫装进鸟巢的激情
让秦腔汉赋、唐诗宋词、明清歌弦响彻一场音乐会
绵延五千年

听罢，并非"白发三千丈"
人人更年轻

古埙编钟回响着峨冠博带的吟唱
丝路花雨摇曳着响彻大漠的驼铃
长城珠峰高举着天翻地覆的雄图
长江黄河澎湃着奥运中国的激情
渐台封神，战国春秋
看大中华哪个不是英雄
秦皇挥剑，楚汉相争
看大中国谁敢裂土分封
甲午烽烟，百年喋血
看我千山万水共赴国难
五四狂飙，现代长征
看我炎黄子孙气贯长虹
五千年——
一个从不更名换姓的民族
一部文字从不改变的史诗
一个英风不散不倒的精魂
一个龙脉不断不绝的文明
今夜汇集于一个巨大的鸟巢
放飞全球同一个梦想
点燃中华同一个憧憬

念奴娇·赤壁怀古

● 苏 轼［北宋］

大江东去，浪淘尽，千古风流人物。
故垒西边，人道是，三国周郎赤壁。
乱石穿空，惊涛拍岸，卷起千堆雪。
江山如画，一时多少豪杰。

遥想公瑾当年，小乔初嫁了，雄姿英发。
羽扇纶巾，谈笑间，樯橹灰飞烟灭。
故国神游，多情应笑我，早生华发。
人生如梦，一尊还酹江月。

你是中国之子

——献给中国共产党成立90周年

● 孙临平

风雨中你向我们走来，
高歌英特纳雄耐尔，

点燃中华复兴的梦想。
把所有的苦难扛在肩上，
你奉献一个新生的中国，
屹立在东方！

沉浮中你和我们奋斗，
高歌英特纳雄耐尔，
点燃中华复兴的梦想。
把所有的真情握在手中，
你奉献一个崛起的中国，
屹立在东方！

辉煌中你领我们前行，
高歌英特纳雄耐尔，
点燃中华复兴的梦想。
把所有的希冀装在心里，
你奉献一个永生的中国，
屹立在东方！

伟大光荣正确的中国共产党，
你是中国之子，
你是东方之光，
你是春风万里，
你是旗帜飘扬，
我们永远跟着你走，
光华开万丈！

你的名字

● 纪　弦

用了世界上最轻最轻的声音，
轻轻地唤你的名字，每夜每夜。

写你的名字
画你的名字，
而梦见的是你的发光的名字：

如日，如星，你的名字。
如灯，如钻石，你的名字。
如缤纷的火花，如闪电，你的名字。
如原始森林的燃烧，你的名字。

刻你的名字！
刻你的名字在树上。
刻你的名字在不凋的生命树上。
当这植物长成了参天的古木时，
啊啊，多好，多好，
你的名字也大起来。

大起来了，你的名字。
亮起来了，你的名字。
于是，轻轻轻轻轻轻轻地呼唤你的名字。

每一块煤,都含有灯火通明的祖国（摘选）

● 邵　悦

对我来讲，没有黑暗
尽管我通体的黑，看上去
像隐秘日月星光的一块暗夜
我从千米深处的地层
被一群矿山的壮汉子
左一锹，右一锹地挖掘出来

亿万年了——
长年累月，黑暗的挤压
成就了我体内的能源
成就了我火热的品格
那群光着脊梁的硬汉子
又把沸腾的热血，注入我体内
把钢铁般坚不可摧的意志
移置到我的骨骼里

他们用家国情怀，挖掘出
我这块煤的家国情怀——
我自带火种，自带宝藏
每一块噼啪作响的我
都含有灯火通明的祖国

用一块煤大写中国梦
墨一样的黑
汉字一样的棱角分明
一块一块，大小不等的煤炭
像一个一个刚直不阿的方块字
从地下，写到地上
从上古，写到今夕，写到他年
中国煤，中国字，中国爱

梦想照亮中国（摘选）

朱　海

我从光荣的岁月走来，
梦想照亮中国，
照亮大地上每一朵盛开的鲜花，
照亮归来的蓝天和绿荫中成长的江河，
照亮每一颗追逐幸福的心，
照亮每一天扑面而来的崭新生活。

我从壮美的山河走来，
梦想照亮中国，
梦想激励着丝绸之路上出发的年轻人，
梦想集结起海内外无数渴望成功的创新者，
梦想递交出亚丁湾和平护航中国舰队的报告，

梦想托起了地球上从未有过的"汉语热"。

中国梦，梦想之光引领着我，
中国梦，梦想之美成就了我。
此时此刻，我想告诉年轻的公民们，
十月的祖国啊，我们和你一起收获累累硕果。
我还想告诉全世界所有的朋友，
友好的我们啊，和你一起分享伙伴的快乐。

我亲爱的同胞啊，你是否想过，
为什么是中国，
为什么今天的中国如此生机勃勃？
多情的土地啊，
在 56 个民族同心耕耘下，
为地球家园增添最温暖的绚烂春色。
为什么是中国，
为什么今天的中国如此奋力拼搏？
追梦的人们啊，
留下青春的脚印越来越多，
踏平一道又一道沟壑与坎坷。

历史没有先例，当代没有范本，
新中国成长的历史就是答案的总和。
新中国辉煌的成就，就是追梦的结果。
从建设社会主义美好家园的那一天开始，
我们对幸福的渴望从来就没有放弃过；
从改革开放、打开国门的那一刻开始，
时间就没有在我们的手中白白地流失过。

梦想照亮中国，

世界在为我追梦的脚步喝彩，一路唱和。
哪怕风雨再大，路途再远，
我们也要排除万难，执着地点亮未来之火！

为天地立心，为生民立命，
千年前祖先的期冀，
已化作尊严对生命的高歌。
为往圣继绝学，为万世开太平，
百年来无数志士上下求索，
已结出时代的硕果。

今天的中国，
现代化建设如火如荼、波澜壮阔。
道路自信，理论自信，制度自信，
自信的我们，襟怀开阔，无惧任何风云变幻；
自信的我们，底气磅礴，奋力把前所未有的征程开拓。
中国奇迹，中国创造，中国特色。
筑梦，让世界听见，
五千年文明连接着你我，
跳动起全面深化改革的声声脉搏！

圆梦，让未来看见，
醒来的东方雄狮正昂首阔步！
迈向朝霞满天的最美好生活。
到中国共产党成立一百年时，
全面建成小康社会；
到新中国成立一百年时，
建成富强、民主、文明、和谐的社会主义现代化国家。
梦想照亮中国，
梦想照亮中国！

满江红·写怀

● 岳　飞［南宋］

怒发冲冠，凭栏处、潇潇雨歇。
抬望眼、仰天长啸，壮怀激烈。
三十功名尘与土，八千里路云和月。
莫等闲、白了少年头，空悲切。

靖康耻，犹未雪。
臣子恨，何时灭。
驾长车，踏破贺兰山缺。
壮志饥餐胡虏肉，笑谈渴饮匈奴血。
待从头、收拾旧山河，朝天阙。

视听鉴赏　　通过手机或电脑输入关键词可视听鉴赏
小 贴 士　多版本名家配乐朗诵和歌曲演唱

1997.7.1 零时的风景

——写在香港回归祖国的时辰

● 野 曼

香港回归倒计时正向零时进逼
中国在守候一个世纪的节日
鲜花和锣鼓在深情地守候
焰火与花灯也在着火点上徘徊
为守候这惊世的时辰到来
几代人已熬干了望穿秋水的苦泪

零时零分零秒的一瞬间
黄河与维港一齐浪卷涛飞
欢歌，焰火，锣鼓同时爆发
中国走进了一页震撼世界的历史

这是黑夜和曙光的交接
也是新生与衰亡的划位
一切都在悄悄地切割
也对明日展开浓墨重彩的构思
今夜新翼大楼成了国际中心
全球的眼睛和耳朵都在此聚焦
争睹跌落南中国海的帝国斜阳
抢先捕捉这旋乾转坤的信息
为东方明珠回归中国作见证

也为中国这零时的辉煌贺喜
五大洲应邀在观礼席上就座
全世界都赶来这里热烈举杯
尽管在一些高举的酒杯里会有风波
但汹涌的维港谁也无法压抑
浪涛中一点泡沫将悄然而逝
多么开心！
零时的钟声在呼唤中国的红旗
唯有站立的民族
才有站立的旗帜
就在米字旗刚刚降落的地方
——大不列颠从半空摔倒落地
五星红旗和紫荆旗冉冉升起
巍然屹立

历史最公正也最严厉
嗜血的旗帜必将被扯落地
难忘 1842 年的一天凌晨
那面渗透鸦片与鲜血的米字旗
趁港岛还在沉沉大睡的时辰
借密集的枪声助威升起
这枪声穿透了中国一百五十年
令惊醒的民族昂然奋起
以苦难锻造了如刚的脊骨
终于赢得了这万花缤纷的良辰
更难得一睹那凋谢的皇冠和米字旗
如深秋的落叶纷纷坠地……

那胸怀刀剑的末代总督
此刻，他心中灿烂的岛

却愤然拂袖而去
他双手捧着湿漉漉的帝国
泡着风雨去追赶海上的撤退
身后一片辉煌
曾经镀亮他灿烂的行囊
但此刻却令他切齿垂泪

零时的钟声如震天霹雳
一分一秒都构成了森严壁垒
大不列颠的脚步就以钟声画线
越过了零时就失去了立锥之地
因为这正义的钟声
正在热情地分娩一个时代
也在无情地把一个时代抛弃！

离 骚（节选）

● 屈　原［战国／楚］

[09] 日月忽其不淹兮，春与秋其代序。
　　惟草木之零落兮，恐美人之迟暮。
　　不抚壮而弃秽兮，何不改乎此度？
　　乘骐骥以驰骋兮，来吾道夫先路！

[40] 长太息以掩涕兮，哀民生之多艰。

余虽好修姱以鞿羁兮，謇朝谇而夕替。

既替余以蕙纕兮，又申之以揽茝。

亦余心之所善兮，虽九死其犹未悔。

怨灵修之浩荡兮，终不察夫民心。

众女嫉余之蛾眉兮，谣诼谓余以善淫。

固时俗之工巧兮，偭规矩而改错。

背绳墨以追曲兮，竞周容以为度。

忳郁邑余侘傺兮，吾独穷困乎此时也。

宁溘死以流亡兮，余不忍为此态也。

鸷鸟之不群兮，自前世而固然。

何方圜之能周兮，夫孰异道而相安？

屈心而抑志兮，忍尤而攘诟。

伏清白以死直兮，固前圣之所厚。

[61]芳与泽其杂糅兮，唯昭质其犹未亏。

忽反顾以游目兮，将往观乎四荒。

佩缤纷其繁饰兮，芳菲菲其弥章。

民生各有所乐兮，余独好修以为常。

虽体解吾犹未变兮，岂余心之可惩。

[92]跪敷衽以陈辞兮，耿吾既得此中正。

驷玉虬以桀鹥兮，溘埃风余上征。

朝发轫于苍梧兮，夕余至乎县圃。

欲少留此灵琐兮，日忽忽其将暮。

吾令羲和弭节兮，望崦嵫而勿迫。

路漫漫其修远兮，吾将上下而求索。

快递中国

● 王二东

一个个快件如横平竖直的汉字
用每一次穿越山河与风雨的抵达
在九百六十万平方公里的土地上
书写着新时代的速度和温度

快递抵达的地方，正是我的中国
比如三沙，蓝色的大海是最好的
分拣中心，海浪举着包裹
跟永兴岛一起守卫我们的南海
比如漠河，极光是大自然制造的
扫描仪，检验着劳动者的努力
也细数着来自五湖四海的祝福

快递抵达的地方，就是我的中国
就算每一次运输都要与死神交锋
像没有翅膀的鸟飞在云端
那就用骨头对抗风搅雪沙尘暴
也要让老虎闭嘴让石门打开
让招手的小鬼躲进弯道和绝壁深处

我的亲人在更远的地方等待
他们等待的地方就是我的祖国

每一次在异国他乡思念，我就把思念
填进包裹，当无数个夜晚跨越千山万水
抵达，像一片被蓝天签收的云彩
在祖国的怀抱中满含热泪

就义诗

● 吉鸿昌

恨死不抗日，留作今日羞。
国破尚如此，我何惜此头。

纪念碑

● 江　河

我常常想
生活应该有一个支点
这支点是一座纪念碑

天安门广场
在用混凝土筑成的坚固底座上
建筑起中华民族的尊严
纪念碑
历史博物馆和人民大会堂
像一台巨大的天平
一边是历史，是昨天的教训
另一边是今天，是魄力和未来
纪念碑默默地站在那里
像胜利者那样站着
像经历过许多次失败的英雄在沉思
整个民族的骨骼是他的结构
人民巨大的牺牲给了他生命
他从东方古老的黑暗中醒来
把不能忘记的一切都刻在身上
从此
他的眼睛关注着世界和革命
他的名字叫人民

我想我就是纪念碑
我的身体里垒满了石头
中华民族的历史有多么沉重
我就有多少重量
中华民族有多少伤口
我就流出了多少血液

我就站在昔日皇宫的对面
那金子一样的文明
有我的智慧，我的劳动
我的被掠夺的珠宝

以及太阳升起的时候
琉璃瓦下紫色的影子
——我苦难中的梦境
在这里
我无数次地被出卖
我的头颅被砍去
身上还留着锁链的痕迹
我就这样地被埋葬
生命在死亡中成为东方的秘密

但是
罪恶终究会被清算
罪行终将会被公开
当死亡不可避免的时候
流出的血液也不会凝固
当祖国的土地上只有呻吟
真理的声音才更响亮
既然希望不会灭绝
既然太阳每天从东方升起
真理就会把诅咒没有完成的
留给了枪
革命把用血浸透的旗帜
留给风，留给自由的空气
那么斗争就是我的主题

我把我的诗和我的生命
献给了纪念碑

黄　河

● 堆　雪

我眼中咆哮而去的白天和黑夜

我胸中汹涌而来的绿草和黄金

我炎帝的龙袍黄帝的内经

我泥沙俱下的泪水和表情

我奔流不止的青春光阴

我万马齐喑的血脉呼吸

当我手持铜壶烫暖一河热泪

谁是你醉而不归的舟子

压抑怦然心动的胸口

我展望斟满雷声的北斗

黄河

一千张日记被你揭走

一千张日记就是一千帆背影

一千帆背影就是你卷土重来的怒吼

我的情感铺张浪费的草纸

我的命运柳暗花明的大道

我的一声不吭被旱烟呛出泪水的父亲

我的唠唠叨叨被灶火熏黑额头的母亲

我的辣椒放多了的兰州牛肉面

我的盐巴放重了的陕西羊肉泡

当我牵着牲口赶着鸟群消失在你黄昏喧哗的入口

当我拖儿带女扶老携幼在你的沿途生息漫游
当我头顶火盆跪拜你博大精深的源头
当我用回忆掀开你阴云密布的眉睫
黄河
我渴望风暴后大地的丰收

我的黑发白发三千丈的黄河
我的飞流直下三千尺的黄河
我的铁马冰河入梦来的黄河
我的轻舟已过万重山的黄河
我的带走我的照片带不走我的容颜的黄河
我的带走我的歌声带不走我的情感的黄河
海水日升淹不住我心中的落日
江河日下埋不掉我眼里的红尘

我的不撞南墙不回头的河
我的不见棺材不掉泪的河
我的不到长城非好汉的河
我的不见大海心不死的河
我的吹吹打打热热闹闹的河
我的跌跌绊绊风风火火的河
我的不见不散一个也不能少的河呀

当石头化作泡沫
当骨头化作浪波
当高粱倒下一片鲜血
当眼泪塑成一穗青稞
当我双脚都沾满了泥水
手里攥着一把苦活
黄河

你是我累了时最想唱的那首歌

一道道鞭影驱赶着
装满火焰和泪水的马车
一首首民歌开满杏花打湿的村落
豪饮北风伫立在你河东河西河南河北
黄河我是你看着长大的山脉

我的赵钱孙李周吴郑王的百家姓
我的人之初性本善性相近习相远的三字经
我的洋溢着神州药味的本草纲目
我的泛滥着华夏光辉的二十四史
我的睁着眼失眠的红楼梦
我的流着泪微笑的长恨歌
我的风风雨雨生生死死的船工号子
我的热热闹闹的万家灯火
我的汹涌澎湃酣畅淋漓的心血
我的叮叮当当铿铿锵锵的骨骼
山丹丹开花红艳艳
艳了你水做的峰峦涛筑的山坡
天上星星一点点
一点就点燃了你九曲十八弯的脉搏……
当我头顶烈日脚踏寒霜哼起这支歌
您就是我以梦为马的祖国

过零丁洋

● 文天祥[南宋]

辛苦遭逢起一经，
干戈寥落四周星。
山河破碎风飘絮，
身世浮沉雨打萍。
惶恐滩头说惶恐，
零丁洋里叹零丁。
人生自古谁无死？
留取丹心照汗青。

关于祖国

● 高洪波

祖国好像很具体，
像脚下普通的土地；
祖国仿佛又很抽象，

像阳光一样迷离。

黄山上的松影是祖国，
黄河里的浪花是祖国，
祖国像骏马在草原上奔驰，
祖国像巨轮在海洋上鸣笛。

祖国很伟大很辽阔，
祖国很平常又很纤细；
祖国遥远又亲近，
祖国公开又神秘。

祖国更像透明的空气，
任我们自由自在的呼吸；
一旦离开它的存在，
你才会感到窒息。

真的，在我们这个年纪，
祖国像妈妈又像爸爸。
所以，祖国在我心中，我在祖国的怀抱里，
这，才是最准确的比喻！

视听鉴赏　　通过手机或电脑输入关键词可视听鉴赏
小　贴　士　　多版本名家配乐朗诵和歌曲演唱

共和国的早晨

● 何　漂

你好！东方！
大海额头闪耀着光芒
惊涛拍红了碣石的脸庞
海鸥飒爽英姿飞向远方
阳光在高楼大厦间舞蹈
和着鸟声去群山之巅歌唱
大江的波澜似狮子疯狂
春天打开了森林的新窗
古寺钟声敲响老树的梦想
花园中蜜蜂开启萌芽的诗章
洞庭渔网撒开金色霞光
鹦鹉洲芳草惹来沙鸥飞翔
西湖倒影里摇晃着雁字几行
梁上娇燕叼来呢喃的江南故乡
情歌互答声音开遍芦苇荡
低头的马儿舀动云水茫茫
草原上英雄豪气舞动鞭长
戈壁黄沙昨夕的明月依然难忘
丝绸之路驼铃叮当作响
雄鹰长啸在青藏铁路之上
天山雪莲翘首等待春裳
青稞酒酥油茶在银杯里飘香

你好！北京！

蔚蓝的天空微笑绽放

三月的春意把北海梳妆

玉带缠绕着颐和园长廊

卢沟桥镶上碧绿的凤凰

鸟巢和水立方远望成了鸳鸯

紫禁城头顶琉璃瓦换上红光

长安街开始一天节奏的繁忙

五星红旗在蓝天自由飘扬

希望醉在一张张幸福的脸上

庄严肃穆的人民大会堂

那里声音正激起东风浩荡

那里春天将抒写诗意华章

璀璨的华灯闪烁意气高昂

共和国春天的早晨雄鸡高唱

共和国北京的早晨神采飞扬

你好！共和国的早晨！

我今天就要让梦想远航

在五千年文明的长河逐浪

划动着自豪和光荣的小桨

黄色皮肤印着民族的辉煌

不屈的性格挺拔着前行的坚强

我要把富强之音播报在辽阔海疆

让温暖的海风吹进我宽厚的心房

我要把早晨的阳光洒在高山的脊梁

光明磅礴的气势催起时代的激荡

这里是共和国的早晨

这里是世界的东方

感 恩（少年版）

● 赵 丽

我们是一棵棵娇嫩的禾苗
沐浴着阳光、滋润着雨露
嗅着芬芳的花香
蓬勃地成长

我们是一只只可爱的小鸟
停靠在枝繁叶茂的树丛
飞向湛蓝无垠的天空
欢叫着　吟唱着爱的诗行……

忘不了　妈妈一次轻轻地抚摸
一声暖暖的叮咛
一句病中的问候
一碗温热的姜汤……
忘不了　爸爸宽阔厚实的肩膀
严厉的目光
脸上晶莹的汗珠
田间忙碌的身影……
母爱深似海　父爱严如山
亲爱的爸爸妈妈
感谢你们
赐予我生命　哺育我成长

给我花一样的笑脸
给我一个温馨的家园

忘不了　老师办公室深夜的灯光
黑板上一行行整齐的音符
一声声谆谆的教导
作业本上一个个鲜红的对号
您是我人生路上的指明灯
为我洒满灿烂的阳光
为我架起了一道绚丽的彩虹
让我的梦想放飞
飞向最高远的地方……
感谢校园　群星璀璨的文化墙
滋养了我们的心灵
泼辣的菊花仙子
让我们懂得了生命绽放的意义
让我们健康、快乐地成长
追逐那初升的太阳……
感谢校园里每一片树叶的舒展
每一朵花的怒放
每一声鸟的啼鸣
每一阵风的俯临
感谢辽阔的大地　壮丽的山河
和煦的阳光　灿烂的群星

感谢我们伟大的祖国
给了我们厚实的沃土
驰骋的疆场
遨游的海洋
展翅高飞的苍穹……

赴戍登程口占示家人（二首）

● 林则徐［晚清］

出门一笑莫心哀，
浩荡襟怀到处开。
时事难从无过立，
达官非自有生来。
风涛回首空三岛，
尘壤从头数九垓。
休信儿童轻薄语，
嗤他赵老送灯台。

力微任重久神疲，
再竭衰庸定不支。
苟利国家生死以，
岂因祸福避趋之。
谪居正是君恩厚，
养拙刚于戍卒宜。
戏与山妻谈故事，
试吟断送老头皮。

读中国

● 阿　紫

在东方　有一条腾飞的巨龙
在东方　有一个巨龙的民族
在东方　有横撇竖捺的方块字
在东方　大写的方块字里
让我们　和世界一起读中国

我们读中国
用祖先钻木的火种
照亮华夏文明　生生不息的长河
我们读中国
沿着甲骨文沧桑的纹理
驾驭历史的长车　纵横阡陌
我们读中国
在人之初　性本善的《三字经》里
学会做人的道理
我们读中国
在赵钱孙李　周吴郑王的《百家姓》中
懂得共生共存的融合
我们读中国
聆听悠长的青铜编钟
与孔子、孟子　种几棵青柳
促膝长谈

我们读中国
纵观岁月的风起云涌
与李白、杜甫　隔几株老梅
论潮涨潮落
我们读中国
用四大发明的奇迹
唤醒胸口沉睡的雄狮
我们读中国
铺一条锦绣的丝绸之路　通向世界
让世界　走进"一带一路"开放的中国

我们在谁言寸草心　报得三春晖的唐诗里
读感恩的中国
我们在但愿人长久　千里共婵娟的宋词里
读思念的中国
我们在炮火连天的硝烟里
读怆然悲壮的中国
我们在红旗漫卷的西风中
读繁荣昌盛的中国

我们和长辈
读门前的老树
读江上的渔火
读老娘的白发
读让我们泪流满面的温暖的中国

我们和晚辈
读中华的崛起
读复兴的希望
读团结的力量

读让我们众志成城的辉煌的中国

读中国
你会越来越爱　这片神奇的土地
读中国
你会越来越亲　这里的每一寸山河
读中国
你会想起乳名一样的父老乡亲
读中国
你会发自肺腑地　向着东方喊
我爱你，中国

点赞，我的祖国

● 南　秋

我原想为祖国的壮丽山河点赞
但历代子孙都礼赞过
不差我一个
我原想为中华五千年的灿烂文明点赞
但已有无数人礼赞过
也不差我一个
我原想为新中国七十年的光辉历程点赞
但普天下都礼赞过
也不差我一个

我原想为改革开放四十年的波澜壮阔点赞
但已有亿万人礼赞着
也不差我一个
我原想为高铁，为探月工程
为一切的腾飞而点赞
但也已有亿万人礼赞着
也不差我一个

哦，我的祖国
今天我要为我身边的小野花点赞
它们生活在小路边，生活在墙壁上
生活在水沟边，生活在溪流的岸上
甚至生活在荒废的厂房里
生活在垃圾堆边

它们有的照不到阳光
有的呼吸不到清新的空气
有的要接受随时抛来的唾液
有的要忍受预料不到的踩踏
有的会被路人随意折断
随意被带往它乡与远方

但它们静静地生活着
不媚俗，不张狂
但它们坚守着自己的品质
不羡慕娇艳，不向往苗苑
但它们不畏风雪
该凋谢时就从容地凋谢
但不畏雷暴
宁愿折断也不弯腰

但它们充满向往
永远面对明天
但它们乐观，无论阴天晴天
都保持着一张张笑脸

哦，我的祖国
我今天庄严地为它们点赞
我想
在您九百六十万平方公里的身躯里
它们素朴而平凡地绽放着
随地落脚，又不显眼
却吐露出不易觉察的芳香

此刻，历史开始读秒

蒋　巍

在天塌地陷的轰响中
地球开裂了，人心破碎了，中国恸哭了
从这一刻开始
历史和生命不再
以公元、世纪、一年、一月、一日来计算
而是以一小时、一分钟、一秒来计算！
从这一刻开始，历史进入读秒！

秒针的每一次跳动
每一声嘀嗒
都让全中国泪流满面！
都让全世界心惊肉跳！

听，嘀嗒，嘀嗒，嘀嗒……
历史在读秒！
每一秒钟
都延续着石缝中的声声悲唤
都倾听着废墟下渐慢渐弱的心跳
都守护着血脉中最后一丝热能
都绝望地记录着生命最后的悲号！

听，嘀嗒，嘀嗒，嘀嗒……
历史在读秒！
每一秒钟
都急切呼唤着战士雷霆万钧的脚步
都拼力掀开倾斜的大山崩塌的学校
都急速打开每一条缝隙每一道裂痕
都热切拥抱着
每一丝希望每一条通道！

听，嘀嗒，嘀嗒，嘀嗒……
历史在读秒！
每一秒钟
都深情伴随着吊瓶中生命之水的嘀嗒声
都激情倾听着抢救者和生还者共同的心跳
都动情地默忆着高空伞兵备下的遗书
都热烈拥抱着亲人找到亲人的拥抱！

听，嘀嗒，嘀嗒，嘀嗒……

历史在读秒！

每一秒钟

都默默倾听着钢铁战士的泪泣

和母亲怀中婴儿绽开的甜笑

帐篷小学的诵读

和电站重新轰鸣的宣告

领袖席地而坐的温慰

和村民如见亲人的倾诉

千军万马和亿万爱心

向着同一个方向的呼啸！

听，嘀嗒，嘀嗒，嘀嗒……

历史在读秒！

每一秒钟

都记录下千百万个惊天动地的瞬间和映象

都珍存着千百万个感天撼地的镜头和快照……

时间已经懂得

这不是稍纵即逝的一分一秒

这不是电光石火的明灭闪耀

所有的每分每秒

所有的瞬间记忆

都将在历史的映象中

轰隆隆突现、结构、凝固、矗立成

钢铁般的立体！

那是中华民族永远的瞬间

永远的中国群雕！

春风再一次刷新了世界（摘选）

● 李少君

寒冷溃退
暖流暗涌
草色又绿大江南北
春风再一次刷新了世界

浓霾消散
新梅绽放
卸下冬眠的包袱轻装出发
所有藏匿的都快快出来吧

马在飞驰
鹰在进击
高铁加速度追赶飞机的步履
一切，都在为春天的欢畅开道

海已开封
航道解冻
让我们解开缆绳扬帆出海
驱驰波涛奔涌万里抵达天边的云霞

病起书怀

● 陆　游［南宋］

病骨支离纱帽宽，
孤臣万里客江干。
位卑未敢忘忧国，
事定犹须待阖棺。
天地神灵扶庙社，
京华父老望和銮。
出师一表通今古，
夜半挑灯更细看。

爱你千万年（摘选）

——致长城

● 王　艺（陈不我）

一千年一千年风暴的修剪
在你苍凉的面颊上剃度出威严
一千年一千年情爱的穿越
在你坚硬的躯体上刻画出震撼

一千年一千年灵魂的飘荡
苦疼了你那早已大彻大悟的慧眼
一千年一千年慈悲的堆砌
在小米灰浆的煎熬中
渗透出无边无际的感叹

千万里千万里的烽火
映红了多少戍边将士的铁衣
千万里千万里的呐喊
破碎了多少孟姜女的梦幻

千万支千万支冰冷的箭
自那透着杀气的垛中奔袭
穿透了千万颗千万颗长恨的心
千万封千万封滴血的家书
熄灭了千万家千万家的惦念
长城啊
你是我生命的哭墙
你是炎黄子孙的涅槃

一万里一万里的长城
绵延了一万里一万里的乡愁
千万年千万年的时光
凝结了千万年千万年的期盼
……

我那黄河水和长城砖构架的基因
让我大声呼唤
等你千万年
爱你千万年

爱国歌

● 梁启超

泱泱哉，吾中华。

最大洲中最大国，廿二行省为一家。

物产腴沃甲大地，天府雄国言非夸。

君不见英日区区三岛尚崛起，况乃堂乔吾中华。

结我团体，振我精神，二十世纪新世界，雄飞宇内畴与伦。

可爱哉吾国民。可爱哉吾国民。

芸芸哉，吾种族。

黄帝之胄尽神明，濅昌濅炽遍大陆。

纵横万里皆兄弟，一脉同胞古相属。

君不见地球万国户口谁最多？四百兆众吾种族。

结我团体，振我精神，二十世纪新世界，雄飞宇内畴与伦。

可爱哉我国民。可爱哉我国民。

彬彬哉吾文明。

五千余岁历史古，光焰相续何绳绳。

圣作贤述代继起，浸濯沈黑扬光晶。

君不见揭来欧北天骄骤进化，宁容久扃吾文明。

结我团体，振我精神，二十世纪新世界，雄飞宇内畴与伦。

可爱哉我国民。可爱哉我国民。

轰轰哉我英雄。

汉唐凿孔县西域，欧亚抟陆地天通。

每谈黄祸詟且栗，百年噩梦骇西戎。
君不见，博望定远芳踪已千古，时哉后起我英雄。
结我团体，振我精神，二十世纪新世界，雄飞宇内畴与伦。
可爱哉，我国民。

啊，这儿正是春天

● 辛　笛

季节到底不同了。
春天从门窗里进来，
冬天从烟囱里出去。
寒夜漫漫的尽头，
炉边听腻了的烂柯山故事，
终于和笨重的棉袄一起晒到了太阳。
发酵的空气流正大量冲击着
麻木的神经和细胞，
重新漾起了青春、对光明的向往。
为残雪消融而得到润湿的泥土，
到处散发着香气，散发着光。
光秃秃的栖杈一洗严酷的繁霜，
开始爆绿、爆黄。
孩子们永远是孩子样，吵吵嚷嚷，
树前树后在捉迷藏。
蚯蚓在蠕动中醒来，

是否也会低声歌唱？

春水碧波，

一切都谱上色彩、光影和生命的新妆。

梁上燕子衔着泥来了，

一年一度来访，

从头经营着旧巢，辛苦回翔，

尽管轻盈的翼尾像一双利剪，

带给我们这江边小屋的

却是剪不破的春风，剪不断的春光！

眼前就将照得透明起来的

是门外株株槐柳，树树桃秧，

红的红，绿的绿，青的青，

预示着春天好一片灿烂芬芳，

夏天好一片浓荫清凉。

散文随笔篇

祖国山川颂

● 黄药眠

　　我爱祖国，也爱祖国大自然的风景。

　　我不仅爱祖国的山河大地，就是一草一木，一花一石，一砖一瓦，我也感到亲切，值得我留恋和爱抚。

　　不要去说什么俄罗斯的森林，英吉利的海，芬兰的湖泊，印度尼西亚的岛群了。中国自有壮丽伟大的自然图画。

　　我们有头顶千年积雪的珠穆朗玛峰，有莽莽苍苍的黄土高原，有草树蒙密的西双版纳，有一望无际的华北平原，有一泻千里的黄河，有浩浩荡荡的扬子江，有小兴安岭的原始森林，有海南的椰林碧海，有大西北的广阔无垠的青青牧场，还有说不尽的江湖沼泽……

　　我爱我们祖国的土地！狂风曾来扫荡过它，冰雹曾来打击过它，霜雪曾来封锁过它，大火曾来烧灼过它，暴雨曾来冲刷过它，帝国主义的炮弹也曾轰击过它。不过，尽管受了磨难，它还是默默地坚持着。一到春天，它又苏醒过来，满怀信心地展现出盎然的生机和万卉争荣的景象。

　　这是祖国大地对劳动者的回答：光秃秃的群山穿起了墨绿色的衣裳，冈峦变成了翠绿的堆垛，沟谷变成了辽阔葱绿的田园，沼泽变成了明镜般的湖泊，险峻的山峰低头臣服，易怒的江河也愿供奔走。

　　祖国的山河对我们总是有情的。我们对它们每唱一首歌，它们都总是作出同样响亮而又热情的回响。

　　我时时徜徉在中国古典诗歌的天地里，体会最细微的感情，捉摸耐人寻味的思想，感受铿锵的节奏、婉转悠扬的韵律，领略言外不尽的神韵，更陶醉于诗人们对大自然叹为观止的描画。当我读到得意的时候，就会不知不觉地反复吟哦，悠然神往。

祖国的语言多么神奇！它的每一个词每一个字，都同我的生活血肉相连，同我的心尖一起跳跃。

哪怕是最简单的一句话，也能让我联想到一幅幅美丽的图画，联想到一望无际的山川、森林、村舍、田野、池塘和湖泊。

祖国的大自然经常改变它的装束。春天，它穿起了万紫千红的艳装；夏天，它披着青葱轻俏的夏衣；秋天，它穿着金黄色的庄严礼服；冬天，它换上了洁白而朴素的银装。

大自然的季节的变换，催促着新生事物的成长。

这是春天的消息！你瞧，树枝上已微微露出了一些青色，窗子外面开始听得见唧唧的虫鸣了。新一代的昆虫，正在以人们所熟悉的语言庆祝它们新生的快乐。

繁盛的花木掩映着古墓荒冢，绿色的苍苔披覆着残瓦废砖。人世有变迁，而春天则永远循环不已，生生不息。

碧油油的春草是多么柔软、茂盛，充满着生机！它青青的草色，一直绵延到春天的足迹所能达到的辽远的天涯……

草比花有时更能引起人们许多的联想和遐思。

夏天的清晨，薄雾飘荡的乡村，姑娘赤着脚，踩着草上晶莹的露珠，走到银色的小溪边，轻轻地汲满了一桶水。云雀在天空歌唱，霞光照着她的鲜红的双颊……

这是多么淳朴的劳动者之美啊！

秋天，到处是金红的果子，翠锦斑斓的黄叶，露出树木些微的倦意。

清秋之夜，天上的羽云像轻纱似的，给微风徐徐地曳过天河，天河中无数微粒似的星光明灭闪烁。

在冰峰雪岭下不也能开出雪莲来吗？你看它是否比荡漾在涟漪的水面上的睡莲更娇艳？

暗夜将尽，每一棵树都踮起脚来遥望着东方，企盼着晨曦。果然，红光满面的太阳出来了，它愉快地拥吻着每一个树梢，它的笑是金色的。

黄昏蹒跚在苍茫的原野里。最后看见它好像醉汉似的颓然倒下，消失在黑夜里了。明早起来一看，它早已无影无踪，只看见万丈红霞捧出了初升的太阳。

你也许曾经在花下看见细碎的日影弄姿，你也许曾经在林荫道旁看见图案般的玲珑树影，不过，你最好到森林深处去看一看朝阳射进来时的光之万箭的奇景。

我曾远离祖国几年。那些日子，我对祖国真的说不出有多么的怀念。这怀念是痛苦而又是幸福的。痛苦，是远离了祖国的同志、祖国的山川风物；幸福，是有这样伟大的祖国供我怀念。

我时常约伴去登山。

我们登上了山头，回头看看所经过的曲折盘旋的小径，看看在脚下飞翔的鹰隼，就不觉要高呼长啸。

爬过几个山头以后，又看见前面还有更高的山俯视着我们。登上最后的顶峰，周围是耸峙的峭壁，突兀的危崖，嵯峨的怪石，挺立的苍松。脚下是苍茫的云海，云海的间隙中是缩小了的村镇，是游丝一般通往天边的道路……

我们曾在大海的近旁度假。

碧绿的海水吐着白茫茫一片浪花，蔚蓝的天空像半透明的碧玉般的圆盖覆在上面，海鸥翱翔在晴天和大海之间。太阳就睡在我们的脚下。

生平到过不少的名山大川，但在我的脑海里印象最深的还是我家乡门前的小溪。春天，秀水涨满，桥的两孔像是一对微笑的眼睛。细雨如烟，桥上不时有人打着雨伞走过。对岸的红棉树开花了，燕子在雨中飞来飞去，还有一阵一阵的风，吹来了断续的残笛……

小溪流唱着愉快的歌流走了，它将冲击着一切涯岸流向大海。静静的群山，则仍留在原来的地方，目送那盈盈的水波远去。

流水一去是绝不回来了，但有时也会化作一两片羽云瞭望故乡。

祖国就是每一个"我"（摘选）

● 何振华

上世纪 80 年代问世的《我和我的祖国》，今年唱遍大江南北，各种"快闪"，各种风格，让人看到了爱国情绪的丰富表达。回想当年，两位词曲作者之间也有过"异见"——作曲者一直想找一位"有气势"的西洋唱法歌手来演唱，因为当时有不少人觉得民歌歌手大多"软绵绵"，"不够有力道"。作词者却认为，如果只是歌唱"我的祖国"，那需要有气势的唱法，但这首歌唱的是"我和我的祖国"，就必须关注"我"的感情。于是，他们选定由李谷一演唱。

李谷一拿到这首作品，就决定了一反"高强响硬"的主旋律歌曲传统风格，用抒情而甜美的唱法来表现"我"和"祖国"血肉联系。此后无论是国家级的大型晚会，还是走乡村、下连队；无论是李谷一自己，还是郭淑珍、李光羲、胡松华、德德玛，再到廖昌永醇厚的男中音、徐子淇孩子般甜美的童声，一直到今天的王菲依旧"仙气十足"，"我和我的祖国"丝丝入扣的情感表达不变，抒情和激情相结合的风格不变。歌中自有"温情"在，自有祖国母亲的"脉搏"在，那唱起这支歌的你我，就永远不会有失落。

一首歌的故事，映射的也是一个国的故事。庙堂之高，江湖之远，万里情怀九州同。筚路蓝缕，薪火相传，民生社稷无近远。习近平总书记强调，共和国的大厦是靠一块块砖垒起来的，人民是真正的英雄。14 亿中华儿女，祖国就是每一个"我"。我们共同欢度的共和国每一个华诞，"祖国万岁"这四个高度概括了对泱泱中华的不尽祝福的汉字，早就成为了我们爱国深情的不二表达。

从 1949 年新中国成立迄今，每一个"我"，不光是无数个历史性时刻的见证者，在所有的"中国故事"中，更是最有发言权的生动讲述者……

影片《我和我的祖国》之所以广受社会关注，恰恰就是七位导演分别取材于新中国成立 70 年来几个普通公民与国家之间休戚与共、息息相关、须臾不离的动人故事。影片中这一个个普通人里鲜活熟悉的身影，勾画的不就是每一个"我"难以磨灭的百姓记忆。

"我的祖国和我像海和浪花一朵 / 浪是海的赤子海是那浪的依托 / 每当大海在微笑我就是笑的旋涡 / 我分担着海的忧愁分享海的欢乐"……脍炙人口的歌词与旋律，实际是在一次又一次提示着我们所处的方位、唤醒着我们的情感。这是一种发自心底的深情，它未必都要高亢嘹亮，却一定感人至深。

"袅袅炊烟，小小村落，路上一道辙"——条条路，道道辙，祖国前进的每一步，都少不了一个"我"。也正因此，国庆这个庆典，是真正属于每一个人的。

奏响气壮山河抗"疫"歌

● 闵凡路

天有不测风云，世有飞来横祸。庚子春节，本该热热闹闹，红红火火。然新冠肺炎病毒，突袭江城，顿时山河失色，周天寒彻。一条条鲜活的生命，被夺走。一个个待放的花朵，被摧折。

防控新冠肺炎疫情，重中之重！保护人民生命健康，压倒一切！中南海号令如山，全中国勇斗病魔。"加油武汉！""加油中国！"

沧海横流，方显英雄本色！三万余优秀白衣战士，向武汉、湖北集结。一架架飞机，一辆辆专车，载的是救亡战士，载的是青春热血，载的是医药生活物资，载的是八方同胞爱的洪波。国家危难时刻，谁是最可爱的人？正是这一大批"偏向虎山行"的最美逆行者！

朝前走，不退缩。誓同疫区人民共患难，不除病患不回车！此时我不禁想起张明敏唱的那首动情的歌："再大的风雨，我们都见过。再苦的逆境，我们同熬过。就是民族的气节，就是泱泱的气节，从来没变过。手牵手，什么也别说，哪怕沉默也是歌，因为我们拥有一个名字叫中国！"是的，我们经历过汶川地震，"非典"肆虐，更经历过抗日战争、解放战争、抗美援朝的硝烟炮火。三座大山压不垮，区区小虫奈我何！神州大地，奏响气壮山河抗疫歌。

东西南北中，工农兵商学，同舟共济，同心同德，猛追穷寇，全歼病魔。待到我们走出山重水复之境，迎来柳暗花明时刻；待到新冠病毒消声灭迹，各路大军班师还朝时刻，庆功酒，摆几桌，老故事，从头说。舒展眉头乐一乐!

克难兴邦，团结强国。新冠肺炎疫情是大考，十四亿人民等闲过。大考后咱们再出发，迎接全国脱贫新胜利，迎接全面小康新生活。中国将以更昂扬的姿态，更自信的步伐，走向世界！

中国在我墙上（摘选）

● 王鼎钧

你用了三页信纸谈祖国山川，我花了一个上午的工夫读中国全图。正看反看，横看竖看，看疆界道路山脉河流，看五千年，看十亿人。中国在我眼底，中国在我墙上。山东仍然像骆驼头，湖北仍然像青蛙，甘肃仍然像哑铃，海南岛仍然像鸟蛋。蒙古国这沉沉下垂的庞然大胃，把内蒙古这条横结肠压弯了，把宁夏挤成一个梨核。地图是一种缩地术，也是一种障眼法。每一个黑点都放大，放大，放大到透明无色，天朗气清，露出里巷门牌，让寻人者一瞥看清。出了门才知道自己渺小，过一条马路都心惊肉跳。

现在，在我眼前，墙上的中国是一幅画。我在寻思我怎么从画中掉出来。一千年前有个预言家说，地是方的，你只要一直走，一直走，就会掉下去。哥伦布不能证实的，由我应验了。看我走过的那些路，以比例尺为证，脚印为证。披星戴月，忍饥耐饿，风打头雨打脸，走得仙人掌的骨号枯竭，太阳内出血，驼掌变薄。走在耕种前的丑陋里，收获后的零乱凄凉里，追逐地平线如追逐公义。那些里程、那些里程呀，连接起来比赤道还长，可是没发现好望角。一直走，一直走，走得汽车也得了心绞痛。

回想走过的这一路，我实在太累，实在希望静止，我羡慕那些树。走走走，即使重走一遍，童年也不可能在那一头等我。走走走，还不是看冬换了动物，夏换了植物，看最后的玫瑰最先的菊花，听最后的雁最先的纺织娘。……

我坐对那些树，欣赏它们的自尊自信，很想问它们：生在这里有抱怨没有？想生在山顶和明月握手？想生在水边看自己轮回？讨厌、还是喜欢树上那一群麻雀？讨厌、还是喜欢树下那盏灯？如何在此成苗？如何从牛蹄的甲缝里活过来？何时学会垄断阳光杀死闲草？何时学会高举双臂贿赂上帝？谁是你的祖先？谁是你的子孙？

湖边还参差着老柳。这些柳……亭亭拂拂，如戈杖而矜，如持笏而立，如伞如盖，如泉如瀑，如须如髯，如烟如雨。老家的那些柳树却全变成一个个坑洞。它们只不过是柳树罢了，树中最柔和的，只不过藏几只乌鸦泼一片浓荫罢了！

中国一直在我的墙上，可你很难领会我的意思。我们都是人海的潜泳者，隔了一大段时间才冒出水面，谁也不知道对方在水底干些什么。在人们的猜疑编造声中，我们都想凭一张药方治对方的百病。我怎能为了到峨眉山上看猴子而回去？泰山日出怎能治疗怀乡？假洋鬼子只称道长城和故宫，一个真正的中国人，他的梦里到底有些什么？我哪有心情去看十三陵？

《旧约》里面有一段话：生有时，死有时；聚有时，散有时。你看，我的确很迷信。

视听鉴赏
小贴士　　通过手机或电脑输入关键词可视听鉴赏
　　　　　多版本名家配乐朗诵和歌曲演唱

中国人失掉自信力了吗?

● 鲁　迅

从公开的文字上看起来:两年以前,我们总自夸着"地大物博",是事实;不久就不再自夸了,只希望着国联,也是事实;现在是既不夸自己,也不信国联,改为一味求神拜佛,怀古伤今了——却也是事实。

于是有人慨叹曰:中国人失掉自信力了。

如果单据这一点现象而论,自信其实是早就失掉了的。先前信"地",信"物",后来信"国联",都没有相信过"自己"。假使这也算一种"信",那也只能说中国人曾经有过"他信力",自从对国联失望之后,便把这他信力都失掉了。

失掉了他信力,就会疑,一个转身,也许能够只相信了自己,倒是一条新生路,但不幸的是逐渐玄虚起来了。信"地"和"物",还是切实的东西,国联就渺茫,不过这还可以令人不久就省悟到依赖它的不可靠。一到求神拜佛,可就玄虚之至了,有益或是有害,一时就找不出分明的结果来,它可以令人更长久地麻醉着自己。

中国人现在是在发展着"自欺力"。

"自欺"也并非现在的新东西,现在只不过日见其明显,笼罩了一切罢了。然而,在这笼罩之下,我们有并不失掉自信力的中国人在。

我们从古以来,就有埋头苦干的人,有拼命硬干的人,有为民请命的人,有舍身求法的人……虽是等于为帝王将相作家谱的所谓"正史",也往往掩不住他们的光耀,这就是中国的脊梁。

这一类的人们，就是现在也何尝少呢？他们有确信，不自欺；他们在前仆后继地战斗，不过一面总在被摧残，被抹杀，消灭于黑暗中，不能为大家所知道罢了。说中国人失掉了自信力，用以指一部分人则可，倘若加于全体，那简直是诬蔑。

要论中国人，必须不被搽在表面的自欺欺人的脂粉所诓骗，却看看他的筋骨和脊梁。自信力的有无，状元宰相的文章是不足为据的，要自己去看地底下。

中国人的精神（摘选）

● 辜鸿铭

一个外国人在中国居住的时间越久，就越喜欢中国人，这已是众所周知的事实。中国人身上有种难以形容的东西。尽管他们缺乏卫生习惯，生活不甚讲究；尽管他们的思想和性格有许多缺点，但仍然赢得了外国人的喜爱，而这种喜爱是其他任何民族所无法得到的。我已经把这种难以形容的东西概括为温良。如果我不为这种温良正名的话，那么在外国人的心中它就可能被误认为中国人体质和道德上的缺陷——温顺和懦弱。这里再次提到的温良，就是我曾经提示过的一种源于同情心或真正的人类的智慧的温良——既不是源于推理，也非产自本能，而是源于同情心——来源于同情的力量。

……中国人之所以有这种力量、这种强大的同情的力量，是因为他们完全地或几乎完全地过着一种心灵的生活。中国人的全部生活是一种情感的生活——这种情感既不来源于感官直觉意义上的那种情感，也不是来源于你们所说的神经系统奔腾的情欲那种意义上的情感，而是一种产生于我们人性的深处——心灵的激情或人类之爱的那种意义上的情感。

……

正是因为中国人过着一种心灵的生活，一种像孩子的生活，所以使得他们在许多方面还显得有些幼稚。这是一个很明显的事实，即作为一个有着那么悠久历史的伟大民族，中国人竟然在许多方面至今仍表现得那样幼稚。这使得一些浅薄的留学中国的外国留学生认为中国人未能使文明得到发展，中国文明是一个停滞的文明。必须承认，就中国人的智力发展而言，在一定程度上被人为地限制了。众所周知，在有些领域中国人只取得很少甚至根本没有什么进步。这不仅有自然科学方面的，也有纯粹抽象科学方面的，诸如科学、逻辑学。实际上欧洲语言中"科学"与"逻辑"二词，是无法在中文中找到完全对等的词加以表达的。

……中国人最优秀的特质是当他们过着心灵的生活，像孩子一样生活时，却具有为中世纪基督教徒或其他任何处于初级阶段的民族所没有的思想与理性的力量。换句话说，中国人最美妙的特质是：作为一个有悠久历史的民族，它既有成年人的智慧，又能够过着孩子般的生活——一种心灵的生活。

因此，我们与其说中国人的发展受到了一些阻碍，不如说她是一个永远不衰老的民族。简言之，作为一个民族，中国人最美妙的特质就在于他们拥有了永葆青春的秘密。

……真正的中国人有着童子之心和成人之思。中国人的精神是一种永葆青春的精神，是不朽的民族魂。中国人永远年轻的秘密……是同情或真正的人类的智能造就了中国式的人之类型，从而形成了真正的中国人那种难以言表的温良。这种真正的人类的智能，是同情与智能的有机结合，它使人的心与脑得以调和。总之，它是心灵与理智的和谐。如果说中华民族之精神是一种青春永葆的精神，是不朽的民族魂，那么，民族精神不朽的秘密就是中国人心灵与理智的完美谐和。

中国人（摘选）

● 余秋雨

"中国人"这个称呼，现在大家叫惯了，以为自从地球上有了中国这么一个地方，产生了这么一种人，就自然而然地叫下来了。其实并不是那么简单。

在我记忆中，"中国"这个词在西周就出现了，内涵却一直在变化。秦汉以后，历朝都不以"中国"为国名，但大体上又都以"中国"通称。由于民族众多，战乱频仍，经常出现对峙双方都把自己说成"中国"，把对方说成夷狄的情形，如南北朝和宋金时期都是如此。

这还只是在内部进行着名号上的争夺和调整，真正严格意义上的"中国"概念，只能在国际关系中确定。如果说，一个朝代一个朝代的排列体现了时间上的纵向关系；那么，一个国家一个国家的排列则体现了国与国之间横向关系。中国古代，纵向关系远远强于横向关系，因此很难有明晰的、整体意义上的"中国"概念。直到清代，边界吃重，外交突现，"中国"才以一个主权国家的专称出现在外交文书上。

同样的道理，"中国人"这一概念在整体上的明晰化，也应该是在与不同属类的人的较大规模地遭遇之后。……

我本人对"中国人"这个概念产生震动性的反应，是在翻阅一批美国早期漫画的时候。……漫画是十八、十九世纪美国报刊不可缺少的一种报道形式，因此也就留下了中国人从在美洲立足谋生开始的种种经历。画家是美国人，因此对中国人的体型面貌和生活方式产生强烈的好奇，画得既陌生又夸张。随着美国排华浊浪的掀起，漫画中的中国人形象越来越被严重丑化，丑化成异类，丑化成动物；不仅形象恶劣，而且行为举止也被描写得邪恶不堪。……

我一边翻着那些被画得不忍卒睹却又依稀相识的面容，一边读着历史学家唐德刚先生的《清季中美外交关系简史》和《书中人语》等著作，不能不一再地遥想被唐德刚先生呼唤过的"我先侨的在天之灵"：你们究竟在哪些方面使西方人害怕了、讨厌了？……

这就躲不开"中国人"这个隐潜着不少历史感情的概念了。历史感情又与现实思考结联着，因为文明与文明之间的共存和对峙就在眼前，而任何一种文明的基础，都是群体人格。那么，中国人，极其老迈而又受尽欺侮的中国人，你从哪里来？又到哪里去？你有没有可能再变得年轻？从漫画走进油画或其他什么画？

在十九世纪与二十世纪之交，这个问题也被认真而痛切地思考过。但是那些思考往往不是情绪太激烈，就是学理太艰涩。更严重的是参与者太少，明明在讨论中国人而绝大多数中国人却并无知觉，致使思考从深刻沦为低效。如今至少应该让更多普通的中国人一起投入有关自己的思考了吧？但愿如此。

中国的人命

● 陶行知

我在太平洋会议的许多废话中听到了一句警语。劳耳说："中国没有废掉的东西，如果有，只是人的生命！"

人的生命！你在中国是耗费得太多了。垃圾堆里的破布烂棉花有老太婆们去追求，路边饿得半死的孩子没有人过问。花十来个铜板坐上人力车要人家拼命跑，跑得吐血倒地，望也怕望，便换了一部车儿走了。太太生孩子，得雇一个奶妈。自己的孩子白而胖，奶妈的孩子瘦且死。童养媳偷了一块糖吃要被婆婆逼得上吊。做徒弟好比是做奴隶，连夜壶也要给师傅倒，倒得不干净，一烟袋打得脑袋开花。煤矿里是五个人当中要残废一个。日本人来了，一杀是几百。大水一冲是几万。一年之中死的人要装满二十多个南京城。（说得正确些，是每年死的人数等于首都人口之二十多倍。）当我写这篇短文的时候，每个字出世是有三个人进棺材。

"中国没有废掉的东西，如果有，只是人的生命！"

您却不可作片面的观察。一个孩子出天花，他的妈妈抱他在怀里七天七夜，毕竟因为卓绝的坚忍与慈爱她是救了他的小命。在这无废物而有废命的社会里，这伟大的母爱是同时存在着。如果有一线的希望，她是愿意为她的小孩的生命而奋斗，甚而至于牺牲自己的生命，也是甘心情愿的。

这伟大的慈爱与冷酷的无情如何可以并立共存？这矛盾的社会有什么解释？他是我养的，我便爱他如同爱我，或者爱他甚于爱我自己。若不是我养的，虽死他几千万，与我何干？这个态度解释了这奇怪的矛盾。

中国要到什么时候才能翻身？要等到人命贵于财富，人命贵于机器，人命贵于安乐，人命贵于名誉，人命贵于权位，人命贵于一切，只有等到那时，中国才站得起来！

这就是中国！（摘选）

● 柏　杨

　　每一个民族都有他的生存空间——历史舞台，中国人亦然。

　　中国人的历史舞台是世界上最巨大、最古老的舞台之一，这舞台就是我们现在要介绍的中国疆土。它位于亚洲东部，介于惊涛万里的太平洋和高耸天际的帕米尔高原之间。大约纪元前三十世纪前后，遥远的埃及、美索不达米亚和较近的印度，都在萌芽……他们的古文明时，中国人在自己的土地上，也创造出属于自己的中国文明。这文明一直延续，并于不断扬弃后，发扬光大，直到今日。

　　当时的中国人自以为恰恰地居于世界的中心，所以自称中国，意义是位于全世界中心的国度。又因为所居住的土地美丽可爱，所以自称中华，华的意义正是美丽可爱。至于自称和被称为汉民族或汉人，那是纪元前二世纪西汉王朝建立以后的事。在纪元前三世纪和纪元前二十二世纪时，也曾自称和被称为秦人或夏人，前者谓秦王朝之人，后者谓夏王朝之人。

　　中国跟任何一个文明古国一样，从小小的原始部落和小小的地区，不断地联合、融化和扩张，而终于成为一个庞大的帝国。

　　……中华人就在这个空间上降生、成长，中国历史也在这个舞台上演出。

　　中华人是世界上最善良的民族之一，虽然在历史上不断出现战争，不断出现杀戮，但任何一个民族的历史都是如此，不同的是这都不是中华人主动的追求。只有在受到外来异民族过度的侵略，或受到贪暴官员过度的迫害时，才会发出壮烈的反击。中华人真正的英雄气概和高贵的精神价值，在反击中全部显露，也在这种反击中，滚雪球般地不断壮大。

我们……强调中国永远存在，不受任何王朝影响，我们绝不认为后梁帝国是正统，而前蜀帝国是僭伪；更不认为清王朝是正统，而郑成功是海盗。唐亡，不是中国亡，只是唐王朝和唐政府的覆灭。清亡，也不是中国亡，也只是清王朝和清政府的覆灭。中国固屹立如故。

——我们的国家只有一个，那就是中国。我们以当一个中国人为荣。……中国——我们的母亲，是我们的唯一的立足点。所有的王朝只是中国的王朝，所有的国，都是中国的另一种称谓。

——中国像一个巨大的立方体，在排水倒海的浪潮中，它会倾倒。但在浪潮退去后，昂然地仍矗立在那里，以另一面正视世界，永不消失，永不沉没。

在遥远的海岸上（摘选）

秦 牧

……宋庆龄副主席访问印度尼西亚，回来叙述过她在峇厘岛上见到的一桩事情："我们国内已不易看到的铜钱，在峇厘岛上家家都能找到，这种铜钱被停止流通还是不久的事情。现在人们把铜钱结成一串一串的吊起来，当作宗教仪式上不可缺少的神器。在一家银器店里我们发现一串串的铜钱中有开元年号的，有万历年号的，也有清朝各种年号的……"这种表面上看起来很细小的事象，里面蕴藏着的人们眷念祖国的感情却是多么的强烈啊。

和这种事象相仿佛，我记起了华侨许多保持祖国古老的风俗习惯的事情。这种情形意味的绝不是普通意义的"保守"。他们正是以这来寄托他们永不忘本的家国之思的。……在福建，清初时候，许多反清复明的志士和他们所影响的人们，入殓时习惯在脸部盖上一块白布。那意义是："反清复明事业未成，羞见先人于地下。"这习俗，也同样随着一部分福建侨民带到海外去。

对古代祖国英雄豪杰的怀念，是无数华侨共有的感情。在热带的雨夜，家人父子围在一起谈郭子仪、岳飞、戚继光……是许多华侨家庭常有的事。在南洋一带，人们又十分推崇曾经踏上那边土地的三保太监郑和。……他们所以这样做，严肃追究起来，实际上蕴藏着一些颇为辛酸的理由。从前，当华侨没有一个强盛的祖国，还处在"海外孤儿"的境地的时候，他们不得不怀念和神化当年扬眉吐气的先人，不得不通过"三保太监"来寄托他们备受损害的民族自尊心。

对于光荣先人的追念，对于风俗习惯的保持，在这些现象里面，闪耀着强烈的爱国主义感情。从美洲到欧洲，从非洲到南洋，众多的华侨坚持着吃中国饭，穿土布衣服，着广东木屐，吃从遥远的家乡运来，或者自制的腐乳、咸鱼、梅菜、凉茶；继续过我们的清明、端午、中秋、冬至，祖孙累代数百年如一日地坚持着。为什么有些风俗在国内已经逐渐改变或者丧失了，在海外却那么牢固地保存着，从这里是可以找到很好的答案的。

这些年来，海外华侨每当遇到放映国产电影或者祖国的各种代表团抵达的时候，他们有人会跋涉一百几十里路来看一场电影，或者会一会亲人。有的人回到国门，踏上祖国土地时就纵情高歌，有一个华侨甚至特地缝了一件缀上了五角星的衣服，在抵达边境时披到身上。有一些累世居留海外的华侨土生，因为当地华侨人数稀少，说中国话的机会不多，因而操中国语言已经不很灵便，然而这些年来他们也纷纷回来了。他们一家家已经离开祖国一两百年，他们已经不大会讲祖国语言，然而祖国有一种巨大的吸力把他们从海外吸引回来。一个历史文化悠久的国家，在她的子子孙孙的身上留下了多么深远的影响！祖国的强大，使她的海外儿女的强烈感情得到了一个很自然的喷火口了。那类使人感动的事象的出现绝不是偶然的事。

在世界各个遥远的海岸上，有多少万颗心像向日葵似地向着祖国！从海外远道归来的人们，如果看到已经翻身的祖国有些事情还不如理想的时候，想一想她是我们共同的经历过千万劫难的母亲，现在还不过是她的青春刚刚复活的顷刻，在她身上还存在许多旧时代的烙印。这样一想，就会更加奋发地和国内的人们一起来建设祖国了。同样地，当国内的人们觉得海外归来的劳动侨胞和自己的生活习惯有些地方不大相同时，想一想这是祖国大家庭中曾经辗转漂泊，在人生道途上备尝风浪的亲人；这样一想，生活的感情就会像水乳那样地交融了。

地球上的海洋有无数的海底电线把各个大洲联系起来。除了千万物质的电线之外，还有无数感情的电线遍布在各个海洋，把各大洲的人们联系起来。中国有为数很多的侨民居留海外，在世界上一切遥远的角落，千千万万感情的线路跨越重洋，纷纷延伸到中国的海岸。让我们永远怀念着海外的亲人，并用加倍努力的建设，使这一千多万远适海外、翘首故国的人们有一个日益强盛的祖国吧！

岳阳楼记

● 范仲淹［北宋］

庆历四年春，滕子京谪守巴陵郡。越明年，政通人和，百废具兴，乃重修岳阳楼，增其旧制，刻唐贤今人诗赋于其上。属予作文以记之。

予观夫巴陵胜状，在洞庭一湖。衔远山，吞长江，浩浩汤汤，横无际涯；朝晖夕阴，气象万千；此则岳阳楼之大观也，前人之述备矣。然则北通巫峡，南极潇湘，迁客骚人，多会于此，览物之情，得无异乎？

若夫淫雨霏霏，连月不开；阴风怒号，浊浪排空；日星隐曜，山岳潜形；商旅不行，樯倾楫摧；薄暮冥冥，虎啸猿啼。登斯楼也，则有去国怀乡，忧谗畏讥，满目萧然，感极而悲者矣。

至若春和景明，波澜不惊，上下天光，一碧万顷；沙鸥翔集，锦鳞游泳，岸芷汀兰，郁郁青青。而或长烟一空，皓月千里，浮光跃金，静影沉璧，渔歌互答，此乐何极！登斯楼也，则有心旷神怡，宠辱偕忘，把酒临风，其喜洋洋者矣。

嗟夫！予尝求古仁人之心，或异二者之为，何哉？不以物喜，不以己悲；居庙堂之高，则忧其民；处江湖之远，则忧其君。是进亦忧，退亦忧。然则何时而乐耶？其必曰"先天下之忧而忧，后天下之乐而乐"乎。噫！微斯人，吾谁与归？

银 杏

● 郭沫若

银杏，我思念你，我不知道你为什么又叫公孙树。但一般人叫你是白果，那是容易了解的。

我知道，你的特征并不专在于你有着和杏相仿佛的果实，核皮是纯白如银，核仁是富于营养——这不用说已经就足以为你的特征了。

但一般人并不知道你是有花植物中最古的先进，你的花粉和胚珠具有动物般的性态，你是完全由人力保存下来的奇珍。

自然界中已经是不能有你的存在了，但你依然挺立着，在太空中高唱着人间胜利的凯歌。

你这东方的圣者，你这中国人文的有生命的纪念塔，你是只有中国才有呀，一般人似乎也并不知道。

我到过日本，日本也有你，但你分明是日本的华侨，你侨居在日本大约已有中国的文化侨居在日本的那样久远了吧。

你是真应该称为中国的国树的呀，我是喜欢你，我特别地喜欢你。

但也并不是因为你是中国的特产，我才特别的喜欢，是因为你美，你真，你善。

你的株干是多么的端直，你的枝条是多么的蓬勃，你那折扇形的叶片是多么的青翠，多么的莹洁，多么的精巧呀！

在暑天你为多少的庙宇戴上了巍峨的云冠，你也为多少的劳苦人撑出了清凉的华盖。

梧桐虽有你的端直而没有你的坚牢；白杨虽有你的葱茏而没有你的庄重。

熏风会媚妩你，群鸟时来为你欢歌；上帝百神——假如是有上帝百神，我相信每当皓月流空，他们会在你脚下来聚会。

秋天到来，蝴蝶已经死了的时候，你的碧叶要翻成金黄，而且又会飞出满园的蝴蝶。

你不是一位巧妙的魔术师吗？但你丝毫也没有令人掩鼻的那种江湖气息。

当你那解脱了一切，你那槎枒的枝干挺撑在太空中的时候，你对于寒风霜雪毫不避易。

你是多么的嶙峋而又洒脱呀，恐怕自有佛法以来再也不曾产生过像你这样的高僧。

你没有丝毫依阿取容的姿态，但你也并不荒伧；你的美德像音乐一样洋溢八荒，但你也并不骄傲；你的名讳似乎就是"超然"，你超乎在一切的草木之上，你超乎在一切之上，但你并不隐遁。

你的果实不是可以滋养人，你的木质不是坚实的器材，就是你的落叶不也是绝好的引火的燃料吗？

可是我真有点奇怪了：奇怪的是中国人似乎大家都忘记了你，而且忘记得很久远，似乎是从古以来。

我在中国的经典中找不出你的名字，我很少看到中国的诗人咏赞你的诗，也很少看到中国的画家描写你的画。

这究竟是怎么一回事呀，你是随中国文化以俱来的亘古的证人，你不也是以为奇怪吗？

银杏，中国人是忘记了你呀，大家虽然都在吃你的白果，都喜欢吃你的白果，但的确是忘记了你呀。

世间上也尽有不辨菽麦的人，但把你忘记得这样普遍，这样久远的例子，从来也不曾有过。

真的啦，添加陪都不是首善之区吗？但我就很少看见你的影子；为什么遍街都是洋槐，满园都是幽加里树呢？

我是怎样的思念你呀，银杏！我可希望你不要把中国忘记吧。

这事情是有点危险的。我怕你一不高兴，会从中国的地面上隐遁下去。

在中国的领空中会永远听不着你赞美生命的欢歌。

银杏，我真希望呀，希望中国人单为能更多吃你的白果，总有能更加爱慕你的一天。

心系祖国（摘选）

● 巴 金

离开了祖国，我有一个明显的感觉：我是中国人。这感觉并不是这次才有的，50多年前我就有过。我们常把祖国比作母亲，祖国确实是母亲。但是，过去这位母亲贫病交加，朝不保夕，哪里管得了自己儿女的死活。可是，今天不同了。出了国境，无论在什么地方，我总觉得有一双慈爱的眼睛关心地注视着我。不管你跑到天涯海角，你始终摆脱不了祖国，祖国永远在你身边。这样一想，对于从四面八方来到巴黎的中国人，我的看法就不同了。在他们面前我热情地伸出手来，我感觉到祖国近在我的身旁。祖国关心漂流在世界各地的游子，他们也离不开祖国母亲。即使你入了外国籍，即使你不承认自己是中国人，即使你在某国某地有产业，有事业，有工作，有办法，吃得开，甚至为子孙后代做了妥善的安排，倘使没有祖国母亲的支持，一旦起了风暴，意想不到的灾祸从天而降，一切都会给龙卷风卷走，留给你的只是家破人亡。这不是危言耸听，一百年来发生过多少这样的惨剧和暴行。……

今年(1979)4 月 30 日傍晚我们中国作家代表团在巴黎新安江饭店和当地侨胞会见……席上我看见不少年轻人的脸……年轻人说："看见你们，好像看见我们朝思暮想的祖国。"他们说得对，我们的衣服上还有北京的尘土，我们的声音里颤动着祖国人民的感情。我对他们说："看见你们我仿佛看见一颗一颗向着祖国的心。"游子的心是永远向着母亲的。我要把它们全带回去。

我好像看透了那些年轻的心。有些人一生没有见过母亲；有些人多年远游，不知道家中情况，为老母亲的健康担心；有些人在外面听到不少的流言，无法解除心中的疑惑。他们想知道真相，也需要知道真相。我不清楚我们是否满足了他们的要求，解答了他们的疑问。……

过了一个多星期，我们访问了尼斯、马赛、里昂以后回到巴黎，一个下午我们在贝热隆先生主持的凤凰书店里待了一个小时。气氛和在新安江饭店里差不多，好些年轻的中国人拿着书来找我们签字。我望着他们，他们孩子似的脸上露出微笑。他们的眼光是那么友好，那么单纯，他们好像是来向我们要求祝福。我起初一愣，接着我就明白了：我们刚从祖国来，马上就要回到她身边去，他们向我要求的是祖国母亲的祝福。

我每想到祖国人民在困难中怎样挺胸前进的时候，我的脑子里就浮现出散居在世界各地的中国人。一滴一滴的水流入海洋才不会干涸。母亲的召唤永远牵引游子的心。还需要我讲什么呢？还需要我写什么呢？难道你们没有听见母亲的慈祥的呼唤声音？我已经把你们的心带到了她的身边。

心的方向，无穷无尽

● 彭　程

　　有许多年了，我最喜欢做的一件事情，是在某个清静的时辰，展开一本中国地图册，选取其中的一页，再确定其上的一个或几个地点，放飞思绪。

　　这其实通常是一种场景回放。意念抵达之处，多是我曾经留下足迹的地方。……壮丽，秀美，辽阔，幽深，雄奇，朴拙……美的形态千变万化，繁复多姿。但对于我来说，它们其实是一样的，或者说最主要的地方是一致的：初次遭逢时，都是一种感动，一种震颤，一道划过灵魂的闪电；而过后，则是一遍遍地回想，在回想中沉醉，在沉醉中升起新的梦想。

　　久久凝视那一幅雄鸡形状的版图上，那些你亲近过的地方，一种情感会在心中诞生和积聚。那是一种与这片土地血肉关联、休戚与共的情感，当它们生发激荡时，有着砭骨入髓一般的尖锐和确凿。

　　在你的凝视下，大地敞开了丰富而深沉的美。你正是从这里，从一草一木，从一峰一壑，建立起对于一片国土的感情。家国之爱是最为具象的情感，自然风物是最为直接和具体的体现，这样就会明白，我们的前人何以会用桑梓来指代故乡，而"故国乔木"也成为了一种广泛的表达。

　　"胡马依北风，越鸟巢南枝"，因为那个方向，分别是它们的家园所在。动物禽鸟尚且如此，何况是万物灵长的人类。每个人的家园之感，都诞生于某一片具体的土地，而家国同构，无数家园的连接，便垒砌起了整个国度的根基。这种对于土地的感情，真实而有力，远胜过一些抽象浮泛的口号和理论。所以这样的歌词才能够被传唱几十年："长江长城，黄山黄河，在我心中重千斤。"

在山川大地之间，祖国的理念清晰而坚实。

面对这样广大至极的美好风景，我不止一次地想过，如果不让自己成为一名漫游者，哪怕只是在生命的某个时期，那么实在是一种浪费，甚至是一种罪过，总有一天悔恨会来啃噬。

漫游，让脚步跟随着目光，让诗意陪伴着向往。如果我爱慕的目光在抵达某个具体目标时仍然游移不定，那是因为我有一种对整体的忠诚，需要到更广阔的时空中践行。行走中，远方化为眼前，异乡变成家乡，"无端更渡桑干水，却认并州是故乡"。脚步每当踏上一个新的地方，都是把家园的界限向外扩展。而所有的家乡，它们的名字的组合，就形象地描画出了一个国家的名字，成为对它的标注和阐释。在被这个名字覆盖和庇护的一大片土地上，我们诞生和成长，爱恋和死亡。

……

我的心的方向，也就是目光的方向，脚步的方向。它们指向的，是祖国大地上的江河湖海，高山平原，一种无边无际的美丽。

我的心的方向，朝着四面八方，无穷无尽。

视听鉴赏   通过手机或电脑输入关键词可视听鉴赏
小 贴 士   多版本名家配乐朗诵和歌曲演唱

习水印象（摘选）

● 鲍志华

一辆中巴载着我们在遵义至习水的高速公路上奔驶，会务组的志愿者坐在副驾驶位上，不时地向我们介绍着习水的风土人情：

——习水历史悠久，7000多年前就有"鳛人"在这片土地上活动；

——习姓源于夏商时期的鳛国，"源自习国，望出襄阳"，历代姓氏史籍皆有载述，为习水这片古老神奇的土地增添了光辉灿烂的文化；

——神奇习水，绿树红城，习水享有黔北煤海，美酒之乡的盛誉，习水是红军长征四渡赤水的发轫地，习水是全国绿化模范县……

——习水人民高举盛满习酒的酒杯，热情欢迎来自全国各地的作家前来习水采风；

——请看窗外……

我循声朝车窗外看去，但见公路旁的山坡上不时闪现出茅台酒、习酒的巨大的酒瓶、酒篓雕塑，在临近习水高速公路出口处的一面山墙上伸出了拿着酒杯的巨手雕像，在雕像的下方"习水欢迎您"五个大字令人赏心悦目，我仿佛在空气中闻到了酒香。

大会开幕式后，当天下午"改革开放40周年·中国作家看习水"创作采风活动在习水县土城镇举行。200多名作家们先到青杠坡红军烈士陵园敬献花圈，祭奠革命先烈。又到土城镇的四渡赤水纪念馆、四渡赤水一渡渡口、贵州航运博物馆、土城十八帮文化体验馆、宋窖等进行实地采风。

我跟着采风队伍在土城漫游。

只有来到土城，你才会发现，这个不足三平方公里的小镇里竟然深藏着那么多久远的故事。它的"旧"、"土"，承载了千年盐运的悲壮与繁华，也承载了你我不知的岁月沧桑。

从古老的街口拾级而下，我缓行于下街之中。这里曾是马帮、丐帮、纤夫、盐工居住的地方。一根根拴马桩前，浮云掠过，百年河东、百年河西，昔日最冷清的下街今天正走向繁华。

两旁前店后作坊商铺林立的窄小的古老的青石板路上，一支穿着红军军装的队伍迈着整齐的步伐雄赳赳气昂昂地唱着军歌走过，一面鲜艳的红旗在队伍的前列迎风招展。一丝阳光穿透云层，照在古旧的土墙上，照在穿着红军军装的年轻人的脸上，我凝望着这支队伍，有时光穿越的感觉。

一群土城的姑娘走在那长长的通往河岸的石阶上，她们轻快的脚步像风儿一样自在，远方的云朵经常跑来与她们说话；土城的姑娘是土城的根，只要有土城的姑娘在，土城的树才那么青翠，水才那么清亮，院子和小巷才那么充满笑声和阳光。她们在河边的石阶上，迎着这支红军的队伍唱起《十送红军》的歌来，这歌声把我带到了 1935 年……

那年年初，注定不寻常，土城的天气有点闷，像是什么东西捂在胸口，难受。炮声接连不断，从早到晚；青杠坡，这个该死的根本不应该叫坡的坡，成了山高四合之中的锅底，土城的老人说那叫隘口。可是隘口没有口，红军越打，口子越紧。那一声接一声的枪炮声震聋了土城人的耳朵，也震得土城街上一片死寂。傍晚的时候，土城胆大的人偷偷跑出门去，想去看打仗，还没到黄金湾，他们就看到小溪流里全是红色的人血，鲜红的，一直流进了赤水河。

夜里，那个后来成了共和国总理的人来了，借门板，架浮桥，红军要渡河，一个毫子租一扇门板，油墨编上号，红军递来一张写着编号的纸，说，等我们过了河，大家按号抬回各家的门板。土城人从没见过这样的部队，那样的生死关头，从容不迫、信守承诺。

青杠坡战役是遵义会议后毛主席指挥打的第一仗，是四渡赤水的发端之役，是共产党史上最能展现领导人军事才华的一幕。新中国后来的两代领导核心、三任国家主席、一任国务院总理、五任国防部长、七大开国元帅、数百名开国将军，当时全部集中在这个葫芦形隘口浴血鏖战。

土城浑溪口，我们站在那里听姑娘们唱歌的地方，是红军四渡赤水的第一个渡口，土城居民家家户户的门板，成了红军过河的浮桥，这一渡，成就了毛泽东主席战斗生涯中的神来之笔，四渡赤水的故事，从这里开始……

是的，当你回忆起那支破衣烂衫，不足三万人的中央红军踏着门板一渡被人血染红的赤水河时，你就会明白，从一渡赤水开始，毛泽东主席引领着中国走向复兴之路。他带领红军用血与生命的行走换来了革命的胜利，使中国人民站了起来，奠定了富起来、强起来的基础。

晚上，在返回习水的车上，我心中默念着何建明主席的诗《土城的土》："……土城的土，英雄的土，那是红军将士在赤水河畔，用生命使红色之船，从最危险的河道平安驶出；土城的土，神奇的土，你丰富而艳丽，你以革命的名义，让中国的命运，永远向着光明的未来摆渡。"

这首写于2016年的诗刊印在一本名叫《一座土的城》的书的扉页，这本印刷精美的书躺在创作会报到时赠送的公文包内。我用心参考、借鉴此书，力求自己"习水行"的字里行间也能沾点儿此书的印记和土城的"仙"气，更是为了亲近土城百姓的"地"气。

让时光穿越风的翅膀，古巷，旧窗，青石板……我走过今天的土城，遥想当年的十八帮的好汉，血战青杠坡、四渡赤水的红军，赤水河畔每一块不语的盘石，都宛若前世的亲人梦里的容颜。这种岁月幽深的感觉只有在土城才会产生。

待到习水创作基地建成，我想与土城有一场更完美的相遇。

（原文略有改动）

我是一个中国人

🔴 汪曾祺

我是一个中国人。

中国人必定会接受中国传统思想和文化的影响。我接受了什么影响？道家？中国化了的佛家禅宗？都很少。比较起来，我还是接受儒家的思想多一些。

我不是从道理上，而是从感情上接受儒家思想的。我认为儒家是讲人情的，是一种富于人情味的思想。《论语》中的孔夫子是一个鲜活的人。他可以骂人，可以生气着急，赌咒发誓。

我很喜欢《论语·子路曾晳冉有公西华侍坐章》。暮春者，春服既成，冠者五六人，童子六七人，浴乎沂，风乎舞雩，咏而归。我以为这是一种很美的生活态度。

我欣赏孟子的"大人者，不失其赤子之心"。

我认为陶渊明是一个纯正的儒家文人。"暧暧远人村，依依墟里烟。狗吠深巷中，鸡鸣桑树颠。"我很熟悉这样充满人的气息的"人境"，我觉得很亲切。

我喜欢这样的诗句：万物静观皆自得，四时佳兴与人同，顿觉眼前生意满，须知世上苦人多。这是蔼然仁者之言。这样的诗人总是想到别人。

有人让我用一句话概括出我的思想，我想了想说：我大概是一个中国式的抒情的人道主义者。

我不了解关于人道主义的争论的实质和背景。我的人道主义不带任何理论色彩，很朴素，就是对人的关心、尊重和欣赏。

讲一点人道主义有什么不好呢？说老实话，不是十年"文化大革命"的惨痛教训，不是经过拨乱反正，我不会产生对于人道主义的追求，不会用充满温情的眼睛看人，不会去发掘普通人身上的美和诗意；也不会感到周围生活生意盎然，不会有透明的幽默感，不会有我近几年的作品。

我爱你，中国汉字

● 刘湛秋

写着写着，我常常为面前这一个个方块字而动情。它们像一群活泼可爱的孩子在纸上玩耍嬉戏，像一朵朵美丽多姿的鲜花愉悦你的眼睛。这时我真不忍心将它们框在方格里，真想叫它们离开格子去舒展，去无拘无束地享受自己的快乐。

真的，它们不是僵硬的符号，而是有着独特性格的精灵，每个字都有不同的风韵。"日"这个字，使你能感触到热和力，而"月"却又闪着清丽的光辉。"轻"字给人飘忽的感觉，"重"字一望而沉坠。"笑"字令人欢快，"哭"字一看就像流泪。"霜"好像散发出一种寒气，"幽"字一出现，你似乎进入森林或宁静的院落。当你落笔写下了"人"这个字，不禁肃然起敬，并为"天"和"地"的创造赞叹不已。这些有影无形的图画，这些横竖勾勒的奇妙组合，它们在瞬间走进你的想象，然后又从想象里流出，在你的记忆中留下无穷的回味。这是一些多么可爱的小精灵呵！而在书法家的笔下，它们更能生发出无穷无尽的变化，或挺拔如峰，或清亮如溪，或浩瀚如海，或凝滑如脂。它们自身就有一种智慧的力量，一个想象的天地，任你尽情地飞翔与驰骋。在人类古老的长河中，有哪一个民族能像中华民族这样拥有如此丰富的书法瑰宝呢？

这些美丽而富有魅力的汉字生来就给使用它的人带来诗的灵性。看着这些单个的、有色彩、有声音、有气味的字，怎能不诱发你调动这些语言的情绪呢？

我是炎黄子孙，是喝扬子江水长大的，也许和其他民族的人一样喜欢夸耀自己的东西。俄国罗蒙诺索夫不是用诗的语言赞美过俄罗斯语言吗？我不是传统的盲目维护者，而是崇尚人类创造的文明。

啊！像徜徉在夏天夜晚的星空下，为那壮丽的景色而迷醉一样，我真的钟情于我们赖以思维和交往的中国汉字，并震惊于它的生命力和奇特魅力。我想，在人类历史的长河中，这种文字必将越来越被世人所喜爱和珍惜。

"伟大精神"凝聚磅礴力量（摘选）

盛玉雷

拉近历史的镜头，中国近代以来的发展史，也是一部中国人民艰苦奋斗、自强不息的精神史。从革命时期的井冈山精神、长征精神、延安精神，到新中国成立后的大庆精神、红旗渠精神、"两弹一星"精神，再到改革开放以来的载人航天精神、抗震救灾精神……正是中国人民在长期奋斗中培育、继承、发展起来的伟大民族精神，让中国人民历磨难而不屈，让中华民族经考验而不衰，汇聚起亿万人民的磅礴力量。

新中国成立之初，面对"我们除了能造桌子椅子，能造茶壶茶碗，连一辆汽车、一辆拖拉机都不能造"的家底，中国人民的创造精神前所未有地迸发出来。70年来，从第一辆汽车、第一颗卫星、第一颗原子弹，到第一次载人航天、第一架国产大飞机、第一次月球背面软着陆，我们在很多领域实现了从跟跑、并跑到领跑的转变……

今天，中国人民拥有的一切，凝聚着中国人的聪明才智，浸透着中国人的辛勤汗水，蕴含着中国人的巨大牺牲。这些奋斗者，是科学家、工程师、"大国工匠"，是奋战在脱贫一线的驻村干部、第一书记，是快递小哥、环卫工人、出租车司机，是千千万万的劳动者、追梦人。新时代是奋斗者的时代，更是追梦人的舞台。继续发扬奋斗精神，每个人都能演绎人生的精彩。

70年风雨兼程，56个民族携手同行，各民族交往交流交融，像石榴籽一样紧紧抱在一起，铸牢了中华民族共同体意识，共同团结奋斗、共同繁荣发展。新中国70年的发展成绩，把中国的体量和规模优势充分发挥出来，用团结奋进释放出发展的整体效应。事实证明，在党的坚强领导下，全国各族人民同心同德、同心同向，我们就能形成勇往直前、无坚不摧的强大力量，书写同心共筑中国梦的崭新篇章。

我们发扬创造精神、奋斗精神、团结精神，归根结底是为了实现中国梦。……可以说，中国人民的梦想精神不是止于空想，而是既有设计目标的蓝图，也有实现目标的努力，更有"说到就要做到"的信心和干劲。正所谓：山再高，往上攀，总能登顶；路再长，走下去，定能到达。

新时代属于每一个人，每一个人都是新时代的见证者、开创者、建设者。近14亿人的艰苦奋斗，终将汇聚成不可抵挡的时代洪流。有梦想、有机会、有奋斗，一切美好的东西都能够创造出来。

为什么中国人那样爱国？（摘选）

● 王　蒙

　　抗震（汶川）救灾中焕发出来的伟大的民族精神，人们为之而感动，而鼓舞，而骄傲。从可歌可泣的无数事实中，我们看到了中华文化已经深入到我们民族灵魂中一些稳定的、可贵的、有意义的方面。

　　我这里首先要强调的是我们的抗逆能力与抗逆风格。家贫出孝子，国乱显忠臣。天将降大任于斯人也，必先苦其心志，劳其筋骨，饿其体肤，空乏其身……艰难困苦，玉汝于成。福兮祸所伏，祸兮福所倚。……无数这样的命题与信念已经深入到我们民族的精魂。这些是我们的辩证法哲学，更是我们民族性格文化力量。正是日本军国主义的侵略唤起了中国人民空前的爱国主义；正是我们严峻的生产与生活条件培育了我们的艰苦奋斗、自力更生、勤劳与坚强。那么，正是天塌地陷的汶川大地震，显现了我们民族的坚强不屈与艰难奋斗，就是必然的了。……

　　其次我要谈中华民族的凝聚力。我们是一个大国，一个古国，一个文化上极有特点、极有独特魅力的民族。我们的文化爱国主义是无与伦比的。许多年前，我在国外讲学的时候一位朋友问我，为什么中国人那样爱国？我戏言道：中国有唐诗和中华料理。……我们终于看到了民族复兴、优良传统弘扬、普世成果的汲取、自立于世界民族之林的希望与现实。我们怎么能不珍爱自己的唐诗宋词与粤菜鲁肴、珍惜我们的生活乐趣与内心表达？不论是大陆内地，不论是港澳台，面对地震，表现出来的凝聚力向心力，即众志成城的团结精神、团队精神，使人们增加了对于这样一个人口众多的古老民族的不可分割、不可泯灭的信心。

第三我要强调我们的仁爱之心。仁者爱人，我们的文化强调和谐，强调仁爱、忠恕、礼义，强调民胞物与、将心比心、感同身受。我们的理想是老吾老以及人之老，幼吾幼以及人之幼，四海之内皆兄弟。……抗震救灾中有多少这方面的动人事迹啊。

我们的民族精神同时也是与人类先进文明的价值观念互通互动的，我们同样感念世界各国人民与各国政府对于中国抗震救灾的支持。然而毕竟中国是太大了，振兴中华的任务是太艰巨了，中国的国情与文化传统是太有特色了，我们首先得依靠自身，依靠中华民族的伟大精神，没有其他选择。

土地的誓言（摘选）

● 端木蕻良

当我躺在土地上的时候，当我仰望天上的星星，手里握着一把泥土的时候，或者当我回想起儿时的往事的时候，我想起那参天碧绿的白桦林，标直漂亮的白桦树在原野上呻吟；我看见奔流似的马群，蒙古狗深夜的嗥鸣；我听见皮鞭滚落在山涧里的脆响；我想起红布似的高粱，金黄的豆粒，黑色的土，红玉的脸，黑玉的眼睛，斑斓的山雕，奔驰的鹿群，带着松香气味的煤块，带着赤色的足金；我想起幽远的车铃，晴天里马儿带着串铃在溜直的大道上跑着，狐仙姑深夜的谰语，原野上怪诞的狂风……

当我记起了故乡的时候，我便能看见那大地的里层，在翻滚着一种红熟的浆液，这声音便是从那里来的。在那亘古的地层里，有着一股燃烧的洪流，像我的心喷涌着血液一样。这个我是知道的，我常常把手放在大地上，我会感到她在跳跃，和我的心的跳跃是一样的。她们从来没有停息，她们的热血一直在流，在热情的默契里她们彼此呼唤着，终有一天她们要汇合在一起。

土地是我的母亲，我的每一寸皮肤，都有着土粒，我的手掌一接近土地，心就变得平静。我是土地的族系，我不能离开她。在故乡的土地上，印下我无数的脚印。在那田垄里埋葬过我的欢笑，在那稻棵上捉过蚱蜢，在那沉重的镐头上留有我的手印，我吃过我自己种的白菜，故乡的土壤是香的，在春天，东风吹起的时候，土壤的香气便在田野里飘起。河流浅浅地流过，柳条像一阵烟雨似地窜出来，空气里都有一种欢喜的声音。原野到处有一种鸣叫，天空清亮透明，劳动的声音从这头响到那头。到秋天，银线似的蛛丝在牛角上挂着，粮车拉粮回来，麻雀吃厌了，这儿那儿到处飞，稻禾的香气是强烈的，辗着新谷的场院辘辘地响着，多么美丽，多么丰饶……没有人能够忘记她。神话似的丰饶，不可信的美丽，异教徒似的魅惑。我必定为她而战斗到底。比拜伦为希腊更要热情。

土地，原野，我的家乡，你必须被解放！你必须站立。夜夜我听见马蹄奔驰的声音，草原的儿子在黎明的天边呼唤。这时我起来，找寻天空中北方的大熊，在它金色的光芒之下，乃是我的家乡。我向那边注视着，注视着，直到天边破晓。我永不能忘记，因为我答应过她，我要回到她的身边，我答应过我一定回来。为了她，我愿付出一切，我必须看见一个更好看更美丽的故乡出现在我的面前或者我的坟前，而我将用我的泪水，洗去她一切的污秽和耻辱。

天　涯（摘选）

吴伯箫

访问海南岛的农场，我们路过了"天涯海角"。

唐朝宰相李德裕从潮州司马再贬崖州司户，曾有《登崖州城作》："独上高楼望帝京，鸟飞犹是半年程。青山似欲留人住，百匝千遭绕郡城。""天涯海角"就属古崖州，想象里那是很遥远的地方。

八十年代第一春到"天涯海角"，我们是带着兴奋的心情的。

快步走过一段沙石路，迈下海边并不修整的石台阶，迎面是一座半圆不方的巨大青灰色岩石，像海门的天然屏风。岩石上刻着郭老的三首诗，第一首诗的开头说："海角并非尖，天涯更有天"，概括而又明确地告诉了我们眼前的实际情况。我们来自辽阔的山河大陆，面前又是过边的碧海汪洋。哪是天涯，哪是海角呢？人，依然屹立在天地间水陆紧连的地方。一念突兀，感到时代的伟大、做人的骄傲了。论时令，正是冬季，北国飞雪纷纷，出门要戴皮帽，穿轨橄，在屋里也要生炉子，烧火墙；这里却是炎炎的烈日当头，穿短袖衫，摇葵扇，还是汗流浃背，最好是跳进大海里游泳，冲凉。看来"小小寰球"的确嫌小了，几个小时飞机就飞过了寒温热三带，而祖国是辽阔广大的。"天涯海角"也还是被包围在我们广漠的陆海中间。

在岸上，椰林凌霄；看海里，巨浪排空。"波青海面阔，沙白磊石圆"，又是郭老的诗写出了这一带的壮丽景色。天然啸聚踞，姿态万千。有的更像金水桥边的石狮子，坐镇南天门，气势雄伟，万钧巨力也难撼摇它一根毫毛。在一尊独立的圆锥形高大的岩石上，不知什么年代刻有"南天柱"三个遒劲大字，看上去真有点像独支苍穹的样子。想到共工氏"怒而触不周之山，天柱折，地维绝"的远古年代，"女娲炼五色石以补苍天，断鳌足以立四极"，这可就是那时的遗物么？不禁令人追慕宇宙洪荒世纪，原始巨人开天辟地业绩的宏伟了。

......

《崖州志》记载：清朝雍正年间，知州程哲在海湾一块巨石上面南写了"天涯"两字。"天涯"两字我看到了。站在退浪的平沙上，趁一时兴奋，不自量力，弯下腰去伸出右臂，用手作笔奋力在沙上也画了"天涯"两字。像做了一番不朽的事业，自我欣赏。字画在沙上，豪情刻在心里。不想字刚画好，一层海浪滚来把沙上的字抹掉了。激浪冲沙，洗刷得很彻底，"天涯"已了无痕迹。——这时涛声杂着笑声，一齐袭来。抬头寻笑声看去是十多个男女青年海军把自己围上了。个个伸出大拇指，连声叫"好！"原来他们正在赞赏沙上篆刻，五指书法呢。大家一一握手。谈起来知道他们都是上海初中毕业生，去年入伍，驻地不远，是趁星期天到"天涯海角"来逛逛的。谈得投机，兴致都来了，邂逅相遇，立刻成了忘年交。看他们朝气潮涌，英姿焕发，不禁还伸了拇指，回敬，回敬他们以祖国南大门的卫士，真正的当代神鹰。

在旁边亲眼看到这一幕热闹场面的另一位旅伴，一时心热起来，便即席赠诗，诗的中间四句是："手书'天涯'沙滩上，大海惊喜急收藏；后人到此不见字，但闻涛声情意长。"表达了大家的欢快情怀。

字画在沙上，只能是海市蜃楼的倒影，是会瞬息即逝的。还是学自己喜爱的德意志诗人亨利希·海涅吧。他在《宣言》里抒写：

我用力的手臂从挪威的森林里

拔下那最高的枞树

深深地把它浸入

爱特纳炽热的喷火口，

然后，用蘸着烈火的巨笔

我写在黑暗的天上……

　　就地取材，用海南岛上高耸挺拔的王棕作笔蘸火，我要写的将不是"天涯"，而是洋溢在内心里的真实的颂歌。从此，在天上闪耀着那燃烧的永不消灭的火字，而所有旅居异乡的游客和最远的一代代的子孙，都将欢呼地读着那天上的颂歌。颂歌的强音，燃烧得最红的火字是："可爱的祖国！"

　　贪着畅怀遐想，海滩再里边另一尊岩石上还写着"海角"两字，我却失掉了欣赏的机会。归途被旅伴讥笑说："不远万里来海南岛，却只看了'天涯'，而没看到'海角'。"自己也真感到有些愧悔。幸而在海边跟旅伴一道奔放游赏的时候，争着拾得了一些贝壳、海石花和玲珑剔透的上水石。带回首都，凭回忆和想象我要精心设计一盆盆景，放在座前案头，天天纵怀神游。盆景题目一定写全称："天涯海角"。

提醒幸福（摘选）

● 毕淑敏

　　幸福绝大多数是朴素的。它不会像信号弹似的，在很高的天际闪烁红色的光芒。它披着本色外衣，亲切温暖地包裹起我们。

　　幸福不喜欢喧嚣浮华，常常在暗淡中降临。贫困中相濡以沫的一块糕饼，患难中心心相印的一个眼神，父亲一次粗糙的抚摸，女友一个温馨的字条……这都是千金难买的幸福啊。像一粒粒缀在旧绸子上的红宝石，在凄凉中愈发熠熠夺目。

幸福有时会同我们开一个玩笑，乔装打扮而来，机遇、友情、成功、团圆……它们都酷似幸福，但它们并不等同于幸福。幸福会借了它们的衣裙，袅袅婷婷而来，走得近了，揭去帏幔，才发觉它有钢铁般的内核。幸福有时会很短暂，不像苦难似的笼罩天空。如果把人生的苦难和幸福分置天平两端，苦难体积庞大，幸福可能只是一块小小的矿石。但指针一定要向幸福这一侧倾斜，因为它有生命的黄金。

幸福有梯形的切面，它可以扩大也可以缩小，就看你是否珍惜。

我们要提高对于幸福的警惕，当它到来的时刻，激情地享受每一分钟。据科学家研究，有意注意的结果比无意要好得多。

当春天来临的时候，我们要对自己说：这是春天啦！心里就会泛起茸茸的绿意。

幸福的时候，我们要对自己说：请记住这一刻！幸福就会长久地伴随我们。那我们岂不是拥有了更多的幸福！

所以，丰收的季节，先不要去想可能的灾年，我们还有漫长的冬季来得及考虑这件事。我们要和朋友们跳舞唱歌，渲染喜悦。既然种子已经回报了汗水，我们就有权沉浸幸福。不要管以后的风霜雨雪，让我们先把麦子磨成面粉，烘一个香喷喷的面包。

所以，当我们从天涯海角相聚在一起的时候，请不要踌躇片刻后的别离。在今后漫长的岁月里，有无数孤寂的夜晚可以独自品尝愁绪。现在的每一分钟，都让它像纯净的酒精，燃烧成幸福的淡蓝色火焰，不留一丝渣滓。让我们一起举杯，说：我们幸福。

所以，当我们守候在年迈的父母膝下时，哪怕他们鬓发苍苍，哪怕他们垂垂老矣，你都要有勇气对自己说：我很幸福。因为天地无常，总有一天你会失去他们，会无限追悔此刻的时光。

幸福并不与财富、地位、声望、婚姻同步，这只是你心灵的感觉。所以，当我们一无所有的时候，我们也能够说：我很幸福。因为我们还有健康的身体。当我们不再享有健康的时候，那些最勇敢的人可以依然微笑着说：我很幸福，因为我还有一颗健康的心。甚至当我们连心也不再存在的时候，那些人类最优秀的分子仍旧可以对宇宙大声说：我很幸福。因为我曾经生活过。

常常提醒自己注意幸福，就像在寒冷的日子里经常看看太阳，心就会不知不觉的暖洋洋亮光光。

松树的风格

● 陶　铸

去年冬天，我从英德到连县去，沿途看到松树郁郁苍苍，生气勃勃，傲然屹立。虽是坐在车子上，一棵棵松树一晃而过，但它们那种不畏风霜的姿态，却使人油然而生敬意，久久不忘。当时很想把这种感觉写下来，但又不能写成。前两天在虎门和中山大学中文系的师生们座谈时，又谈到这一点，希望青年同志们能和松树一样，成长为具有松树的风格，也就是具有共产主义风格的人。

我对松树怀有敬畏之心不自今日始。自古以来，多少人就歌颂过它，赞美过它，把它作为崇高的品质的象征。

你看它不管是在悬崖的缝隙间也好，不管是在贫瘠的土地上也好，只要有一粒种子——这粒种子也不管是你有意种植的，还是随意丢落的，也不管是风吹来的，还是从飞鸟的嘴里跌落的，总之，只要有一粒种子，它就不择地势，不畏严寒酷热，随处茁壮地生长起来了。它既不需要谁来施肥，也不需要谁来灌溉。狂风吹不倒它，洪水淹不没它，严寒冻不死它，干旱旱不坏它。它只是一味地无忧无虑地生长。松树的生命力可谓强矣！松树要求于人的可谓少矣！这是我每看到松树油然而生敬意的原因之一。

我对松树怀有敬意的更重要的原因却是它那种自我牺牲的精神。你看，松树是用途极广的木材，并且是很好的造纸原料；松树的叶子可以提制挥发油；松树的脂液可制松香、松节油，是很重要的工业原料；松树的根和枝又是很好的燃料。更不用说在夏天，它用自己的枝叶挡住炎炎烈日，叫人们在如盖的绿荫下休憩；在黑夜，它可以劈成碎片做成火把，照亮人们前进的路。总之一句话，为了人类，它的确是做到了"粉身碎骨"的地步了。

要求于人的甚少，给予人的甚多，这就是松树的风格。

鲁迅先生说的"我吃的是草，挤出来的是牛奶，血"，也正是松树风格的写照。

自然，松树的风格中还包含着乐观主义的精神。你看它无论在严寒霜雪中和盛夏烈日中，总是精神奕奕，从来都不知道什么叫作忧郁和畏惧。

我常想：杨柳婀娜多姿，可谓妩媚极了，桃李绚烂多彩，可谓鲜艳极了，但它们只是给人一种外表好看的印象，不能给人以力量。松树却不同，它可能不如杨柳与桃李那么好看，但它却给人以启发，以深思和勇气，尤其是想到它那种崇高的风格的时候，不由人不油然而生敬意。

我每次看到松树，想到它那种崇高的风格的时候，就联想到共产主义风格。

我想，所谓共产主义风格，应该就是要求人的甚少，而给予人的却甚多的风格；所谓共产主义风格，应该就是为了人民的利益和事业不畏任何牺牲的风格。

每一个具有共产主义风格的人，都应该像松树一样，不管在怎样恶劣的环境下，都能茁壮地生长，顽强地工作，永不被困难吓倒，永不屈服于恶劣环境。每一个具有共产主义风格的人，都应该具有松树那样的崇高品质，人们需要我们做什么，我们就去做什么，只要是为了人民的利益，粉身碎骨，赴汤蹈火，也在所不惜，而且毫无怨言，永远浑身洋溢着革命的乐观主义的精神。

具有这种共产主义风格的人是很多的。在革命艰苦的年代里，在白色恐怖的日子里，多少人不管环境的恶劣和情况的险恶，为了人民的幸福，他们忍受了多少的艰难困苦，做了多少有意义的工作呵！他们贡献出所有的精力，甚至最宝贵的生命。就是在他们临牺牲的一刹那间，他们想的不是自己，而是人民和祖国甚至全世界的将来。然而，他们要求于人的是什么呢？什么也没有。这不由得使我们想起松树的崇高的风格！

目前，在社会主义建设的日子里，多少人不顾个人的得失，不顾个人的辛劳，夜以继日，废寝忘食，为加速我们的建设而不知疲倦地苦干着。在他们的意念中，一切都是为了迅速改变我国"一穷二白"的面貌，为了使人民的生活过得更好。这又不由得使我们想起松树的崇高的风格。

具有这种风格的人是越来越多了。这样的人越多，我们的革命和建设也就会越快。我希望每个人都能像松树一样具有坚强的意志和崇高的品质；我希望每个人都成为具有共产主义风格的人。

视听鉴赏　　通过手机或电脑输入关键词可视听鉴赏
小　贴　士　　多版本名家配乐朗诵和歌曲演唱

少年中国说（摘选）

● 梁启超

　　我中国其果老大矣乎？立乎今日，以指畴昔，唐虞三代，若何之郅治；秦皇汉武，若何之雄杰；汉唐来之文学，若何之隆盛；康乾间之武功，若何之烜赫！历史家所铺叙，辞章家所讴歌，何一非我国民少年时代良辰美景、赏心乐事之陈迹哉！而今颓然老矣，昨日割五城，明日割十城；处处雀鼠尽，夜夜鸡犬惊。十八省之土地财产，已为人怀中之肉；四百兆之父兄子弟，已为人注籍之奴；岂所谓"老大嫁作商人妇"者耶？呜呼！凭君莫话当年事，憔悴韶光不忍看！楚囚相对，岌岌顾影；人命危浅，朝不虑夕。国为待死之国，一国之民为待死之民，万事付之奈何，一切凭人作弄，亦何足怪！

　　任公曰：我中国其果老大矣乎？是今日全地球之一大问题也。如其老大也，则是中国为过去之国，即地球上昔本有此国，而今渐渐澌灭，他日之命运殆将尽也。如其非老大也，则是中国为未来之国，即地球上昔未现此国，而今渐发达，他日之前程且方长也。欲断今日之中国为老大耶？为少年耶？则不可不先明"国"字之意义。夫国也者，何物也？有土地，有人民，以居于其土地之人民，而治其所居之土地之事，自制法律而自守之；有主权，有服从，人人皆主权者，人人皆服从者。夫如是，斯谓之完全成立之国。地球上之有完全成立之国也，自百年以来也。完全成立者，壮年之事也；未能完全成立而渐进于完全成立者，少年之事也。故吾得一言以断之曰：欧洲列邦在今日为壮年国，而我中国在今日为少年国。

　　夫古昔之中国者，虽有国之名，而未成国之形也。或为家族之国，或为酋长之国，或为诸侯封建之国，或为一王专制之国。虽种类不一，要之，其于国家之体质也，有其一部而缺其一部。正如婴儿自胚胎以迄成童，其身体之一二官支，先行长成，此外则全体虽粗具，然未能得其用也。故唐虞以前为胚胎时代，殷周之际为乳哺时代，由孔子而来至于今为童子时代，逐渐发达，而今乃始将入成童以上少年之界焉。其长成所以若是之迟者，则历代之民贼有窒其生机者也。譬犹童年多病，转类老态，或且疑其死期之将至焉，而不知皆由未完成、未成立也。非过去之谓，而未来之谓也。

且我中国畴昔，岂尝有国家哉？不过有朝廷耳！我黄帝子孙，聚族而居，立于地球之上者既数千年，而问其国之为何名，则无有也。夫所谓唐、虞、夏、商、周、秦、汉、魏、晋、宋、齐、梁、陈、隋、唐、宋、元、明、清者，则皆朝名耳。朝也者，一家之私产也。国也者，人民之公产也。朝有朝之老少，国有国之老少。朝与国既异物，则不能以朝之老少而指为国之老少明矣。文、武、成、康，周朝之少年时代也。幽、厉、桓、赧，则其老年时代也。高、文、景、武，汉朝之少年时代也。元、平、桓、灵，则其老年时代也。自余历朝，莫不有之。凡此者谓为一朝廷之老也则可，谓为一国之老也则不可。一朝廷之老且死，犹一人之老且死也，于吾所谓中国者何与焉。然则，吾中国者，前此尚未出现于世界，而今乃始萌芽云尔。天地大矣，前途辽矣。美哉我少年中国乎！

视听鉴赏
小贴士｜通过手机或电脑输入关键词可视听鉴赏
多版本名家配乐朗诵和歌曲演唱

青春之中国（摘选）

● 李大钊

人类之成一民族一国家者，亦各有其生命焉。

有青春之民族，斯有白首之民族，有青春之国家，斯有白首之国家。

吾之民族若国家，果为青春之民族、青春之国家欤，抑为白首之民族、白首之国家欤？

苟已成白首之民族、白首之国家焉，吾辈青年之谋所以致之回春为之再造者，又应以何等信力与愿力从事，而克以著效？

此则系乎青年之自觉何如耳！

……

由历史考之，新兴之国族与陈腐之国族遇，陈腐者必败；朝气横溢之生命力与死灰沉滞之生命力遇，死灰沉滞者必败；青春之国民与白首之国民遇，白首者必败，此殆天演公例，莫或能逃者也。

吾国自黄帝以降，赫赫然树独立之帜于亚东大陆者，四千八百余年于兹矣。历世久远，纵观横览，罕有其伦。稽其民族青春之期，远在有周之世，典章文物，灿然大备，过此以往，渐向衰歇之运，然犹浸衰浸微，扬其余辉，以至于今日者，得不谓为其民族之光欤？夫人寿之永，不过百年，民族之命，垂五千载，斯亦寿之至也。印度为生释迦而兴，故自释迦生而印度死；犹太为生耶稣而立，故自耶稣生而犹太亡；吾国为生孔子而建，故自孔子生而吾国衰，陵夷至于今日，残骸枯骨，满目黯然，民族之精英，澌灭尽矣，而欲不亡，庸可得乎？

吾青年之骤闻斯言者，未有不变色裂眦，怒其侮我之甚也。

虽然，勿怒也。

吾之国族，已阅长久之历史，而此长久之历史，积尘重压，以桎梏其生命而臻于衰敝者，又宁容讳？然而吾族青年所当信誓旦旦，以昭示于世者，不在龂龂辩证白首中国之不死，乃在汲汲孕育青春中国之再生。

你好，长城（摘选）

● 曹 翯

你好，长城！我来了！

在这草木萧条、猎猎北风刺人肌骨的初冬季节，我不远万里，到八达岭看你来了。你好吗？

在崇山峻岭之间，你屹立几千年了，像盘旋欲飞的巨龙，像九曲八折的黄河，像威武庄严的卫士。你以无比宏伟的雄姿、磅礴的气势闻名于世。

你瞧，我随同身旁这一群群男男女女、老老少少，还有黄发碧眼的外国游人，一起看你来了。你吸引着国内外成千上万的游客，都以一览你的雄姿为平生的一大快事，直奔你而来。

你，千百年来一直吸引着历代文人墨客为你赋诗绘画，也给我国文学艺术的宝库增添了许多优美动人的华章与画卷。你是我国光辉灿烂的古代文明中不可多得的瑰宝！

……

长城，你是一座雄伟壮丽的建筑艺术！

足蹬城砖，手抚城墙，感慨万千，唏嘘不已。如果说感受阴柔之美的过程具有"润物细无声"的特质，那么阳刚之美的杰作会在刹那间震慑人们的心灵。就两种形态美的功能而言，阴柔之美侧重于影响个体人格的内心世界，对于完善一个人的独立完整的人格具有重要意义；而阳刚之美则鼓舞一个民族的自信心，振奋一个民族的精神，从而推动历史的巨轮滚滚前进，具有不可估量的价值和意义。

长城，你所代表的阳刚之美，正是具有这种影响历史创造力的深层内涵。你，体现着中华民族的伟大力量和坚强意志。就在你的身边，有过多少次狼烟四起，胡马长嘶，刀光剑影的厮杀嚎叫，发生过多少可歌可泣的动人故事，谁人能说得清楚？因而你成为中华民族不屈不挠、顽强拼搏的精神的象征，激励着无数仁人志士驰骋沙场，英勇杀敌，为国捐躯。

长城，你是我们中华民族伟大精神的象征！

……

长城，你是一卷卷古老厚重，凄婉动人的历史！

如今，你以奇伟、雄险和绵延万里的雄姿，征服了中外无数的瞻仰者。现代著名考古学家希里曼在第一次看到你时，曾发出这样的惊叹：无论是从爪哇岛火山的高峰，从加利福尼亚的西拉利瓦达的山顶，还是从喜马拉雅山的山峰，从南美洲的哥地来高原上，所见过的宏伟壮丽的景象，都永远不能和我眼前展开的这一幅美丽奇伟的画幅比拟，我惊讶着，震撼着，它对于我就像洪荒时代巨人族神话式的创造，超过我想象中的一百倍！

长城，你是一座雄伟壮丽的建筑艺术的宝库，是中华民族伟大精神的象征，是一卷卷古典厚实的中国历史的缩影，是亿万中华儿女的骄傲和自豪！在你的身上，凝聚着我国古代多少劳动人民的血泪和智慧啊！

呼呼的北风，仿佛是长城对我的私语。长城，你披一身灿烂的冬阳，精神抖擞地接受了我的造访。

再见，长城！我还会再来看你的。

每逢佳节（摘选）

● 冰 心

唐诗人王维的《九月九日忆山东兄弟》这首诗，一千多年来脍炙人口，每逢佳节，在异乡的游子，谁不在心里低回地背诵着：独在异乡为异客／每逢佳节倍思亲／遥知兄弟登高处／遍插茱萸少一人。其实，在秋高气爽的风光里，在满眼黄花红叶的山头，饮着菊花酒，插着茱萸的兄弟们，也更会忆起"独在异乡为异客"的王维。他们并肩站在山上遥望天涯，定会不约而同地怅忆着异乡的游子，恨不得这时也有他在内，和大家一起度过这欢乐的时光。

我深深地知道这种情绪，因为每逢国庆，我都会极其深切地想到我们海外的亲人。……我的心一直在想着许许多多现在在国外的男女老幼的脸，我忆起他们恳挚的直盯在你脸上的眼光，他们的倾听着你谈话的神情，他们的从车窗外伸进来的滚热的手，他们不断起伏的在我们车外唱的高亢的《歌唱祖国》的歌声……我想，这时候，在全地球，不知道有几千万颗的心，向日葵似地转向着天安门，而在天安门上，和天安门的周围——这周围扩大到祖国国境的边界——更不知道有几亿颗的心，也正想念着国外的亲人啊！

观礼台前涌过浩荡的彩旗的海，欢呼的声音像雄壮的波涛一般的起落，我的心思随着这涛声飘到印度的孟买，我看到一个老人清瘦的布满皱纹的笑脸，他出国的年头和我出生的年纪差不多一样长！他是那般亲热地、颤巍巍地跟在我们前后，不住地问长问短，又喜悦，又惊奇，两行激动的热泪，沿着眼角皱纹，一直流下双颊……

　　我的心思，飘过异国的许多口岸，熨贴着各处各地在异乡作客的亲人。他们和他们的祖先都是勤劳勇敢的劳动人民，被从前的黑暗政治所压迫，咬着牙漂洋过海，到远离祖国的地方，靠着自己坚强的双手，经过千辛万苦，立业成家。在祖国悲惨黑暗的年头，他们是有家难奔，有国难投，岁时节庆，怅望故乡，也只有魂销肠断；然而他们并不灰心，一面竭力地从各方面辅助祖国自由独立的事业，一面和当地人民合作友好，鼓足勇气生活下去。英雄的中国人民站起来了……不但站得稳，而且站得高，成了保卫世界和平的一面鲜红的旗帜。如今，我们海外的亲人，每逢佳节，不是低回抑郁地思乡，而是欢欣鼓舞地念想着流光溢彩的天安门。但是，他们应该会想到，在天安门上面和周围，也有无数颗火热的心在想着他们，交叉的亿万颗心，在同一节奏里剧烈地跳动……

梅花魂

● 陈慧瑛

　　故乡的梅花又开了。那朵朵冷艳、缕缕幽芳的梅花，总让我想起漂泊他乡、葬身异国的外祖父。

　　我出生在东南亚的星岛，从小和外祖父生活在一起。外祖父年轻时读了不少经、史、诗、词，又能书善画，在星岛文坛颇负盛名。我很小的时候，外祖父常常抱着我，坐在梨花木大交椅上，一遍又一遍地教我读唐诗宋词。每当读到"独在异乡为异客，每逢佳节倍思亲""春草明年绿，王孙归不归""自在飞花轻似梦，无边丝雨细如愁"之类的句子，常会有一颗两颗冰凉的泪珠落在我的腮边、手背。这时候，我会拍着手笑起来："外公哭了！外公哭了！"老人总是摇摇头，长长地叹一口气，说："莺儿，你还小呢，不懂！"

外祖父家中有不少古玩，我偶尔摆弄，老人也不甚在意。唯独书房那一幅墨梅图，他分外爱惜，家人碰也碰不得。我五岁那年，有一回到书房玩耍，不小心在上面留了个脏手印，外祖父顿时拉下脸。有生以来，我第一次听到他训斥我妈："孩子要管教好，这清白的梅花，是玷污得的吗？"训罢，便用保险刀轻轻刮去污迹，又用细绸子慢慢抹净。看见慈祥的外祖父大发脾气，我心里又害怕又奇怪：一枝画梅，有什么稀罕的呢？

有一天，妈妈忽然跟我说："莺儿，我们要回唐山去！"

"干吗要回去呢？"

"那儿才是我们的祖国呀！"

哦！祖国，就是那地图上像一只金鸡的地方吗？就是那拥有长江、黄河、万里长城的国土吗？我欢呼起来，小小的心充满了欢乐。

可是，我马上想起了外祖父，我亲爱的外祖父。我问妈妈："外公走吗？"

"外公年纪太大了……"

我跑进外祖父的书房，老人正躺在藤沙发上。我说："外公，您也回祖国去吧！"

想不到外祖父竟像小孩一样，"呜呜呜"地哭了起来……

离别的前一天早上，外祖父早早地起了床，把我叫到书房里，郑重地递给我一卷白杭绸包着的东西。我打开一看，原来是那幅墨梅，就说："外公，这不是您最宝贵的画吗？"

"是啊，莺儿，你要好好保存！这梅花，是我们中国最有名的花。旁的花，大抵是春暖才开花，她却不一样，愈是寒冷，愈是风欺雪压，花开得愈精神，愈秀气。她是最有品格、最有灵魂、最有骨气的！几千年来，我们中华民族出了许多有气节的人物，他们不管历经多少磨难，不管受到怎样的欺凌，从来都是顶天立地，不肯低头折节。他们就像这梅花一样。一个中国人，无论在怎样的境遇里，总要有梅花的秉性才好！"

……

多少年过去了，我每次看到外祖父珍藏的这幅梅花图和给我的手绢，就想到，这不只是花，而且是身在异国的华侨老人一颗眷恋祖国的心。

可爱的中国

● 方志敏

朋友！中国是生育我们的母亲。你们觉得这位母亲可爱吗？

我想你们是和我一样的见解，都觉得这位母亲是蛮可爱蛮可爱的。以言气候，中国处于温带，不十分热，也不十分冷，好像我们母亲的体温，不高不低，最适宜于孩儿们的依偎。以言国土，中国土地广大，纵横万数千里，好像我们的母亲是一个身体魁大、胸宽背阔的妇人，不像日本姑娘那样苗条瘦小。中国许多有名的崇山大岭，长江巨河，以及大小湖泊，岂不象征着我们母亲丰满坚实的肥肤上之健美的肉纹和肉窝？中国土地的生产力是无限的；地底蕴藏着未开发的宝藏也是无限的；废置而未曾利用起来的天然力，更是无限的；这又岂不象征着我们的母亲，保有着无穷的乳汁，无穷的力量，以养育她四万万的孩儿？我想世界上再没有比她养得更多的孩子的母亲吧。

　　至于说到中国天然风景的美丽，我可以说，不但是雄巍的峨嵋，妩媚的西湖，幽雅的雁荡，与夫"秀丽甲天下"的桂林山水，可以傲睨一世，令人称羡；其实中国是无地不美，到处皆景，自城市以至乡村，一山一水，一丘一壑，只要稍加修饰和培植，都可以成流连难舍的胜景；这好像我们的母亲，她是一个天资玉质的美人，她的身体的每一部分，都有令人爱慕之美。中国海岸线之长而且弯曲，照现代艺术家说来，这象征我们母亲富有曲线之美吧。

　　咳！母亲！美丽的母亲，可爱的母亲，只因你受着人家的压榨和剥削，弄成贫穷已极；不但不能买一件新的好看的衣服，把你自己装饰起来；甚至不能买块香皂将你的全身洗擦洗擦，以致现出怪难看的一种憔悴褴褛和污秽不洁的形容来！啊！我们的母亲太可怜了，一个天生的丽人，现在却变成叫化的婆子！站在欧洲、美洲各位华贵的太太面前，固然是深愧不如，就是站在那日本小姑娘面前，也自惭形秽得很呢！

　　听着！朋友！母亲躲到一边去哭泣了，哭得伤心得很呀！她似乎在骂着："难道我四万万的孩子，都是白生了吗？难道他们真像着了魔的狮子，一天到晚地睡不醒吗？难道他们不知道自己伟大的团结力量，去与残害母亲剥削母亲的敌人斗争吗？难道他们不想将母亲从敌人手里救出来，把母亲也装饰起来，成为世界上一个最出色、最美丽、最令人尊敬的母亲吗？"……

视听鉴赏　　通过手机或电脑输入关键词可视听鉴赏
小贴士　　多版本名家配乐朗诵和歌曲演唱

黄河之水天上来

● 刘白羽

　　汽车时而穿行于碎石如斗的山谷之中，时而奔驰在辽阔的高原之上。远望刘家峡，层峦叠翠、静谧安详，谁料汽车转折而下，驶到刘家峡电站大坝底下的时候，突然冲入滂沱大雨之中。我非常惊讶，天上晴空万里，哪儿来的暴雨呢？我下车转身一看，怔住了，我看到的是什么？如乌云乱卷，如怒火，如狂飙。这些乌云先是从下面向上喷射，喷到半空，又跌落下来，化成苍苍银雾。这一卷云雾，给阳光照得闪亮，又飞上高空。乌云白雾，上下翻腾，再向上，如浓墨，如淡墨，像核爆炸时的蘑菇云，直耸高空，巍然不动，这场景真是有点惊人。原来接连落了几天雨，水位陡增，水电站提起溢洪道的一扇闸门，刚才所见，就是黄河之水从溢洪道喷射而出的情景。我再举首仰望，只见巉岩壁立，万仞摩天，峡谷之内，烟雾缭绕，浪花飞溅，发出千万惊雷的轰鸣。我到坝顶俯视，才看清黄河有如无数巨龙扭在一起飞旋而下，在窄窄两山之间，它咆哮，它奔腾，冲起的雪白浪头比岸上的山头还高，是激流，是浓雾，旋卷在一起，浩浩荡荡，汹涌澎湃，远去，远去，再远去，整个黄河都为白烟银雾所笼罩。

　　可是没有料到，我真正一览黄河的雄伟神姿，是在从乌鲁木齐飞回北京的飞机上。起飞时，眼前一片飞云骤雨，升上高空，忽然一道灿烂阳光透过舷窗射在我脸上，急忙向下看，云雾里巍然耸立着雪峰，白得如同冰霜塑出的，像是那里刚刚落过一阵大雪，这是何等雄伟的冰雪海洋啊！

　　飞机继续上升，下面出现了莽莽云流，向后飞速驶去，望眼所及之处，有一道整整齐齐的白云线，云线上悬着一条蓝天。飞机再上升，下面完全是旋卷沸腾的云海怒涛了。

又过了一段时间，云海忽然逝去，下面展现出一望无际的深褐色大地，阳光从上面像千万道聚光灯照射下去，一种出乎意外的梦幻般的奇景突然出现了。我想一个人一生一世也许只能见到这样一次吧！

在这茫茫大地之上有一条蜿蜒艅旋的长带。这个长带有的段落是深黑色的，有的段落是银白闪光的。开始我茫然，不知道这是什么，仔细看时，才知道是黄河。这苍莽无垠的母亲大地呀，是它的乳汁，从西北高原喷涌而出，哺育着千秋万代子子孙孙。它纵横奔驰，呼啸苍天。这条浩荡的黄河，一下分散作无数条细流，如万千缨络闪烁飘忽；一下又汇为巨流，如利剑插过深山。多么辽阔无际的西北高原哪！高原上空，无数美丽的发亮的银白色云团，飘忽闪烁，如白玫瑰随风飞舞。这时，一曲牧羊人的歌声嘹亮地响起，不过，这一次它不是在空中，是从我心中飞出，飞下长天，飞下黄河，随着惊涛骇浪而飞扬，而回荡。

欢乐中国年

● 龙　秀（陈福荣）

欢乐的中国年，伴随着响彻云霄那爆竹声欢快的节奏，系一缕春风，轰轰烈烈地涌进了我们的身边。大红春联缱绻着吉祥的祝福，在家家户户门里屋外闪烁着。大红灯笼，大红中国结，像一盏盏耀眼的航标灯，高高地悬挂在路旁的高干之上，犹如和暖的阳光，晒热了人们的心。

一片艳丽的中国红，遍布了大街小巷，在万家团圆这个热烈的气氛中，氤氲着喜庆，也凝聚了中华民族鲜血般雄浑的色彩，在璀璨的大千世界里独领风骚。

梅在春风里拂动了秀色，含苞的花蕊悄然从枯木中破茧绽出，势必与布满天下的中国红争相斗艳。你绽放，我必盛开，你夺目，我必妖娆，给欢腾的新春佳节锦上添花。

"爆竹声中一岁除，春风送暖入屠苏，千门万户曈曈日，总把新桃换旧符。"从宋代王安石的诗意里，不难看出中国自古以来对新年的重视。除夕的贴春联，年夜饭是流传千古的年俗。春风拂面，旧符更新，一派欣欣向荣的崭新中国年，在天地间沸腾起来。

大年初一，街头巷尾挤满了勾肩搭背，走亲访友的人群。大家都洋溢在浓烈的节日氛围中。孩子在天真地笑，年轻人在幸福地笑，老人在开心地笑。……

中国年，是一条心灵的纽带。它搭起了联络世界各地亲朋好友间的新亚欧大陆桥，也是一条情感连接的新丝绸之路。把相隔万里不常见面的亲人汇聚在一起，共同举杯，开怀畅饮，诉诉离别的闷，说说相聚的密，不醉不休。

中国年，是蜗居在乡村留守儿童们的一份美好的希望，他们睁圆了大眼睛，绊着小脚丫数，盼着新年的一天天临近，希望再次扑进妈妈的怀里撒个娇，再次坐到爸爸的肩头上外出观个光。

中国年，是寄宿在敬老院里老人们的光明。他们平时把对儿女的那份挚爱，深深地埋藏在心底。新年将至，他们颤巍巍地揭着日历，此时此刻，多么希望儿孙能有时间回来，把他们接回家，再享受一次见一面少一面的天伦之乐。

中国年，也给像我一样失去父母家人的人，留下了一份悠悠的乡愁。看着朋友圈晒出的一张张大团圆照片，我的眼睛潮湿了。一份羡慕，一份祝福，一份疼痛在心坎里激荡。

　　每到逢年过节，因为父母家人的离去，心里总藏着一份抑郁的遗憾，和不经意间发出的一声哀叹。祝愿全天下的家庭都能美满幸福，团团圆圆。父母老人都能健康长寿，给儿女有机会敬一份孝心。

　　华灯万家乐，欢喜幸福年，山川在欢笑，大海在沸腾，江河在徜徉，五十六个民族在欢声笑语中欢庆中国年。团圆的中国年，在人们的心中永不退热，火红的中国红，在人们的眼睛里永不褪色。

桂林山水（摘选）

● 方　纪

　　1959 年夏天，李可染同志由桂林写生回到北京，寄了一幅画给我看，标题是《桂林画山侧影》。一下子，我就被画幅吸引了，画面把我带到了一种可以说是幸福的回忆中——不仅是桂林的山水，连同和这相关联的那一段生活，都在我记忆里复活起来。那些先前不曾领会的，如今领会了；先前不曾认识的，如今认识了。桂林山水，是这样逼真地又出现在我面前。这时，我惊叹于艺术的力量之大，感人之深。并且惊叹之余，还诌了这样四句不成样子的旧诗寄他：

　　　　皴法似此并世无，墨犹剥漆笔犹斧；
　　　　画山九峰兀然立，语意新出是功夫。

这次重到桂林，置身桂林山水之间，使我又想到了可染同志的这幅画，于是就记忆，印证了画与山的关系，艺术与真实的关系；明白了它们怎样地从自然存在，经过画家的劳动，变为有生命的、可以打动人心灵的艺术作品。

……

从古以来，山水怎么看，恐怕是各人各有心胸的。但一切既反映了自然真实面貌，又创造了崇高意境的，则无论是绘画、诗、散文，都成为了我国人民的精神财富，为我们伟大祖国的富丽山河，赋予了种种美好的形象和性格，启示了和发展着人们的爱国主义思想情感。

桂林山水，毕竟是美的。早晨起来，打开窗子，便有一片灰得发蓝的山色扑进房子里来，照得房间里的墙壁、书桌，连同桌上的稿纸，都仿佛有一层透明的岚光在浮动。而窗前的树，案头的花，也因为这山岚的照耀，绿得更深，红得更艳了。

当然，这是太阳的作用。太阳这时还在山那面，云里边。由于重重山峰的曲折反映，层层云雾的回环照耀，阳光在远近的山峰、高低的云层上，涂上浓淡不等的光彩。这时，桂林的山最是丰富多彩了：近处的蓝得透明；远一点的灰得发黑；再过去，便挨次地由深灰、浅灰，而至于只剩下一抹淡淡的青色的影子。但是，还不止于此。有时候，在这层次分明、重叠掩映的峰峦里，忽然现出一座树木葱茏、岩石峻嶒的山峰来。

……

从桂林到阳朔，有人比喻为一幅天然的画卷。但比起画卷来，那山光水色的变化，在清晨，在中午，在黄昏，却是各有面目，变化万千，要生动得多的。尤其是在春雨迷蒙的早晨，江面上浮动着一层轻纱般的白蒙蒙的雨丝，远近的山峰完全被云和雨遮住了。这时只有细细的雨声，打着船篷，打着江面，打着岸边的草和树。于是，一种令人感觉不到的轻微的声响，把整个漓江衬托得静极了。这时忽然一声欸乃，一只小小的渔舟，从岸边溪流里驶入江来。顺着溪流望去，在细雨之中，一片烟霞般的桃花，沿小溪两岸一直伸向峡谷深处，然后被一片看不清的或者是山，或者是云，或者是雾，遮断了。

可染同志的那幅《桂林画山侧影》，同时在我记忆里复活起来，而且是更为生动地在我面前出现了。

画的篇幅不大，而且是全不着色的白描。整个画面，几乎全被兀立的山岩占满了，只在画面下部不到五分之一的位置，有一排树木葱茏的村舍，村前田塍上，有一个牵牛的人走来。但这些都不是画的主体，也不引起观者的特别的注意。而一下子就吸引了观者的，正是那满纸兀立的山岩。山岩像挨次腾起的海上惊涛，一浪高过一浪，层层叠竖，前呼后拥，陡直地升高上去，升高上去，直到顶部接近天空的地方，才分出画山九峰的峰峦来，而山岩石壁，直如斧劈刀斩一样，崚嶒峻峭，粗涩的石灰岩质，仿佛伸手就能触到。于是整个画山，现出一种雄奇峻拔、咄咄逼人的气势。这时，在我面前，画山仿佛脱离开周围的山而凸现出来，活动起来，变成了一个有生命，有血肉，有思想和情感的物体。自然存在的山和艺术创作的山，竟分不出界限，融为一体。

但是，这只是一刹那间的事。等到画山过去，印象消逝，在我记忆里，便只剩下一种雄奇的意境，奋发的情思了。

坐在船头，我木然地沉思着，并且像是有所领悟地想到：人的劳动，人的精神的创造，是这样神奇！它像是在人和自然之间，搭起了一座神话中的桥梁；又像是一把神话中的金钥匙，打开了神仙洞府的门。人们通过这桥梁，走进这洞门，才看清了自然的底蕴，自然的灵魂。

……

山水画作为一种艺术，从古以来就成为了帮助人们认识自然，欣赏自然美，进而帮助人们"按照美的法则"，改造自然的一种手段。和所有的艺术一样，它的力量是建筑在对自然的深刻观察和具体描写上。可染同志的画就具有这样的特点——不仅观察深刻，而且描写具体，因而看起来真实而且有力。结果，就使你从对山水的具体感受中，不知不觉进入了画家所创造的精神境界。无论是雄伟，无论是壮丽，无论是种种可以使你对祖国山河油然而生的爱恋情绪。这时，你会感觉到，你的爱国主义是具体的，有力量的，是饱和着自己的经验和感受在内的激昂奋发的情绪。于是，画家的劳动，也就在这时得到了报偿。

注释：可染同志的这幅画，指 1959 年李可染赠予作者的《桂林画山侧影》。

国家荣誉感

● 冯骥才

一个大问题一直盘踞在我脑袋里：

世界杯怎么会有如此巨大的吸引力？除去足球本身的魅力之外，还有什么超乎其上而更伟大的东西？

近来观看世界杯，忽然从中得到了答案：是由于一种无上崇高的精神情感——

国家荣誉感！

地球上的每个人都有国家的概念。但未必时时会有国家的感觉。往往人到异国，思念家乡，心怀故国，这国家概念就变得有血有肉，爱国之情来得非常具体。而现代社会，科技昌达，信息快捷，事事上网，世界真是太小太小，国家的界限似乎也不那么清晰了。再说足球，正在快速世界化，平日里各国球员频繁转会，往来随意，致使愈来愈多的国家联赛都具有国际的因素。球员们不论国籍，只效力于自己的俱乐部，他们比赛时的激情中完全没有爱国主义的因子。

然而，到了世界杯大赛，天下大变。各国球员都回国效力，穿上与光荣的国旗同样色彩的服装。在每一场比赛前，还高唱国歌以宣誓对自己祖国的挚爱与忠诚。一种血缘情感开始在全身的血管里燃烧起来，而且立刻热血沸腾。

在历史时代，国家间经常发生对抗，好男儿戎装卫国。国家的荣誉往往需要以自己的生命去换取。但在和平时代，唯有这种国家之间大规模的对抗性的大赛，才可以唤起那种遥远而神圣的情感，那就是：为祖国而战！

尽管这只是"和平时期的世界大战"，或是一种美丽的战争模拟，或是最庄严的人类游戏。但是在和平时代，除去足球，很少有一种东西可以把人们的爱国情感如此强烈地激发出来。

你看，世界杯上的球迷——他们决不只是为自己球队助威，更为了各自国家的荣誉与尊严呼喊！否则，一粒球的得失，怎么会等同于一种存亡？胜而举国光明，败则天昏地暗。德国队失败后，科尔总理居然说："德国队的失败是全体德国人民的损失。"这话真像在说一场决定国家荣辱的战争了。

为此，球迷们从头到脚，全是国家的符号、标记与象征。球员好比上阵的武士，他们则是列开阵势的浩浩荡荡的三军。此时，他们鲜明地感到——国家的尊严无比神圣，国家的荣誉无比崇高，国家的形象无比珍贵。人世间唯有国家情感才能这样至高无上。

国家情感，是一种历史情感，文化情感，地理情感，也是一种民族情感。它平时不知不觉地潜在人们心底，此刻却被有声有色、百倍千倍地激扬出来。

有趣的是，在比赛中，双方球员和球迷都争得你死我活；但比赛之后，球员们互相拥抱和互赠球衣，球迷们则在一起畅聚联欢。战争中的对抗因相互伤害而更加仇恨；世界杯的对抗换来的却是友谊、交流，还有团结。

同时，不论胜者还是负者，各自的国家情感全受到一次强大的激发，人们心中那种神圣的精神需求都得到一次淋漓尽致的满足。

这是世界杯创造的奇迹，也是人类用足球创造的现代文明。

故乡的水土

● 林清玄

第一次出国，妈妈帮我整行李，在行李整得差不多的时候，她突然拿出一个透明的小瓶子，里面装着黑色的东西。

"把这个带在行李箱里，保佑旅行平安。"妈妈说。

"这是什么密件？"

妈妈说："这是我们门口庭抓的泥土和家里的水。你没听说旅行如果会生病，就是因为水土不服，带着一瓶水土，你走到哪里，哪里就是故乡，就不会水土不服了。"

妈妈还告诉我，这是我们闽南人的传统，祖先从唐山过台湾时，人人都带着一些故乡的泥土，一点随身携带、一点放在祖厅、一点撒在田里，因为故乡水土的保佑才使先人在蛮荒之地，垦出富庶之乡。

此后，我每次出门旅行，总会随身携带一瓶故乡的水土，有时候在客域的旅店，把那瓶水土拿出来端详，就觉得那灰黑色的水土非常美丽，充满了力量。

故乡的水土生养我们，使我们长成顶天立地的男儿，即使漂流万里，在寂寞的异国之夜，也能充满柔情与壮怀。

那一瓶水土中不仅有着故乡之爱，还有妈妈的祝福，这祝福绵长悠远，一直照护着我。

（外一篇）太子龙与中国强

小时候最盼望的是过年，因为可以买一年一套的新衣服，到了年底，几乎每天都会嗅到新衣服那种棉香了。

布鞋也是一年只买一次，穿到破了，只好赤脚去上学，期待新年赶紧到。

我还记得那时我们买的卡其制服叫作"太子龙"，布鞋的牌子是"中国强"。

新衣、新鞋买回来，舍不得马上穿，要抱着一起睡觉很多天，每天都很开心。

盼呀盼的，新年终于到了。

我把新衣服、新鞋子穿起来，感觉到自己是多么笔挺，可以出去让这世界的人看看了！也因为是过年，新衣的口袋里总像装满了欢乐，怎么掏出来用，也用不完。

但是，穿新衣的时候我会想到，一个人穿新衣确实快乐得像太子，怪不得新衣叫"太子龙"。

我又会想到：中国如果真像球鞋的名字那样强起来，我们就可以常常穿新鞋了！

故都的秋（摘选）

● 郁达夫

秋天，无论在什么地方的秋天，总是好的；可是啊，北国的秋，却特别来得清，来得静，来得悲凉。我的不远千里，要从杭州赶上青岛，更要从青岛赶上北平来的理由，也不过想尝一尝这"秋"，这故都的秋味。

江南，秋当然也是有的；但草木凋得慢，空气来得润，天的颜色显得淡，并且又时常多雨而少风；一个人夹在苏州上海杭州，或厦门香港广州的市民中间，浑浑沌沌地过去，只能感到一点点清凉，秋的味，秋的色，秋的意境与姿态，总看不饱，尝不透，赏玩不到十足。

秋并不是名花，也并不是美酒，那一种半开、半醉的状态，在领略秋的过程上，是不合适的。

不逢北国之秋，已将近十年了。在南方每年到了秋天，总要想起陶然亭的芦花，钓鱼台的柳影，西山的虫唱，玉泉的夜月，潭柘寺的钟声。

在北平即使不出门去罢，就是在皇城人海之中，租人家一椽破屋来住着，早晨起来，泡一碗浓茶，向院子一坐，你也能看得到很高很高的碧绿的天色，听得到青天下训鸽的飞声。

从槐树叶底，朝东细数着一丝一丝漏下来的日光，或在破壁腰中，静对着像喇叭似的牵牛花（朝荣）的蓝朵儿，自然而然地也能够感觉到十分的秋意。说到了牵牛花，我以为以蓝色或白色者为佳，紫黑色次之，淡红色最下。最好，还要在牵牛花底，都长着几根疏疏落落的尖细且长的秋草，使作陪衬。

北国的槐树，也是一种能使人联想起秋来的点缀。像花而又不是花的那一种落蕊，早晨起来，会铺得满地。脚踏上去，声音也没有，气味也没有，只能感觉出一点点极微细极柔软的触觉。

扫街的在树影下一阵扫后，灰土上留下来的一条条扫帚的丝纹，看起来既觉得细腻，又觉得清闲，潜意识下并且还觉得有点儿落寞，古人所说的梧桐一叶而天下知秋的遥想，大约也就在这些深沉的地方。

秋蝉的衰弱的残声，更是北国的特产；因为北平处处全长着树，屋子又低，所以无论在什么地方，都听得见它们的啼唱。在南方是非要上郊外或山上去才听得到的。这秋蝉的嘶叫，在北平可和蟋蟀耗子一样，简直像是家家户户都养在家里的家虫。

还有秋雨哩，北方的秋雨也似乎比南方的下得奇，下得有味，下得像样。

……

在中国，文字里有一个"秋士"的成语，读本里又有着很普遍的欧阳子的秋声与苏东坡的《赤壁赋》等，就觉得中国的文人，与秋的关系特别深了。可是这秋的深味，尤其是中国的秋的深味，非要在北方，才感受得到。

南国之秋，当然是也有它的特异的地方的，譬如廿四桥的明月，钱塘江的秋潮，普陀山的凉雾，荔枝湾的残荷等等，可是色彩不浓，回味不永。比起北国的秋来，正像是黄酒之与白干，稀饭之与馍馍，鲈鱼之与大蟹，黄犬之与骆驼。

秋天，这北国的秋天，若留得住的话，我愿意把寿命的三分之二折去，换得一个三分之一的零头。

初 心

● 张晓风

因为书是新的，我翻开来的时候也就特别慎重。书本上的第一页第一行是这样的："初、哉、首、基、肇、祖、元、胎……始也。"

那一年，我十七岁，望着《尔雅》这部书的第一句话而愕然，这书真奇怪啊！把"初"和一堆"初的同义词"并列卷首，仿佛立意要用这一长串"起始"之类的字来作整本书的起始。

也是整个中国文化的起始和基调吧？我有点敬畏起来了。

想起另一部书，《圣经》，也是这样开头的：

"起初，上帝创造天地。"

真是简明又壮阔的大笔，无一语修饰形容，却是元气淋漓，如洪钟之声，震耳贯心，令人读着读着竟有坐不住的感觉，所谓壮志陡生，有天下之志，就是这种心情吧！寥寥数字，天工已竟，令人想见日之初升，海之初浪，高山始突，峡谷乍降及大地寂然等待小草涌腾出土的刹那！

而那一年，我十七，刚入中文系，刚买了这本古代第一部字典《尔雅》，立刻就被第一页第一行迷住了，我有点喜欢起"文字学"来了。真好，中国人最初的一本字典（想来也是世人的第一本字典），它的第一个字就是"初"。

"初，裁衣之始也。"文字学的书上如此解释。

我又大为惊动，我当时已略有训练，知道每一个中国文字背后都有一幅图画，但这"初"字背后不止一幅画，而是长长的一幅卷轴。想来当年造字之人初造"初"字的时候，也是煞费苦心之余的神来之笔。"初"这件事无形可绘，无状可求，如何才能追踪描摹？

他想起了某个女子的动作，也许是母亲，也许是妻子，那样慎重地先从纺织机上把布取下来，整整齐齐的一匹布，她手握剪刀，当窗而立，她屏息凝神，考虑从哪里下刀，阳光把她微微毛乱的鬓发渲染成一轮光圈。她用神秘而多变的眼光打量着那整匹布，仿佛在主持一项典礼，其实她努力要决定的只不过是究竟该先做一件孩子的小衫好呢？还是先裁自己的一幅裙子？一匹布，一如渐渐沉黑的黄昏，有一整夜的美梦可以预期——当然，也有可能是恶梦，但因为有可能成为恶梦，美梦就更值得去渴望——而在她思来想去的当际，窗外陆陆续续流溢而过的是初春的阳光，是一批一批的风，是雏鸟拿捏不稳的初鸣，是天空上一匹复一匹不知从哪一架纺织机里卷出的浮云……

那女子终于下定决心，一刀剪下去，脸上有一种近乎悲壮的决然。

"初"字，就是这样来的。

人生一世，亦如一匹辛苦织成的布，一刀下去，一切就都裁就了。

整个宇宙的成灭，也可视为一次女子的裁衣啊！我爱上"初"这个字，并且提醒自己每清晨都该恢复为一个"初人"，每一刻，都要维护住那一片初心。

视听鉴赏 小贴士	通过手机或电脑输入关键词可视听鉴赏 多版本名家配乐朗诵和歌曲演唱

吃在中国（摘选）

🔴 朱文杰

在中国，吃文化源远流长，无处不在，并贯穿中国历史的始终。……

孔子《论语·乡党》曰："食不厌精，脍不厌细。"《论语·述而》载："子在齐闻《韶》，三月不知肉味，曰，'不图为乐之至于斯也'。"说孔子听《韶》乐入了迷，三个月忘了肉之美味。听音乐是精神享受，吃肉是物质享受，以吃来形容精神享受，不仅贴切至极，而且生动至极。孔圣人一句话，堪顶上万句，可谓把中国吃文化推上至高之地位。

苏东坡的"宁可食无肉，不可居无竹"也脍炙人口，以肉与竹对比，总结出文人的"雅趣"与"节操"。苏东坡还有"无肉令人瘦，无竹令人俗。人瘦尚可肥，俗士不可医"之说，体现了他真实的一面。苏东坡不但喜欢吃"东坡肉""东坡肘子"，还喜欢吃竹笋烧肉。再有，苏东坡撰的"自笑平生为口忙""长江绕郭知鱼美，好竹连山觉笋香""日啖荔枝三百颗"等关于吃的诗文，显示了中国吃文化的博大精深和意趣盎然。

苏东坡在陕西凤翔府当大理评事期间，有一年，凤翔大旱，他带领百姓抗旱，渡过难关后，即宰羊煮汤与民同庆同乐。在宋代，羊肉贵重，只作为官员的俸禄配发……苏轼以羊肉汤慰民，因之传为佳话。

吃文化的渊源得从盛行于周代封爵而享有食邑说起。郭沫若《中国史稿》载："立大功的可以享受数百家直到万家以上的食邑，庐衣食其租税。"这称为食邑的经济权利，自然关乎着吃。再有，中国古代的俸禄，指官员的工资，用石和斛来计算。石和斛是称粮食的计量工具。如汉代，按汉制郡守之品秩为二千石，即月俸一百二十斛，习惯上称之为二千石。月俸少的如东汉，当年最普通的"斗食"级，月俸仅"十一斛"，明代洪武四年（公元1371年）正一品大员，俸禄也不高，仅900石。看来，中国古代官员的工资，都是拿吃的粮食数量来换算的。所以，至今老百姓称在政府衙门工作叫吃官粮、吃官饭。而在钱不值钱，金圆券泛滥的民国年间，就有发工资是拿几袋面来顶。我的父亲曾是上世纪40年代从部队军械厂下来的技工，给私人老板干，最高一月给过六袋面，那年月够一家五口人吃两个月……

记得晚清大儒曾国藩曾有一句话，他说："今日进一分德，便算积了一升谷。"把进德比为积谷，如此比喻物质之谷与精神之德的辩证逻辑关系，让你感悟物质是基础的"人以食为天"，吃之重如山。

想到红军和八路军艰苦岁月，连唱的歌也时常有"吃"。如"红米饭，南瓜汤，挖野菜也当粮""高原寒，炊断粮""野菜充饥志越坚"等，这些歌曲无不浸淫着"吃"的乐观和向上精神，亲切扎实，听了过瘾，让你感觉别有意味。

沉睡的民族已醒来（摘选）

● 张胜友

中华文明海纳百川、求同存异，不仅乐于与其他文明和谐相处，而且善于借鉴其他文明的积极成分，并在与其他文明的交流中，既增强对他者的理解，又提升对自身的认同。

……

众所周知，中华文明与苏美尔文明、古埃及文明、古巴比伦文明、古印度文明共同创造了人类远古文明的辉煌形态，中华文明曾经处于世界古代文明的五大中心区域，且唯独中华文明生生不息延续至今。正是这个神奇的东方古国，在距今两千多年前的战国时期，就发明了指南鱼、指南龟等，后演化成在航海中发挥巨大作用的指南针；东汉蔡伦发明造纸术；唐朝研制出火药，制成庆典中的烟花、神火飞鸦等；北宋毕昇发明活字印刷术，此前的雕版印刷术也占尽世界先机。

毛泽东领导的血与火的民族独立运动和人民解放战争缔造了中华人民共和国，中国重新屹立于世界万邦之林。发轫于1978年的改革开放运动，邓小平以其大智慧大勇气，引领着中国这艘巨舰在惊涛巨浪中破浪前进；随后，中国经济发展大步跨越，社会转型风云激荡，文化繁荣走向多元，一跃而成为世界第二大经济体，开启了中华民族历史的新纪元，全球为之瞩目，世界为之震撼。

归宗炎黄，溯源华夏，从兴盛到衰败，再到复兴与崛起，雄辩地证明了中华民族蕴含着一种巨大的内生力量，这就是中华民族的同心力与生命力。其内核基因则是：兴国之魂，强国之魄。

当下，中国领导人规划的"国家治理体系和治理能力现代化"的顶层设计，以及"两个百年""民族复兴"和"中国梦"战略目标的提出，正是续接中国社会一百多年激越变革、激荡发展的壮阔历史，并朝更为宏伟瑰丽的目标——"第五个现代化"迈进。

五千多年中华文明亦称"华夏文明"，"华夏皆谓中国。而谓之华夏者，夏，大也；言有礼仪之大，兼有文章之华也"。《春秋》云："中国者，聪明睿知之所居也，万物财用之所聚也，贤圣之所教也，仁义之所施也，诗书礼乐之所用也。"故而，每当中华民族遭遇困难、挫折，中华文明的基因总会凝聚起全民族的智慧和力量，去战胜千难万险。

中华民族形成的多元性与混合性，奠定了中华文明的开放性与包容性；中华文明源远流长也得益于其海纳百川、兼收并蓄、求同存异的特质；中华文明乐于与其他民族的文明和谐相处，借鉴其他民族文明中的积极成分，并在与其他民族文明交流中，既增强对外域文明的理解，又提升对自身文明的认同。

历史已经证明：东方这头"沉睡的狮子"醒来了，并以"和平的、可亲的、文明的"姿态展示在世界面前！

茶花赋（摘选）

杨　朔

今年（1961）二月，我从海外回来，一脚踏进昆明，心都醉了。……

我游过华庭寺，又冒着星星点点细雨游了一次黑龙潭，这都是看茶花的名胜地方。原以为茶花一定很少见，不想在游历当中，时时望见竹篱茅屋旁边会闪出一枝猩红的花来。听朋友说："这不算稀奇。要是在大理，差不多家家户户都养茶花。花期一到，各样品种的花儿争奇斗艳，那才美呢。"

我不觉对着茶花沉吟起来。茶花是美啊。凡是生活中美的事物都是劳动创造的。是谁白天黑夜，积年累月，拿自己的汗水浇着花，像抚育自己儿女一样抚育着花秧，终于培养出这样绝色的好花？应该感谢那为我们美化生活的人。

普之仁就是这样一位能工巧匠，我在翠湖边上会到他。翠湖的茶花多，开得也好，红彤彤的一大片，简直就是那一段彩云落到湖岸上。普之仁领我穿着茶花走，指点着告诉我这叫大玛瑙，那叫雪狮子；这是蝶翅，那是大紫袍……名目花色多得很。后来他攀着一棵茶树的小干枝说："这叫童子面，花期迟，刚打骨朵，开起来颜色深红，倒是最好看的。"

我就问："古语说：看花容易栽花难——栽培茶花一定也很难吧？"

普之仁答道："不很难，也不容易。茶花这东西有点特性，水壤气候，事事都得细心。又怕风，又怕晒，最喜欢半阴半阳，顶讨厌的是虫子。有一种钻心虫，钻进一条去，花就死了。一年四季，不知得操多少心呢。"

我又问道："一棵茶花活不长吧？"

普之仁说："活得可长啦。华庭寺有棵松子鳞，是明朝的，五百多年了，一开花，能开一千多朵。"

我不觉"噢"了一声："想不到华庭寺见的那棵茶花来历这样大。"

普之仁误会我的意思，赶紧说："你不信么？大理地面还有一棵更老的呢，听老人讲，上千年了，开起花来，满树数不清数，都叫万朵茶。树干子那样粗，几个人都搂不过来。"说着他伸出两臂，做个搂抱的姿式。

我热切地望着他的手，那双手满是茧子，沾着新鲜的泥土。我又望着他的脸，他的眼角刻着很深的皱纹，不必多问他的身世，猜得出他是个曾经忧患的中年人。如果他离开你，走进人丛里去，立刻便消逝了，再也不容易寻到他——他就是这样一个极其普通的劳动者。然而正是这样的人，整月整年，劳心劳力，拿出全部精力培植着花木，美化我们的生活。美就是这样创造出来的。

正在这时，恰巧有一群小孩也来看茶花，一个个仰着鲜红的小脸，甜蜜蜜地笑着，叽叽喳喳叫个不休。

我说："童子面茶花开了。"

普之仁愣了愣，立时省悟过来，笑着说："真的呢，再没有比这种童子面更好看的茶花了。"

沧桑阅尽话爱国（摘选）

● 季羡林

世上有两类截然不同的爱国主义。被压迫、被迫害、被屠杀的国家和人民的爱国主义是正义的爱国主义，而压迫人、迫害人、屠杀人的国家和人民的"爱国主义"则是邪恶的"爱国主义"，其实质是"害国主义"。远的例子就不用举了，只举现代的德国的法西斯和日本的军国主义侵略者，就足够了。当年他们把"爱国主义"喊得震天价响，这不是"害国主义"又是什么呢？

而中国从历史一直到现在的爱国主义则无疑是正义的爱国主义。我们虽是泱泱大国，实际上从先秦时代起，中国的"边患"就连绵未断。一直到今天，我们也不能说，我们毫无"边患"了，可以高枕无忧了。

历史事实是，绝大多数时间，我们是处在被侵略的状态中。在这样的情况下，我们中国在历史上涌现的伟大的爱国者之多，为世界上任何国家所不及。汉代的苏武，宋代的岳飞和文天祥，明代的戚继光，清代的林则徐等等，至今仍为全国人民所崇拜，至于戴有"爱国诗人"桂冠的则不计其数。唯物主义者主张存在决定意识，我们祖国几千年的历史这个存在决定了我们的爱国主义。

在古代，几乎在所有国家中，传承文化的责任都落在知识分子的肩上。……我个人认为，中国知识分子所传承的文化中，其精髓有两个鲜明的特点：一个是爱国主义，一个就是讲骨气、讲气节。换句话说，也就是在帝王将相的非正义的面前不低头；另一方面，在外敌的斧钺面前不低头，"威武不能屈"。苏武和文天祥等等一大批优秀人物就是例证。这样一来，这两个特点实又有非常密切的联系了，其关键还是爱国主义。

中国的知识分子有源远流长的爱国主义传统，是世界上哪一个国家也不能望其项背的。尽管眼下似乎有一点背离这个传统的倾向，例证就是苦心孤诣千方百计地想出国，有的甚至归化为"老外"不归。我自己对这个问题的看法是：这只能是暂时的现象，久则必变。就连留在外国的人，甚至归化了的人，他们依然是"身在曹营心在汉"，依然要寻根，依然爱自己的祖国。……至于没有出国也不想出国的知识分子占绝对的多数。如果说他们对眼前的一切都很满意，那不是真话。但是爱国主义在他们心灵深处已经生了根，什么力量也拔不掉的。甚至泰山崩于前，迅雷震于顶，他们会依然热爱我们这伟大的祖国。这一点我完全可以保证。对广大的中国老、中、青知识分子来说，我想借用一句曾一度流行的，我似非懂又似懂的话：爱国没商量。

我生平优点不多，但自谓爱国不落后人。即使把我烧成了灰，我的每一粒灰也还会是爱国的，这是我的肺腑之言。

别父母书

——一封未寄出的家书

● 赵春光

父母大人敬启：

儿领命离湘赴鄂，已有一周，衣甚暖，食颇饱，眠极安，父母勿念为盼。

疫事一起，情形颇烈，武汉三镇，尽为病土。儿自领命，无一日不着白衣，无一日不在前线，施针药，救死伤，施我所学，冀有所得，不敢半点儿戏，不敢一丝懈怠，唯望不负二老所嘱，医院所托，国家所命。

常忆我父，着戎装，执甲兵，护卫南国天空，兵锋所指，宵小不敢窜犯，念我母，供三餐，勤耕织，耳提面命，受形秉气，养育之恩，日日挂怀。犹念垂髫之时，父母命我行正步，敬军礼，望我从军报国，以承父业，孩儿顽劣，未进行伍，唯报国之心，时时不敢涣散。今疫事一起，儿自请缨，蹈火而行，生死不念，唯忧我父，溽不知热，唯虑我母，寒不知冷，星汉两城，相隔甚远，不能绕膝床前，儿颇念之，但喜吾妻甚贤，可解二老孤怀，所需所命，可尽驱使，儿虽远离，亦如膝下。

此役，万余白衣，共赴国难，成功之日，相去不远，苍苍者天，必佑我等忠勇之士，茫茫者地，必承我等拳拳之心，待诏归来之日，忠孝亦成两全；然情势莫测，若儿成仁，望父母珍重，儿领国命，赴国难，纵死国，亦无憾。赵家有死国之士，荣莫大焉。青山甚好，处处可埋忠骨，成忠冢，无须马革裹尸返长沙，便留武汉，看这大好城市，如何重整河山。日后我父饮酒，如有酒花成簇，聚而不散，正是顽劣孩儿，来看我父；我母针织，如有线绳成结，屡理不开，便是孩儿春光，来探我母。

唯愿我父我母，衣暖，食饱，寝安，身健。儿在他乡，亦当自顾，父母无以为念。

时时戎马未歇肩，不惧坎坷不惧难。

为有牺牲多壮志，不破楼兰终不还！

不孝儿春光顿首，顿首，再顿首！

——写于 2020 年 2 月 13 日

注释：中南大学湘雅医院援鄂医生赵春光出征武汉时，留下了一份饱含报国之志的《别父母书》。他的父亲曾是一名海军飞行员，参与过唐山大地震救援。离别时，不善言辞的父亲什么话也没说。后来，凯旋后在隔离中的赵春光收到父亲回信：军人以服从命令为天职，医生以救死扶伤为天职，我为你自豪！

北平之恋（摘选）

谢冰莹

凡是到过北平的人，没有不对她留下深刻的印象；离开北平以后，没有不常常怀念她的。

北平，好像是每个人的恋人；又像是每个人的母亲，她似乎有一种不可思议的魔力在吸引着每个从外省来的游子。住在北平时还不觉得怎样，一旦离开她，便会莫名其妙地想念起她来。无论跑到什么地方，总觉得没有北平的好，这原因，概括起来，不外乎下面两点：

第一，故都的风景太美了！不但颐和园、景山、太庙、中南海、北海、中山公园、故宫博物院、天坛、地坛……这些历史上的古迹名胜又伟大又壮观，使每个游客心胸开朗，流连忘返；而且整个的北平市，就像一所大公园，遍地有树，处处有花；每一家院子里，不论贫的富的，总栽得有几棵树，几盆花。房子的排列又是那么整齐，小巧。那些四合院的房子看来似乎很简单，其实很复杂；房子里面还有套房，大院子里面还有小院子，小院的后面还有花园。比较讲究点的院子，里面有假山，有回廊，有奇花异木；再加上几套古色古香的家具，点缀得客厅里特别幽静、古雅，所以谁都说北平最适宜住家。在胡同里的小院子里，你和孩子们一家过得很清静，很舒服，绝对没有人来打扰你；即使住在闹市附近，也没有那么多的车马声，传进你的耳鼓。

还有第二个原因：北平的风俗人情特别淳朴，没有上海、南京一带的喧闹，繁华；也没有青岛、苏杭一带的贵族化。在外表上，她是个落落大方、彬彬有礼的君子；在内心里，她像一个娉婷少女，有着火一般的热情；但并不表现在外面。她生来和蔼诚恳，忠实俭朴。我爱北平等于爱我的故乡；甚至觉得北平每一个名胜古迹，每一条胡同街道，都特别富有诱惑性似的；也许这是我的偏见，而"北平真好"这是谁也不可否认的！

……

还有北平最大的特点，是全国文物的精华都荟萃在这里。你最好一辈子住在那儿，孩子们从小学、中学、大学都可以在那里完成；毕业后，他们也不愿离开北平到别处去了。北平图书馆里的书，也是全国首屈一指的，你可以在那里埋头研究数十年，包你会成为一个有名的学者。

上面我已说过，北平民风淳朴，我们不论在那儿做事或者住家，随便你穿什么破旧衣裳，绝对没有人耻笑你；出门你尽管安步当车；回到家来，尽管你吃棒子面、窝窝头，也绝不会有人奚落你；因此每个到过北平的人，不论贫富没有不赞美她，留恋她的。

白杨礼赞（摘选）

● 茅　盾

白杨树实在是不平凡的，我赞美白杨树！

汽车在望不到边际的高原上奔驰，扑入你的视野的，是黄绿错综的一条大毯子。黄的是土，未开垦的处女土，几十万年前由伟大的自然力堆积成功的黄土高原的外壳；绿的呢，是人类劳力战胜自然的成果，是麦田。和风吹送，翻起了一轮一轮的绿波……刹那间，要是你猛抬眼看见了前面远远有一排——不，或者甚至只是三五株，一株，傲然地耸立，像哨兵似的树木的话，那你的恹恹欲睡的情绪又将如何？我那时是惊奇地叫了一声的！

那就是白杨树，西北极普通的一种树，然而实在是不平凡的一种树。

那是力争上游的一种树，笔直的干，笔直的枝。它的干通常是丈把高，像是加过人工似的，一丈以内绝无旁枝。它所有的丫枝一律向上，而且紧紧靠拢，也像是加过人工似的，成为一束，绝不旁逸斜出；它的宽大的叶子也是片片向上，几乎没有斜生的，更不用说倒垂了；它的皮光滑而有银色的晕圈，微微泛出淡青色。这是虽在北方风雪的压迫下却保持着倔强挺立的一种树。哪怕只有碗那样粗细，它却努力向上发展，高到丈许，两丈，参天耸立，不折不挠，对抗着西北风。

这就是白杨树，西北极普通的一种树，然而绝不是平凡的树！

它没有婆娑的姿态，没有屈曲盘旋的虬枝。也许你要说它不美。如果美是专指"婆娑"或"旁逸斜出"之类而言，那么，白杨树算不得树中的好女子。但是它伟岸，正直，朴质，严肃，也不缺乏温和，更不用提它的坚强不屈与挺拔，它是树中的伟丈夫！当你在积雪初融的高原上走过，看见平坦的大地上傲然挺立这么一株或一排白杨树，难道你就只觉得它只是树？难道你就不想到它的朴质，严肃，坚强不屈，至少也象征了北方的农民？难道你竟一点也不联想到，在敌后的广大土地上，到处有坚强不屈，就像这白杨树一样傲然挺立的守卫他们家乡的哨兵？难道你又不更远一点想到，这样枝枝叶叶靠紧团结，力求上进的白杨树，宛然象征了今天在华北平原纵横决荡，用血写出新中国历史的那种精神和意志？

白杨树是不平凡的树，它在西北极普遍，不被人重视，就跟北方的农民相似；它有极强的生命力，磨折不了，压迫不倒，也跟北方的农民相似。我赞美白杨树，就因为它不但象征了北方的农民，尤其象征了今天我们民族解放斗争中所不可缺的朴质、坚强，力求上进的精神。

让那些看不起民众，贱视民众，顽固的倒退的人们去赞美那贵族化的楠木（那也是直挺秀颀的)，去鄙视这极常见、极易生长的白杨树吧，我要高声赞美白杨树！

爱国心与自觉心（摘选）

● 陈独秀

近世欧美人之视国家也，为国人共谋安宁幸福之团体。人民权利，载在宪章，犬马民众，以奉一人，虽有健者，莫敢出此。欧人之视国家，既与邦人大异，则其所谓爱国心者，与华语名同而实不同。欲以爱国诏国人者，不可不首明此义也。

国家之义既明，则谓吾华人无爱国心也可，谓吾华人未尝有爱国者亦可，即谓吾华人未尝建设国家亦无不可。何以云然？吾华未尝有共谋福利之团体，若近世欧美人之所谓国家也。土地、人民、主权者，成立国家之形式耳。人民何故必建设国家，其目的在保障权利，共谋幸福，斯为成立国家之精神。吾国伊古以来，号为建设国家者，凡数十次，皆未尝为吾人谋福利，且为戕害吾人福利之蟊贼。吾人数千年以来所积贮之财产，所造作之事物，悉为此数十次建设国家者破坏无余。凡百施政，皆以谋一姓之兴亡，非计及目民之忧乐，即有圣君贤相，发政施仁，亦为其福祚悠长之计，决非以国民之幸福与权利为准的也。若而国家实无立国之必要，更无爱国之可言。过呢感情，侈言爱国，而其智识首不足理解国家为何物者，其爱之也愈殷，其愚也益甚。由斯以谭，爱国心虽为立国之要素，而用适其度，智识尚焉。其智维何？自觉心是也。

……自爱国心之理论言之，世界未跻于大同，御侮善群，以葆其类，谁得而非之。为国尽瘁，万死不辞，此爱国烈士之行，所以为世重也。然其理简，其情直，非所以应万事万变而不惑。应事变而不惑者，其惟自觉心乎？爱国心，具体之理论也。自觉心，分别之事实也。具体之理论，吾国人或能言之；分别之事实，鲜有慎思明辨者矣。此自觉心所以为吾人亟须之智识，予说之不获已也。

吾国闭关日久，人民又不预政事，内外情势，遂非所知。虽一世名流，每持谬说，若夫怀抱乐观之见，轻论当世之事，以为泱泱大国，物阜民稠，人谋不乖，外患立止，是何所见之疏也。中国而欲为独立国家，税则法权，必不可因仍今日之制。然斯事匪细，非战备毕修，曷其有济，欲修战备，理财尚焉。……

……国家者，保障人民之权利，谋益人民之幸福者也。不此之务，其国也存之无所荣，亡之无所惜。若中国之为国，外无以御侮，内无以保民，不独无以保民，且适以残民，朝野同科，人民绝望。如此国家，一日不亡，外债一日不止；滥用国家成权，敛钱杀人，杀人敛钱，亦来能一日获已；拥众攘权，民罹锋镝，党同伐异，诛及妇孺，吾民何辜，遭此荼毒！"奚我（傒予）后，后来其苏"。……

国家实不能保民而至其爱，其爱国心遂为其自觉心所排而去尔。呜呼？国家国家，尔行尔法，吾人诚无之不为忧，有之不为喜。吾人非咒尔亡，实不禁以此自觉也。

爱国不忘读书，读书不忘爱国（摘选）

● 蔡元培

诸君自五月四日以来，为唤醒全国国民爱国心起见，不惜牺牲神圣之学术，以从事于救国之运动。全国国民，既动于诸君之热诚，而不敢自外，急起直追，各尽其一分子之责任。即当局也了然于爱国心之可以救国，而容纳国民之要求。在诸君唤醒国民之任务，至矣尽矣，无以复加矣！一社会上感于诸君唤醒之力，不能为筌蹄之忘，于是开会发电，无在不愿与诸君为连带之关系，此人情之常，无可非难。然诸君自身，岂亦愿永羁于此等连带关系之中，而忘其所牺牲之重任乎？

抑诸君或以唤醒同胞之任务，尚未可认为完成，不能不再为若干日之经营，此亦非无理由。然以仆所观察，一时之唤醒，技止此矣，无可复加。若令为永久之觉醒，则非有以扩充其知识，高尚其志趣，纯洁其品性，必难幸致。自大学之平民讲演，夜班教授，以至于小学之童子军，及其他学生界种种对于社会之服务，固常为一般国民之知识，若志趣，若品性，各有所尽力矣。苟能应机扩充，持久不息，影响所及，未可限量。而其要点，尤在注意自己之知识，若志趣，若品性，使有左右逢源之学力，而养成模范人物之资格，则推寻本始，仍不能不以研究学问为第一责任也。

自今以后，愿与诸君共同尽瘁学术，使大学为最高文化中心，定吾国文明前途百年大计。诸君与仆等，当共负其责焉。

……

总之，救国问题，谈何容易，绝非一朝一夕空言爱国所可生效的。从前勾践雪耻，也曾用"十年生聚，十年教训"的工夫，而后方克遂志。所以我很希望诸位如今在学校里，能努力研究学术，格物穷理。因为能在学校里多用一点工夫，即为国家将来能多办一件事体。外务少管些，应酬以适环境为是，勿虚掷光阴。宜多组织研究会，常常在实验室里下功夫。他日学成出校，出国效力，胸有成竹，临事自能措置裕如。一校之学生如是，全国各学校的学生亦如是，那末中国的前途，便自然一天光明一天。

歌曲篇

沁园春·雪

北国风光，千里冰封，万里雪飘。

望长城内外，惟余莽莽；大河上下，顿失滔滔。

山舞银蛇，原驰蜡象，欲与天公试比高。

须晴日，看红装素裹，分外妖娆。

江山如此多娇，引无数英雄竞折腰。

惜秦皇汉武，略输文采；唐宗宋祖，稍逊风骚。

一代天骄，成吉思汗，只识弯弓射大雕。

俱往矣，数风流人物，还看今朝。

——毛泽东

一九三六年二月写于陕北

中华人民共和国国歌

合　唱

1＝G $\frac{2}{4}$
进行曲速度

田　汉词
聂　耳曲

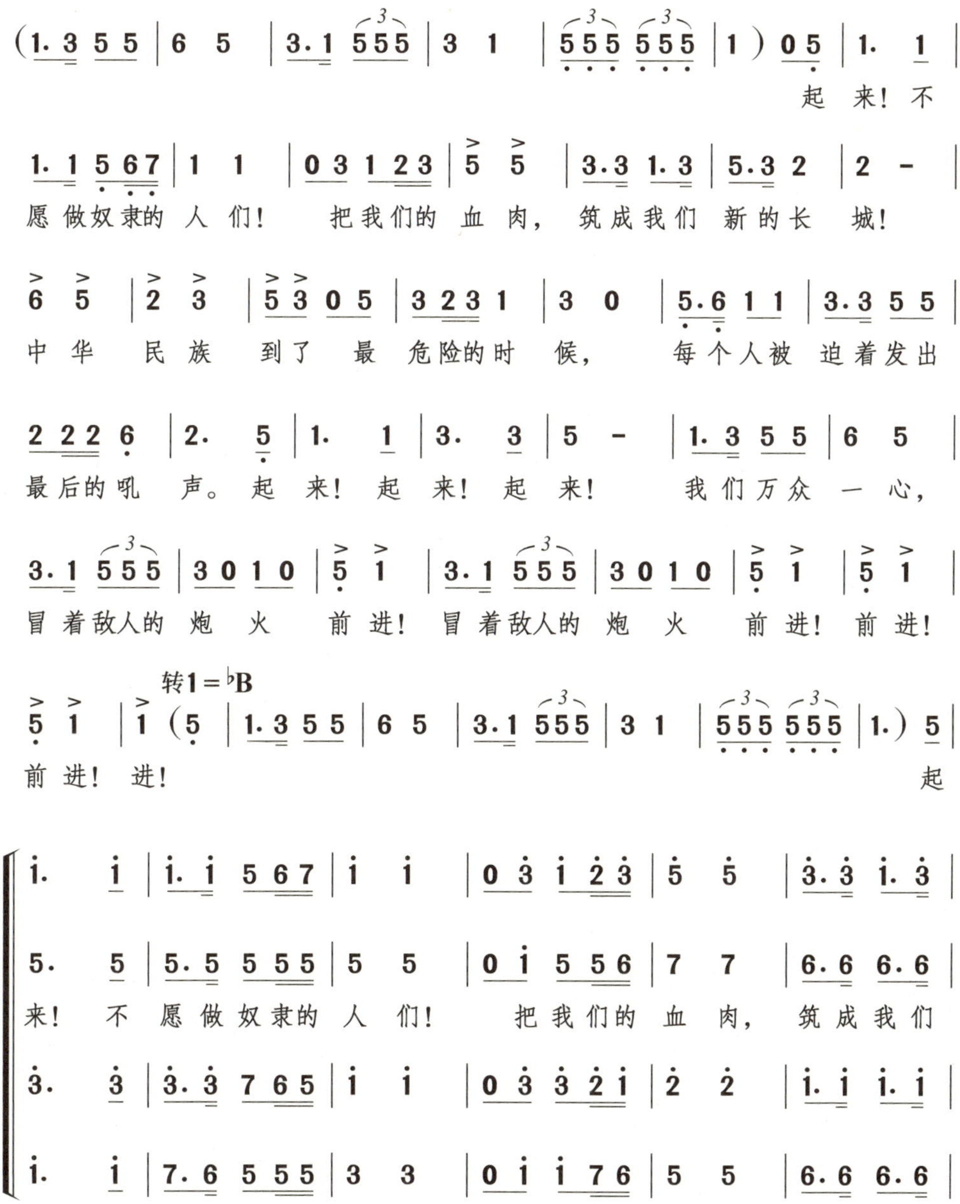

5̣·3 2 | 2 - | 6̣ 5̣ | 2̣ 3̣ | 5̣ 3 0 5 | 3̇ 2̇ 3̇ 1̇ | 3̇ 0 |
7̣·7̣ 6̣ | 1̇ - | 1̇ 1̇ | 4̇ 6̇ | 5̇ 5̇ 0 7 | 1̇ 7̇ 7̇ 6̇ | 5̇ 0 |

新的长城！ 中华 民族 到了 最危险的时候，

2̣·2̣ 2̣ | 4̣ - | 4̣ 3̣ | 2̣ 1̣ | 2̣ 3̣ 0 2̣ | 1̇ 2̇ 2̇ 3̇ | 3̇ 0 |
5̣·5̣ 5̣ | 2̣ - | 4̣ 5̣ | 6̣ 6̣ | 7̣ 7̣ 0 5̣ | 6̣ 7̣ 7̣ 1̇ | 7̣ 0 |

5̣·6̣ 1̇ 1̇ | 3̇·3̇ 5̇ 5̇ | 2̇ 2̇ 2̇ 6̇ | 2̇· 5̇ | 1̇· 1̇ | 3̇· 3̇ | 5̇ - |
5̣·6̣ 1̇ 1̇ | 5̇·5̇ 7̇ 7̇ | 6̇ 6̇ 6̇ 4̇ | 4̇· 5̇ | 5̇· 5̇ | 1̇· 5̇ | 7̇ - |

每个人被迫着发出 最后的吼 声。起来！起来！起来！

1̇·1̇ 3̇ 3̇ | 1̇·1̇ 2̇ 2̇ | 2̇ 2̇ 2̇ 2̇ | 7̇· 1̇ | 1̇· 1̇ | 3̇· 3̇ | {5̇ - / 2̇ -} |
5̣·6̣ 1̇ 1̇ | 5̇·5̇ 3̇ 3̇ | 4̇ 4̇ 4̇ 4̇ | 5̇· 5̇ | 3̇· 3̇ | 5̇· 1̇ | 5̇ - |

1̇·3̇ 5̇ 5̇ | 6̇ 5̇ | 3̇·1̇ 5̇5̇5̇ | 3̇ 1̇ | 5̇ 1̇ | 3̇·1̇ 5̇5̇5̇ | 3̇ 1̇ |
5̣·6̣ 7̣ 7̣ | 1̇ 7̣ | 1̇·1̇ 7̇7̇7̇ | 6̇ 6̇ | 5̇ 1̇ | 1̇·1̇ 7̇7̇7̇ | 6̇ 6̇ |

我们万众 一心， 冒着敌人的 炮火 前进！冒着敌人的 炮火

3̇·3̇ 2̇ 2̇ | 4̇ 2̇ | 3̇·3̇ 2̇2̇2̇ | 1̇ 1̇ | 2̇ 3̇ | 3̇·3̇ 2̇2̇2̇ | 1̇ 1̇ |
1̇·1̇ 5̇ 5̇ | 4̇ 5̇ | 1̇·1̇ 5̇5̇5̇ | 6̇ 6̇ | 7̇ 5̇ | 1̇·1̇ 5̇5̇5̇ | 6̇ 6̇ |

【I.】
5̇ 1̇ | 5̇ 1̇ | 5̇ 1̇ | 1̇ 0 :‖
前进！ 前进！ 前进！ 进！

【II.】
5̇ 1̇ | 1̇ 0 5̇ | 1̇· 1̇ | 1̇ 0 ‖
前进！ 进！ 前进！ 前进！

5̇ 1̇ | 5̇ 1̇ | 5̇ 1̇ | 1̇ 0 :‖ 5̇ 5̇ | 1̇ 0 5̇ | 1̇· 1̇ | 1̇ 0 ‖
7̣ 1̇ | 7̣ 1̇ | 7̣ 3̇ | 3̇ 0 :‖ 7̣ 3̇ | 1̇·3̇ 3̇ | 3̇·5̇ 5̇ | 5̇ 0 ‖

前进！ 前进！ 前进！ 进！ 前进！ 进！前进！ 前进！

5̣ 3̣ | 5̣ 3̣ | 5̣ 5̣ | {1̇ / 1̇} 0 :‖ 5̣ 5̣ | 1̇·5̇ 5̇ | 5̇·3̇ 3̇ | 3̇ 0 ‖

中国人民解放军军歌

齐 唱

1 = C 2/4

进行曲速度 勇往直前地

公 木词
郑律成曲

$\underline{\dot{1}}.\underline{\dot{1}}\ \underline{\dot{1}\ \dot{1}}\ |\ \dot{1}\ \underline{\dot{1}}.\ |\ \underline{1\ 1}\ \underline{3}\ |\ \underline{5\ 5}\ \underline{6}\ |\ \dot{1}.\ \underline{6}\ |\ 5.\ 0\ |$

向 前 向前 向前! 我 们 的 队 伍 向 太 阳,

$\underline{1\ 1}\ \underline{3}\ |\ 6\ \underline{5}.\underline{3}\ |\ 2\ -\ |\ 2.\ \underline{0}\ |\ \underline{1\ 1}\ \underline{3}\ |\ \underline{5\ 5}\ \underline{6}$

脚 踏 着 祖 国 的 大 地, 背 负 着 民 族 的

$\dot{1}.\ \underline{6}\ |\ 5.\ 0\ |\ \underline{1\ 1}\ \underline{3\ 5}\ |\ \underline{6\ 6}\ \underline{5\ 3}\ |\ 3\ 2\ -\ |\ 1.\ 0\ |$

希 望, 我 们 是 一 支 不 可 战 胜 的 力 量。

$\underline{2\ 2}\ \underline{3}\ |\ \underline{5\ 5}\ \underline{\dot{1}}\ |\ 6.\underline{2}\ |\ 5.\ 0\ |\ \underline{2\ 2}\ \underline{3}\ |\ \underline{5\ 5}\ \underline{\dot{1}}\ |\ 6.\underline{5\ 3}\ |\ 2\ 0\ |$

我 们 是 工 农 的 子 弟, 我 们 是 人 民 的 武 装,

$1.\underline{3}\ \underline{5\ 5}\ |\ \underline{3}.\underline{5}\ \underline{\dot{1}\ \dot{1}}\ |\ \underline{5}.\underline{7}\ \underline{\dot{2}\ \dot{2}}\ |\ \underline{3}.\ \underline{\dot{2}\ \dot{1}}\ |\ \underline{5\ 5\ 5}\ |\ 6.\underline{\dot{1}\ \dot{2}}\ |\ \dot{2}\ 5\ |$

从 无 畏 惧, 绝 不 屈 服, 英 勇 战 斗, 直 到 把 反 动 派 消 灭 干 净,

$\underline{3}.\underline{3}\ \underline{3}\ \underline{\dot{1}}\ |\ \underline{5\ 5}\ |\ 6.\underline{\dot{1}}\ \underline{7\ \dot{2}}\ |\ \dot{1}\ 0\ |\ \dot{1}\ 0\ |\ \underline{\dot{1}\ 7}\ \underline{6\ 7}\ |\ \dot{1}.\ \dot{1}\ |\ 5\ 0\ |$

毛 泽 东 的 旗 帜 高 高 飘 扬。 听! 风 在 呼 啸 军 号 响,

$3\ 0\ \underline{5\ 5}\ |\ \underline{6\ 5}\ \underline{6\ \dot{1}}\ |\ \dot{2}\ -\ |\ \dot{2}.\ 0\ |\ 5\ \underline{3}.\underline{\dot{2}}\ |\ \underline{\dot{1}\ \dot{1}}\ \underline{\dot{1}\ \dot{1}}\ |\ \underline{\dot{1}\ 7}\ \underline{6\ \dot{1}\ \dot{1}}\ |$

听! 革 命 歌 声 多 嘹 亮! 同 志 们 整 齐 步 伐 奔 向 解 放 的

$\underline{5\ 5}\ |\ 5\ \underline{3}.\underline{\dot{2}}\ |\ \underline{\dot{1}\ \dot{1}}\ \underline{\dot{1}\ \dot{1}}\ |\ \underline{\dot{1}\ 7}\ \underline{6\ \dot{1}\ \dot{1}}\ |\ \dot{2}\ 5\ |\ 5.\underline{5}\ \underline{6\ 6}\ |$

战 场, 同 志 们 整 齐 步 伐 奔 赴 祖 国 的 边 疆, 向 前 向 前!

$\underline{5\ 5\ 5}\ \underline{\dot{1}\ \dot{1}}\ |\ \dot{2}\ \underline{3}\ \dot{1}\ |\ \dot{2}.\underline{\dot{2}\ \dot{2}\ \dot{2}}\ |\ \underline{3\ \dot{2}}.\ |\ \underline{\dot{1}}.\underline{5}\ \underline{6\ 7}\ |\ \dot{2}\ \dot{1}.\ ||$

我 们 的 队 伍 向 太 阳, 向 最 后 的 胜 利, 向 全 国 的 解 放!

213

中国共产主义青年团团歌

齐　唱

1 = A　4/4

进行曲速度　朝气蓬勃地

胡宏伟词
雷雨声曲

（3.4 5 5 5 5 5. 3 | 4.4 3 6 - | 7.1 2 7 6 0 5 | 1 5 5 5 5 5 5 ）|

‖: 3.4 5 3 3 2 1 | 7 2 5 - | 6.7 1 4 3 0 1 | 2 - - - |

我们是五月的　花　海，　　用青春拥抱　时　代；

3.4 5 3 5 3 | 4 3 6 - | 7.1 2 7 6 0 5 | 1 - - 7 |

我们是初升的　太　阳，　　用生命点燃　未　来。　"五

mp

6.1 7 6 | 3 - 0 6 5 6 | 1 2 3 4 3 | 2 - - 2.3 |

四"的火　　炬，　　唤起了民族的觉　醒；　　壮

4.4 3 2 3 | 6 - 0 7 7 6 | 5 1 2.2 3.#4 | 5 - - - |

丽的事　　业，　　激励着我们继往开　来。

f 颂扬、自豪地

5.3 1 1 1.1 | 7 1 2 - | 5.3 1 1 1.1 | 7 2 5 3 4 |

光　荣啊，中国共青团，　　光　荣啊，中国共青团！母

5.5 3.3 3 2 | 1 7 1 2 6 | 5 1 0 3 2 0 |

亲　用共产主义　为我们命名，　我们　　开创

5.5 2 3 | I. 1 - - 0 : ‖ II. 1 - - - ‖

新　的世　界。　　　　　　　界。

中国少年先锋队队歌

合　唱

1 = ♭B　2/4　　　　　　　　　　　　　　　　　周郁辉词
精神饱满地　　　　　　　　　　　　　　　　　寄　明曲

(i. ii | i535 | i5i3 | 55555 | 5 - | 5 -) |

i - | 53 | 12 | 35 | 6.2 | i76 | 5 - | ⌄555 |

1.我　　们是　共产　主义　接　班　人，　　继承
2.我　　们是　共产　主义　接　班　人，　　沿着

i - | 53 | 12 | 35 | 4.2 | 34 | 5 - | ⌄555 |

3.3 | 2ii | 2.i | 357 | 6 - | 6 | 12 | 3050 |

革　命　先辈的　光　荣　传　　统。　　爱　祖国、
革　命　先辈的　光　荣　路　　程。　　爱　祖国、

i.i | 766 | 5.3 | 12 | 3 - | 3 | ⌄12 | 3030 |

06 | 4.3 | 23 | 2.1 | 235 | i. 6 | 5.6 |

爱　人　　民，鲜　艳　的　红领巾　飘　　扬　在
爱　人　　民，少先　队　员　是我们　骄　　傲的

04 | 2.1 | 23 | 2.1 | 235 | 6.4 | 3.4 |

215

```
3. 2 1 | 1 - | 5. 5 i | i 0 | 3. 3 6 | 6 0 | 5. 5 6 |
```
前 胸。　　不 怕 困 难，　不 怕 敌 人，　顽 强 学
名 称。　　时 刻 准 备，　建 立 功 勋，　要 把 敌

```
3. 2 1 | 1 - | 0 0 | 5. 5 6 | 3 0 | 4. 4 2 | 3 0 |
```
前 胸。　　　　不 怕 困 难，　不 怕 敌 人，
名 称。　　　　时 刻 准 备，　建 立 功 勋，

```
3 0 | 6. 5 4 3 | 2 0 | 3. 2 1 1 | 2. 1 | 2. 3 2 |
```
习，　坚 决 斗 争。　向 着 胜 利 勇 敢 前 进，
人，　消 灭 干 净。　为 着 理 想 勇 敢 前 进，

```
1. 1 3 | 2 0 | 4. 4 2 | 1 3 2 | 1 1 | 2. 1 | 2. 3 2 |
```
顽 强 学 习，　坚 决 斗 争。向 着 胜 利 勇 敢 前 进，
要 把 敌 人，　消 灭 干 净。为 着 理 想 勇 敢 前 进，

```
5. 4 | 3. 3 2 3 | 5. 5 5 6 | 5 5 5 | i - | i. 2 |
```
向　着　胜 利 勇 敢 前 进 前　进，向 着 胜　　利
为　着　理 想 勇 敢 前 进 前　进，为 着 理　　想

```
5. 4 | 3. 3 2 1 | 3. 3 3 4 | 3 0 | 6. 6 6 6 | 6. 7 |
```
向　着　胜 利 勇 敢 前 进 前　进，　向 着 胜 利 勇　敢
为　着　理 想 勇 敢 前 进 前　进，　为 着 理 想 勇　敢

```
3. 3 2 i | 2 0 | 3 5 6 | 3. 3 2 i | 6 0 7 0 | i - | i - ‖
```
勇 敢 前　进，｝我 们 是　共 产 主 义 接 班　人。
勇 敢 前　进，｝

```
i. i 7 6 | 7 0 | 1 3 4 | 5. 5 6 6 | 4 0 5 0 | 3 - | 3 - ‖
```
前 进 前　进，｝我 们 是　共 产 主 义 接 班　人。
前 进 前　进，｝

中国，中国，鲜红的太阳永不落

合 唱

1=♭B 4/4

坚定有力地

任红举、贺东久词
朱南溪曲

1.中国，中国，壮丽的山河，长江 奔腾，昆仑巍 峨。
2.中国，中国，沸腾的山河，前进 浪潮，波澜壮 阔。
3.中国，中国，不屈的山河，巍然 屹立，气势磅 礴。

共产党 领 导的崭新 国家，处处盛开社会主义 花 朵。
新长征 步 伐 无比 坚定，加快建设现代化的 强 国。
英 雄的人 民 严阵 以待，时刻准备消灭一切 侵略 者。

中

男女高

国， 中 国， 鲜红的 太阳永不 落。

男女低

217

中国一定强

1=♭A 4/4

♩=116 坚定、自豪地

王晓岭词
印 青曲

（乐谱：简谱合唱总谱）

歌词：

1.[男领]有一种城叫众志成城，
2.[女领]有一群人叫龙的传人，

有一种爱叫大爱无疆，[女领]有一种信心叫万众一心，
有一条路叫大路朝阳，[男领]有一种血脉叫热血衷肠，

挺起中国脊梁。[男女领]迎着雨迎着风同舟划桨，
汇成中国力量。[男女领]经历过更知道天高地广，

女高
女低
啊 迎着雨迎着风同舟划桨，
啊 经历过更知道天高地广，

男高
男低

穿过云穿过雾 逆风飞翔， 因为你因为我 选择坚强，
付出过更热爱 春风阳光， 心贴心手挽手 意志如钢，

穿过云穿过雾 逆风飞翔， 因为你因为我 选择坚强，
付出过更热爱 春风阳光， 心贴心手挽手 意志如钢，

再大困难不能 挡！
相信中国一定 强！

再大困难不能 挡！
相信中国一定 强！

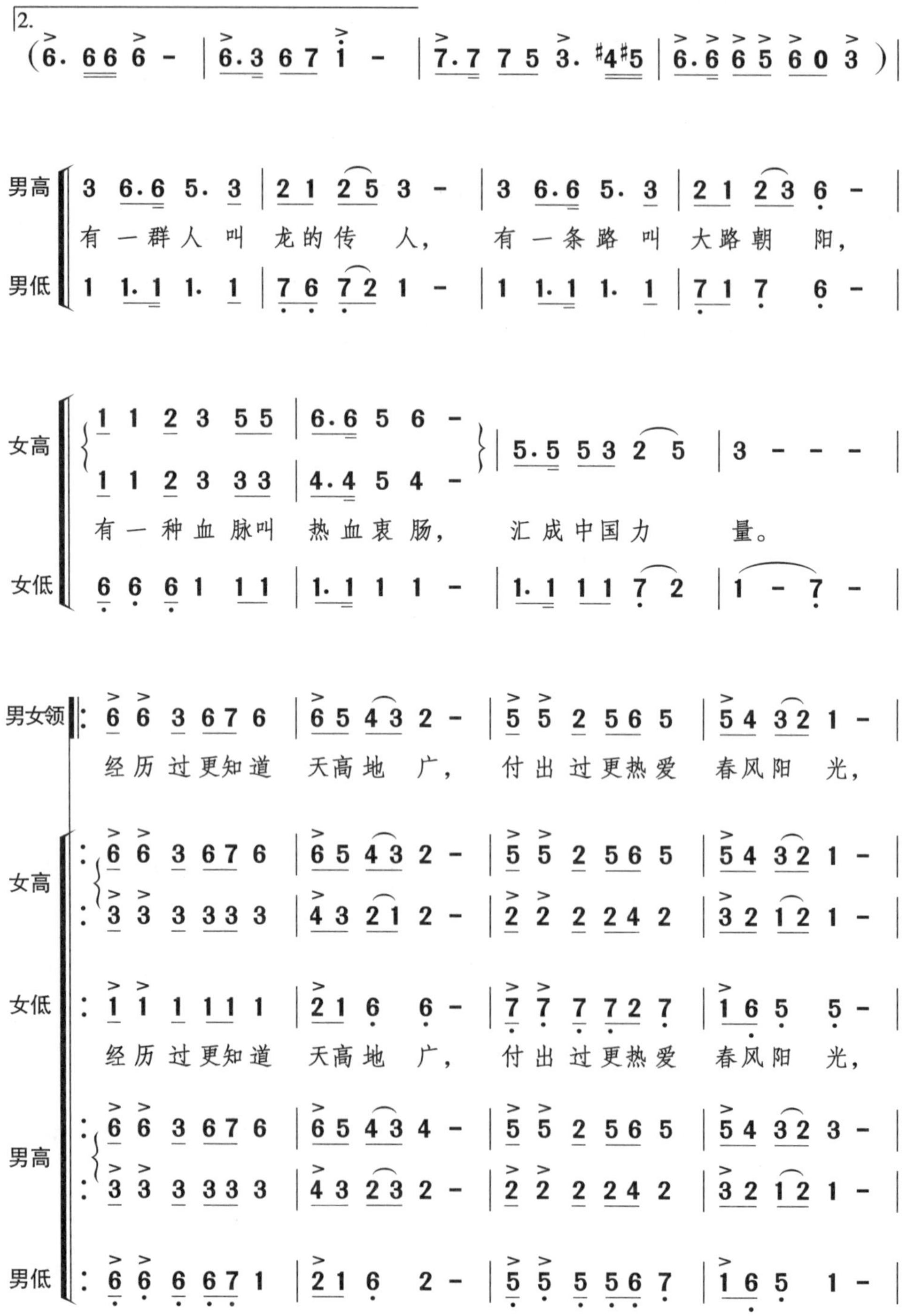
男高
有一群人叫龙的传人，有一条路叫大路朝阳，
男低
女高
有一种血脉叫热血衷肠，汇成中国力量。
女低
男女领
经历过更知道天高地广，付出过更热爱春风阳光，
女高
女低
经历过更知道天高地广，付出过更热爱春风阳光，
男高
男低

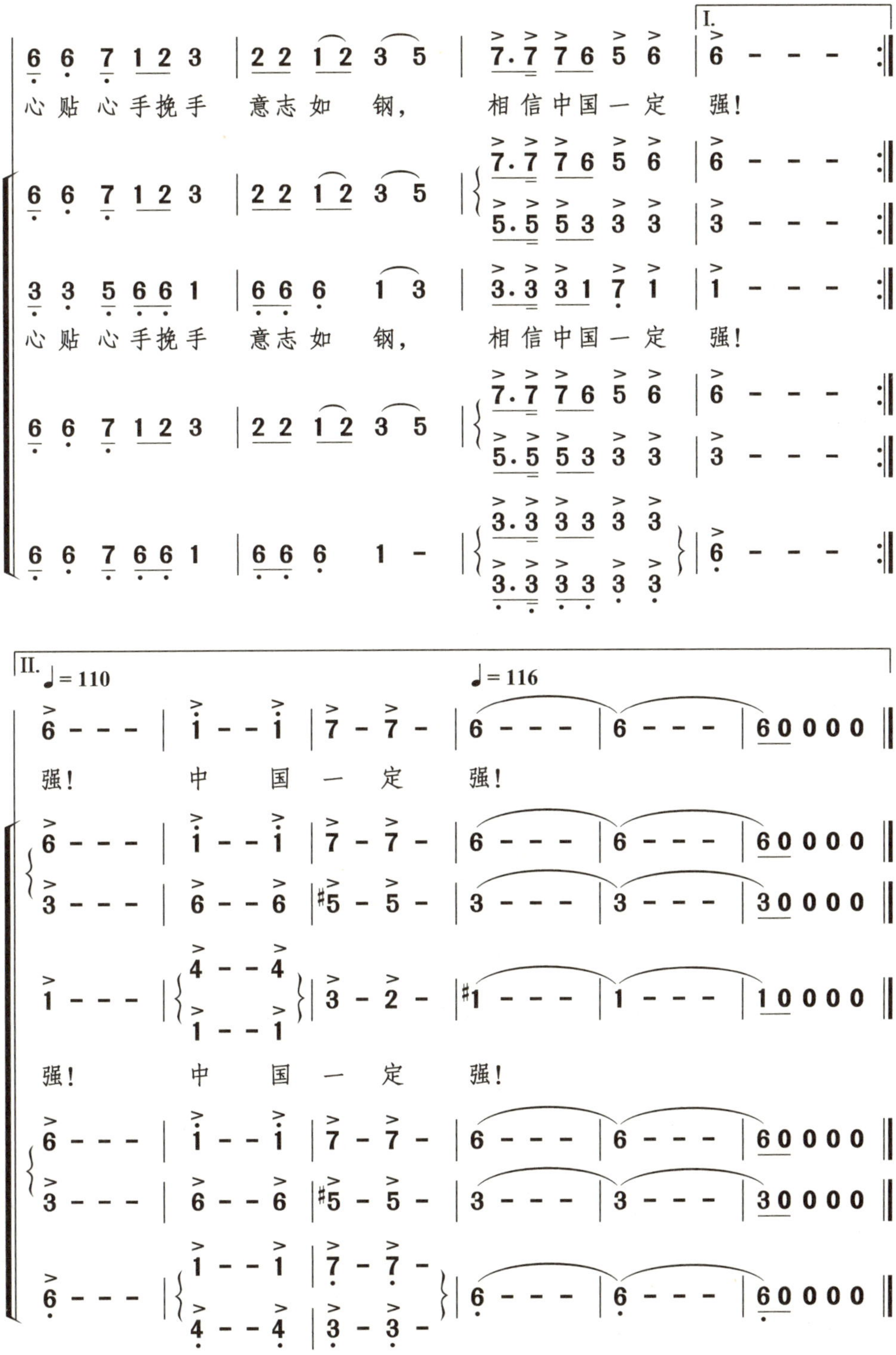

I.
心贴心手挽手 意志如 钢， 相信中国一定 强！
心贴心手挽手 意志如 钢， 相信中国一定 强！
II.
♩= 110
♩= 116
强！ 中 国 一 定 强！
强！ 中 国 一 定 强！

中国梦

1 = D 4/4

♩ = 88

傅庚辰词曲

f

```
(3 - 2.1 6 | 2 - 1.6 5 | 1 - 6.5 3 | 6 - 5.3 2 | 3 2 - 1 6 | 1 - - -)|
```

```
3 5 5 6 5 - | 1 2 1 6 5 - | 1 1 6 5 1 2.3 | 3 - - - |
岁 月 里，   有 一 个 梦，   中华民族复兴的 梦。
```

```
3 6 6 5 6 - | 5 4 3 2 1 - | 2 3 2 1 2 6 1 | 1 - - - |
多少风 雨，   多少苦 难，   矢志不改梦 想成 真。
```

f

```
6 1 1 6 1 - | 2 2 1 6 6 - | 2 1 1 2 1 6 | 5 - - - |
千难万 险，   前赴后 继，   为 了   这个 梦，
```

```
6 1 1 2 1 - | 6 6 5 3 2 - | 3 2 - 1 6 | 1 - - - |
忠诚理 想，   坚定信 念，   怀抱   这个 梦。
```

ff

```
‖: 3 - - 2 1 | 2 - - 1 6 | 6 - 2 1.6 | 5 - - - |
  啊！   中国 梦，   中国 梦， 人民 的 梦。
```

```
2 - - 1 6 | 1 - - 6 5 | 6 - 6 5.3 | 2 - - - |
啊！   中国 梦，   中国 梦， 伟 大 的 梦。
```

```
1 1 1 2 3 2 3 5 | 3 3 3 5 6 5 6 1 | 5 3 - - | 5 2 - - |
中华民族伟大复兴，国家富强人民幸福，中国     中国
```

```
5 3.1 2 2 | 1 - - - :‖ 5 3.1 2 2 | 3 - - - ‖
伟大的中国 梦。        伟大的中国 梦。
```
结束句

中华民谣

男声独唱

张晓松、冯晓泉词
冯晓泉曲

1=G 4/4
♩=120

(5. ⁵₇3 5 56 | i̇ i̇65 - | 5. 6 56532 | 5.6532 - |

[童声朗读] 朝花夕拾杯中酒，寂寞的我在风雨之后，

0 5 0 5 65 | i̇.6532 - | 0 5 0 5 321 | 1 - - 0)|

醉人的笑容你有没有，大雁飞过菊花插满头。

‰

‖: 5. ⁵₇3 5 56 | i̇ i̇65 - | 5 i̇ 6 5 32 | 32 532 - |

1.朝　花夕拾　杯中酒，　　寂寞的我在　　风雨之后，
2.时　光背影如　此悠悠，　　往日的岁月又　上心头，
4.山　外青山　楼外楼，　　青山与小楼已　不再有，

5 53 5 55 | 3 321 - | 2 2 2 3 5 53 | 21 6̇ 1 5. - :‖

醉人的笑容你有没　有，　大雁飞过菊花　插满头。
朝来夕去的人海　中，　远方的人向你　挥挥手。
紧闭的窗前你别等　候，　大雁飞过菊花　香满楼。

i̇ i̇ 6 i̇ i̇ 6 | 5 65 5 - | ┌3.结束句

5 i̇ 6 5 5 32 | 32 532 - |

3.南　北的路　你要　走一　走，　千万条路你千万　莫　回头，
5.听　一听看一看　想一　想，

5 53 5 55 | 3 321. 6 | 2 2 2 3 21 6̇1 | ⁶₇1 - - 0 ‖

苍　茫的风雨里　何处　有，让长江之水天　际　流。

D.S.
Fine

┌5.

5 i̇ 6 2̇ i̇ i̇ 6 | 5 6532 - | 1 16 i̇ 16 | 1 125 - |

时光呀流水　匆匆过，　哭一哭笑一笑　不用说，

2 2 ⁷₇1 2 | 5 6̇5 | 5 - - - | 5 - - 0 ‖

人生能有几回　合。

D.S.

223

中 国

1=F 4/4

♩=82

郭　峰词曲

```
( 0 5̇ 6̇ 1 2 | 2⌣3 - 2 - | 6 5 2 1̆ 1 6 | 4 3̃ 2 1 2 3 | 1 - 5̇ - ) ‖
```

‖: 5 5⌣3 6 5 3 | 2 1 6̆ 1 1 - | 2 1 2 3 5 6 5 3 | 2 - - 0 |

1.你有　一个梦　我有一个梦，　编织一个美丽的中　国。
2.你有　一双眼　我有一双眼，　遥望辽阔无垠的中　国。

5 5⌣3 6 5 3 | 2 1 6̆ 1 1 - | 2 1 2 3 5 6 5 3 | 2⌣1 - - 0 :‖

你有　一颗心　我有一颗心，　永远伴随亲爱的中　国。
你有　一段情　我有一段情，　祝福保佑平安的中　国。

0 0 0 0 | 1̇. 6̆ 5 - | 6 5 6 1̇ 5 - | 6 5 6 1̇ 6 5 3 2 | 3 - - 0 |

中　国　是我的祖国，　生我养我风雨中走　过。

1̇. 6̆ 5 - | 6 5 6 1̇ 5 - | 6 5 6 1̇ 1̇. 1̇ 1̇ 6 | 1̇2⌣ - - - | 2̇ - 0 0 |

中　国　我爱的祖国，　给我幸福给我　快　乐。

转1=G

5 5⌣3 6 5 3 | 2 1 6̆ 1 1 - | 2 1 2 3 5 6 5 3 | 2 - - 0 |

你有　一个梦　我有一个梦，　编织一个美丽的中　国。

5 5⌣3 6 5 3 | 2 1 6̆ 1 1 - | 2 1 2 3 5 6 5 3 | 2⌣1 - - 0 |

你有　一颗心　我有一颗心，　永远伴随亲爱的中　国。

转1=♭A

5 5⌣3 6 5 3 | 2 1 6̆ 1 1 - | 2 1 2 3 5 6 5 3 | 2 - - 0 |

你有　一双眼　我有一双眼，　遥望辽阔无垠的中　国。

5 5⌣3 6 5 3 | 2 1 6̆ 1 1 - | 2 1 2 3 5 6 5 3 | 2⌣1 - - 0 |

你有　一段情　我有一段情，　祝福保佑平安的中　国。

转1=A ♩=66

0 0 0 0 | 5 53 6 5 3 | 2 1 6 1 1 - | 2 1 2 3 5 6 5 3 | 2 - - 0 |

你有 一双手 我有一双手， 创造世界奇迹的中 国。

5 53 6 5 3 | 2 1 6 1 1 - | 2 1 2 3 5 6 5 3 | 1 - - 0 |

你有 一份爱 我有一份爱， 世世代代守护着中 国，

2 1 2 3 5 6 5 | 5 - - 3 | 1 - - 3 | 1 - - 5 | 5 - - - | 5 0 ‖

世世代代守护着 中 国 中 国 中 国。

祖国万岁

1=♯F 6/8

中速 欢乐地

朱 海词
刘 青曲

(1 7 | 6. 7. | 1. 3. | 2. 0 5 7 | 3. 1 7 | 6. 7 1 | 2. 5.

3. 3. | 3 0 1 7) | 6. 6 1 2 3 | 2. 6. | 5 5 6 7 5 | 6. 6.

沿 着鲜花的 长 街 走 向 纪 念 碑，

6 6 6 1 2 3 | 2. 6. | 5 6 1 5 6 | 3. 3. | 5 5 5 3 5 5 | 6 1 1.

拥抱吧亲爱的 战 友， 喜泪 在 飞。 挥 动鲜艳的 国 旗，

2 2 1 2 5 | 3. 3. | 6 6 6 1 2 3 | 2. 6. | 5 5 6 7 5 | 6. 6.

映 出山河 美， 检阅吧光荣的 岁 月， 英雄 列 队。

‖: 6 6̲ 1̲2̲3̲ | 2. 6. | 5̲5̲6̲7̲ 5̲ | 6. 6. | 6̲6̲6̲ 1̲2̲3̲ |
怀抱幸福的 阳光 走向 天安门， 放歌吧亲爱的

2. 6. | 5̲6̲1̲ 5̲6̲ | 3. 3. | 5̲ 5̲3̲5̲5̲ | 6̲ 1̲ 1. |
朋友， 欢声如 雷。 绽放满天的 礼 花，

2̲2̲2̲ 1̲2̲5̲ | 3. 3. | 6̲6̲6̲ 1̲2̲3̲ | 2. 6. | 5̲5̲6̲7̲ 5̲ | 6. 6. |
看梦想腾 飞， 欢乐吧青春的 年代， 今朝 更 美。

%
5̲5̲5̲3̲3̲5̲ | 6 3̲3̲. | #4̲ 4̲4̲4̲3̲2̲ | 3. 3. | 5̲ 5̲3̲5̲ | 6̲7̲6̲. |
我走过走 过 地球上 许多地 方， 我的最爱是 你
我的家有许 多 兄 弟 兄弟姐 妹， 我的最爱是 你

7̲ 7̲7̲7̲6̲5̲ | 3. 3. | 6̲ 6̲1̲2̲3̲ | 2. 6. | 5̲6̲1̲ 5̲6̲ | 3. 3. |
生日之 美。 为你祝 福， 为你贺 岁，
和谐之 美。

　　　　　　　　　　1. (i̲ 7̲ | 6. 7. | i̲. 3. |
6 6̲1̲2̲3̲ | 2. 6. | 5̲5̲6̲7̲ 5̲ | 6. 6. | 0. 0. | 0. 0. |
我的母 亲 祖国万 岁！

2. 0̲5̲2̲ | 3̲. i̲ 7̲ | 6. 7̲ i̲ | 2. 5. | 3. 3. | 3̲>0̲ i̲7̲) :‖
　　　

2.｜结束句
6. 6. ‖ 6. 6. | 1̲ 1̲6̲5̲4̲ | 5. 5. | 1̲ 1̲6̲5̲4̲ | 5. 5. |
岁！ D.S. 岁！ 祖国万 岁！ 祖国万 岁！

5̲6̲1̲ 5̲. | 5. 5. | 5̲ 6. | 7. 7̲0̲ 6̲. 6̲. | 6̲. 6̲. | 6̲. 6̲0̲ ‖
我的母亲 祖国万 岁！

祖国颂

二声部合唱

1 = F 4/4 2/4 6/8 12/8

稍慢 广阔地

乔　羽词
刘　炽曲

mf 亲切地

女高｜ 5 - 5 6 1 3̇ ｜ 2̇ - 2̇ 1 6 5 ｜ 2. 5 6 2̇ 1 2̇ ｜ 5 - - 5 6 ｜
啊 啊

mf

女低｜ 0 0 0 0 ｜ 5 - 5 3 2 6 ｜ 7 - 0 0 ｜ 3. 5 2. 3 ｜
啊 啊

｜ 1̇ - 1̇ 6 5 6 1̇ 2̇ ｜ 4̇ - 4̇ 3 2 5 ｜ 6̇. 5 4̇ 1̇ 4̇ 3̇ ｜ 2̇ - - 2̇ 4̇ ｜
啊

｜ 1 - 0 0 ｜ 2 - 2 1 2 5 ｜ 4 - 0 0 ｜ 5. 6̇ 7̇. 2̇ ｜
啊 啊

[男朗诵] 鸟在高飞， 花在盛开， 江山壮丽， 人民豪迈。

｜ 5. 6 5 4 2 4 5 ｜ 6 - - 6 1̇ ｜ 2̇. 3̇ 2̇ 1̇ 6 5 ♭7 ｜ 6 - 6 6 1 2 ｜
啊 啊

｜ 5 - 0 0 ｜ 1. 2 1 ♭7 5 7 1 ｜ 2 - - 0 ｜ 4. 2 1 2 4 6 ｜
啊 啊

我们伟大的祖国， 进入了社会主义时代！

｜ 3 - 3 2 3 5 6 ｜ 7 - 7 2̇ 1̇ 6 ｜ 5. 3 2 1 2 3. 2̇ ｜ 1̇ - - - ｜
啊 啊

｜ 5 - - 0 ｜ 5 - 4 - ｜ 3 - 5 6 7. 2̇ ｜ 1̇ - - - ｜
啊 啊

mf 欢跃地

女｜ $\frac{2}{4}$ 4 4 4 0 ｜ 4 0 0 ｜ 6 6 6 0 ｜ 6 0 0 ｜ 3 3 3 ｜ 3 3 0 ｜ 5 5 5 0 ｜ 5 0 0 ｜
鸟在高 飞， 花在盛 开， 江山壮 丽， 人民豪 迈。

mf

男｜ $\frac{2}{4}$ 6 6 6 0 ｜ 6 0 0 ｜ 1̇ 1̇ 1̇ 0 ｜ 1̇ 0 0 ｜ 5 5 5 ｜ 5 5 0 ｜ 2 2 2 0 ｜ 2 0 0 ｜

```
7 7 7 0 | 7 0 0 | 2̇ 2̇ 2̇ 0 | 2̇ 0 0 | 6 6 6 | 6 6 0 | i̇ - | i̇ - |
```
鸟在高　飞，　花在盛　开，　江山壮　丽，　人　民

```
5 5 5 0 | 5 0 0 | 4 4 4 0 | 4 0 0 | i̇ i̇ i̇ | i̇ i̇ 0 | 5 - | 5 - |
```

广阔地 ***f***
```
i̇ i̇ | i̇ 0 5 6 | 7 - | 2̇· i̇ | 3̇ i̇ 6 | 5 - | i̇ 2̇ 2̇ | 3̇ 3̇ 5̇ 5̇ |
```
豪迈。　　我们伟　大的祖　国，　进入了　社会主义

f >
```
5 5 | 5 0 5 6 | 2̇ - | 7· 7 | i̇ - | 5 - | i̇ 2̇ 2̇ | 3̇ 3̇ 5̇ 5̇ |
```

ff
```
6·5 6 | i̇ 2̇ 3̇ 6 | 2̇ - | 2̇ 7 6 | 5 - | 3̇· 3̇ | 2̇ i̇ 7 | 6 - |
```
时　　代，　　　我们伟　大的祖　国，

ff
```
i̇ - | i̇ - | 5 - | 5 7 6 | i̇ - | i̇· i̇ | 4 5 | 6 - |
```

(5 6 7 i̇ | 2̇· 3̇ |
```
5 5 5 | 6 5 6 i̇ | 2̇ - | 2̇ 3̇ 2̇ 5̇ | i̇ - | i̇ - | 0 0 |
```
进入了　社会主义　时　　代。

```
i̇ i̇ i̇ | i̇ i̇ i̇ i̇ | 7 - | 2̇ 5 | i̇ - | i̇ - | 0 0 |
```

```
2̇ 5 2̇ 5 | i̇ - | i̇· 1 2 3 4 | 5· 6 | 5 2 5 2 | 4 - | 4 6 1 |
```

```
2· 4 | 5 4 5 | 6· i̇ | 2̇ 3̇ 2̇ | i̇ 7 6 | 2̇ 5 3̇ 7 | 6 - | 6 - )|
```

‖: 4/4 6 1 2 3 i 7 6 | 5.6 7 5 6 - | 6.2 1 3 2 3 5 6 |

1.[女高领] 江南丰收　　有稻米，　江北满仓
2.[男高领] 铁水汹涌　　红似火，　高炉耸立
3.[男女高领] 长江大桥　　破天险，　康藏高原

3.2 1 2 3 1 2 - | 5.6 7 2 i 7 6 5 | 5 i 6 5 6 3. 5 |

是　小　麦，　高粱红　啊棉花　白，
一　排　排，　克拉玛依　荒原　上，
把　路　开，　三门峡　上工程　大，

i 2 3 3. 2 | i 7 6 3 5 6 i 3 | 2 - - - |

密麻麻　　牛羊盖地天　山　外。
你看那　　石油滚滚流　成　海。
哪怕那　　黄河之水天　上　来。

女 i 2 3 - 3 i | 2 3 i 7 6 2 5 3 7 | 6 - - - :‖ 6 - - - |

密麻麻　　牛羊盖地　天　山　外。
你看那　　石油滚滚　流成　海。
哪怕那　　黄河之水　天　上　　　来。

[1.2.] [3.]

男 i 2 7 - 7 6 | 4 5 4 5 6 7 | i - - - :‖ { i - - - / 6. - - - }

12/8 (6. 6 7 i 2 3 4 3. 2 3 4 5 6 i) | { 3. 3. 3. 3. | 3 / 6. 6. 6. 6. | 6 } 0 0.0.0. |

[合]噢

壮丽地

6/8 3 2 5 3 2 | 1 2 3 i | 5. 5. | 5. 5. | 5 6 i 7 6 |

[混声]太阳跳出了东　海，　　　大地一片

5 3 6 5 | 2. 2. | 2. 2. | 1 5 1 1 2 | 3.2 5 3 0 |

光　　彩，　　　河流停止了咆　哮，

4 1 4 4 5 | 6.5 1 6 0 | 1 5 3 5 3 | 2 5 3 2 | 1. 1. | 1. 1. |
山 岳 敞 开 了 胸　怀，　山 岳 敞 开 了 胸　　怀。

女 4.4 4 4 0 | 6.6 6 6 0 | 3 3 3 3 | 5.5 5 5 0 | 7.7 7 7 0 |
　鸟 在 高 飞，　花 在 盛 开，　江 山 壮 丽，人 民 豪 迈。　鸟 在 高 飞，

男 6.6 6 6 0 | 1.1 1 1 0 | 5 5 5 5 | 2.2 2 2 0 | 5.5 5 5 0 |

广阔庄严地

2.2 2 2 0 | 6 6 6 6 | 1.1 1 1 0 | 2/4 (1 1 1 1 5 1 3 | 5 5 5 5 2 | 5 0) 5 6 |
花 在 盛 开，　江 山 壮 丽，人 民 豪 迈。　　　　　　　　　　　　我 们

4.4 4 4 0 | 1 1 1 1 | 5.5 5 5 0 | 2/4 0 0 | 0 0 0 | 0 0 0 |

f
7 - | 2. 1 | 3 1 6 | 5 - | 1 2 2 | 3 3 5 5 |
伟　 大　 的　 祖　　 国，　　 进 入 了　社 会 主 义

f
2 - | 7. 7 | 1 - | 5 - | 1 2 2 | 3 3 5 5 |

6. 5 6 | 1 2 3 6 | 2 - | 2 7 6 | 5 - | 3. 3 | 2 1 7 | 6 - |
时　　　 代，　　 我 们 伟　 大　 的　 祖　　 国，

1 - | 1 - | 5 - | 5 7 6 | 1 - | 1. 1 | 4 5 | 6 - |

渐慢
> > > >
5 5 5 | 6 5 6 1 | 2 - | 2 3 2 5 | 1 - | 1 - | 1 - | 1 - ‖
进 入 了　社 会 主 义　时　　　　　　　　　　　代。
> > > > >
1 1 1 1 | 1 1 1 1 | 7 - | 2 5 | 1 - | 1 - | 1 - | 1 - ‖

231

祖国，慈祥的母亲

男声独唱

1 = F 3/4 2/4

♩ = 66 从容地

张鸿喜词
陆在易曲

走在小康路上

1 = ♭B 4/4 2/4

陈道斌词
王黎光曲

中速 喜悦地

(2 35 6552 3231 5 | 1 23 61 2.3 23 | 5.6 1 23 5 23 21 6 |

1 23 21 1 6 | 5 - - -) ‖: 2 35 3 2 2 3 3. | 5 1 6 1 26. 1 2 |

1.甜　甜　的梦想，　播种在心　田，是你
2.蓝　蓝　的天空，　放飞着爱　恋，是你

3. 2 1 3 5 3 | 6 55 3 32 2 - | 2 35 3 32 3 3. |

为　我们带来了崭新　的春　天。　迎着　清新的风儿，
为　我们耕耘着生活　的美　满。　翻开　崭新的日历，

1 6 52 21 6. | 2 3 453 2 23 1 3 | 2 1 765 | 1 21. 1 - |

抒发喜悦的感言，你让金秋的田　野，　盛开舒心的　笑　颜。
记载快乐的体验，你让绿色的家　园，　融入自然的　诗　篇。

§

1 5 4 5 56 5. | 4 3 2 1 65 5. | 1 2 3 21 6 55 6 |

走在小康路　上，　一路歌美花　香，　在那希望的田　野中，
走在小康路　上，　一路歌美花　香，　在那希望的田　野中，

3 3 53 1 3 32 2 3 3 | 1 5 4 5 56 5. | 4 3 2 1 65 5. |

捧起岁月的香甜。　走在小康路　上，　一路阳光灿　烂，
收获富裕的明天。　走在小康路　上，　一路阳光灿　烂，

3 4 53 3 32 1 2 34 | 5 65 4 32 1 | 3 4 5. 5 - :‖

在那美丽的蓝图中,我们许下未来　的　心　愿。
在那美丽的故事中,我们描绘中国　的　画　卷。

D.S.

结束句

6 5 43 21 | 3 2 1. 1 - | 1 - - | 1 0 0 0 ‖

描绘中国　的　画卷。

233

走进新时代

女声领唱、合唱

1 = ♭D 4/4 2/4

♩ = 56

蒋开儒词
印　青曲

女领 亲切地

‖: 1. 6 5 3 2 3 2 1. 35 | i i i 2. 3 2 6 5 — |

1.总 想 对 你 表 白， 我 的 心情 是 多 么 豪 迈；
2.让 我 告 诉 世 界， 中 国 命运 自 己 主 宰；

i. 2 2 i 6 5 6. 56 | i 3 5 2. 3 2 1 2 — |

总 想 对 你 倾 诉， 我 对 生活 是 多 么 热 爱。
让 我 告 诉 未 来， 中 国 进行 着 接 力 赛。

3. 5 6 56 5 3 2 3 2 1 35 | i. i i i 2 3 2 i 6 — |

勤 劳 勇 敢 的 中 国 人,意气 风发 走 进 新 时 代，
承 前 启 后 的 领 路 人,带领 我们 走 进 新 时 代，

6 2 3 i 7 6 5. 6 6 5 3 | 2 2 6 5 3 2 3 2 1 — |

啊， 我们 意 气 风 发 走 进 那 新 时 代!
啊， 带领 我们 走 进 走 进 那 新 时 代!

1.

女领 f
5 6 i 6 i 2 3 3. 2 3 | 2. 5 6 i 3 2 — | 5 6 i 6 i 2 3 2. i 6 |

我们 唱着 东方 红， 当家 做主 站起 来； 我们 讲着 春天 的 故 事，

女高 f
3 — — — | 2 i 2 — | 3 — 2 — |
i — — — | 7 6 7 — | i — 6 — |

女低 f
5 — — — | 5 6 5 — | 5 — 4 — |

啊! 啊! 啊!

男高 f
3 — — — | 2 i 2 — | 3 — 2 — |
i — — — | 7 6 7 — | i — 6 — |

男低 f
5 — — — | 5 6 5 — | 5 — 4 — |
1 — — — | 2 3 5 — | 5 — 4 — |

i. i 6 i 2̂ 3 3 6 5. | 5 6 | i i 6 i 2̂ 3 3. 2̂ 3 |
改 革 开 放 富 起 来。 继往 开 来 的 领 路 人, 带领

⌢
i   2̂ 3 2̇. | 5 6 | i i 6 i 2̂ 3 3. 2̇ 3 |
6   7. ∨

#4   5. ∨ | 5 6 | i i 6 i 2̂ i i. 2̇ 3 |
啊！ 继往 开 来 的 领 路 人, 带领

⌢
i   2̂ 3 2̇. ∨ | i i | 3 3 i 3 2̂ 3 3. 2̇ 3 |
6   7.

2   5. ∨ | 3 3 | 5 5 3 5 6 5 5. ♭7 7 |

5. 3 2 2 3 2 3 2 i i̋ 6 | 5. 3 5 6 3̇ 2 i 6 i̋ i — |
我 们 走 进 那 新 时 代, 高举 旗 帜 开 创 未 来！

5. 3 2 2 3 2 3 2 i i̋ 6 | 0 0 0 0 | 0 0 |

#i. i 6 6 6 #5 5 6 | 0 0 0 0 | 0 0 |
我 们 走 进 那 新 时 代,

5. 3 2 2 3 2 3 2 i i | 0 0 0 0 | 0 0 |
3. 3 2 2 i 7 7 i̋ 6

6. 6 4 4 4 3 3 4 | 0 0 0 0 | 0 0 |

(5 6 i 5 3 — | 5 6 7 7 3 — | 1 2 3 i 6 3 i 6 | 2. 3 2 — |

5 6 i 5 3 — | 2 3 i i i — | 2̇ i i̇ ♭6 5 i 3 4 | 2̇. i i —) :‖

2.

我们唱着东方　红，当家　做主站起　来；　　我们讲着春天的故　事，

我们唱着东方　　红，当家　做主站起　来；　　我们讲着春天的故　事，

改革开放富　起　来。继往　开来的领路　人，带领　我们走进那新时　代，

改革开放富　起　来。继往　开来的领路　人，带领　我们走进那新时　代，

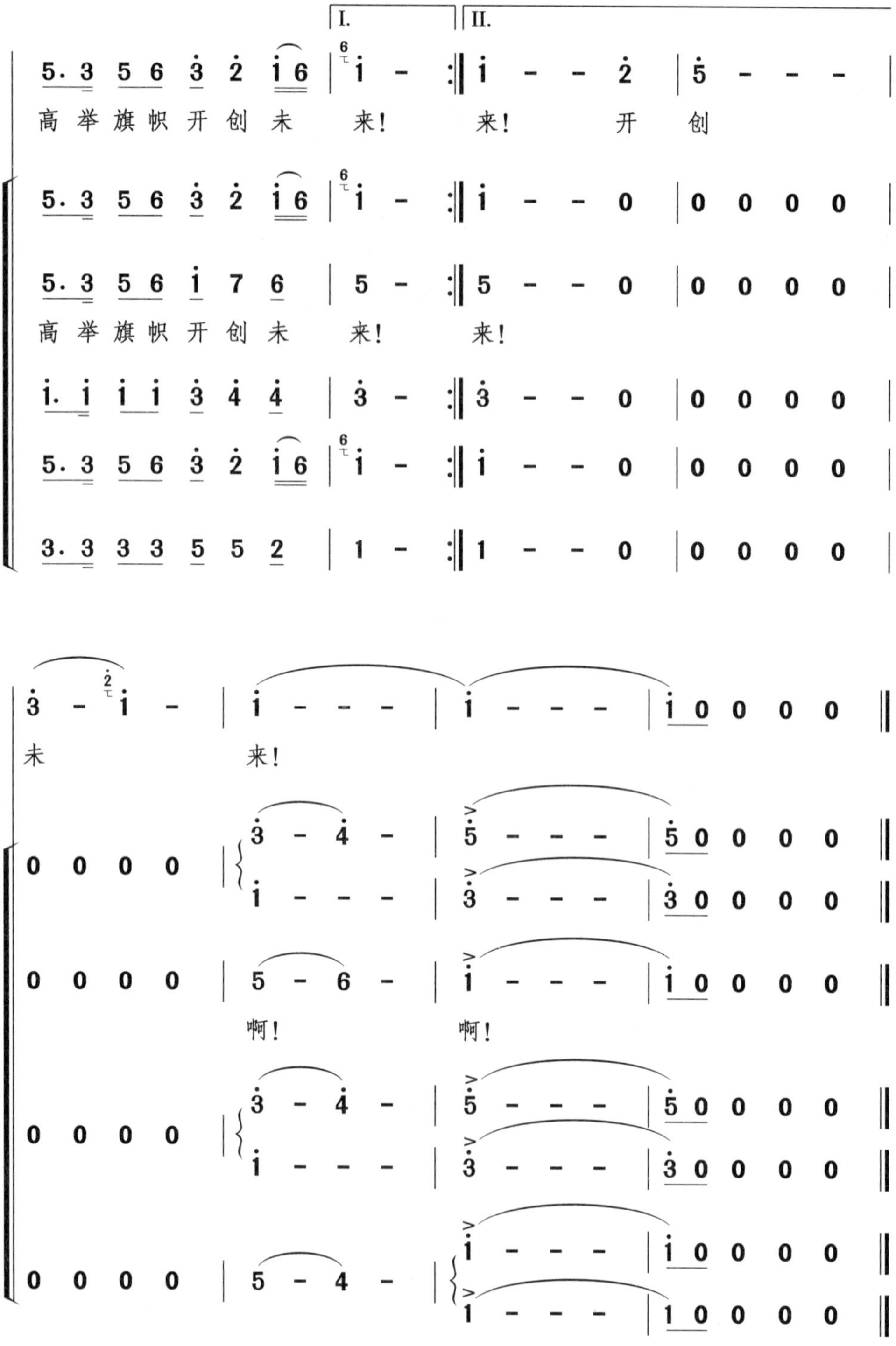
I.
II.
高举旗帜开创未来！
来！
开创
未来！
高举旗帜开创未来！
来！
啊！
啊！

祝酒歌

男声独唱

1=E 2/4 韩　伟词
快　热情地 施光南曲

（歌谱）

1.美酒　飘　　香　　啊
2.手捧　美　　酒　　啊

歌　声　　飞，　　朋友啊　请　你
望　北　　京，　　豪情啊　胜　过

干　一杯，请你　干　一杯，　胜利的
长江　水，胜过　长江　水，　锦绣

渐慢 深情地 渐快

十　月　永难　　忘，杯中　洒　满　幸　福
前　程　党指　　引，万里　山　河　尽　朝

mp 稍快 活跃地

泪。　咪咪咪　咪　咪咪咪　咪　咪咪咪　咪　咪咪咪　咪
晖。　咪咪咪　咪　咪咪咪　咪　咪咪咪　咪　咪咪咪　咪

mf

十月里　响春雷，八亿神州举金杯，舒心的　酒　啊
瞻未来　无限美，人人胸中春风吹，美酒　　浇　旺

（0 7 i ż i | 5 4 3 4 2 6 5）

3.2 2.i | 6 - 7 i ż i | 5.3 2 6 | 5 - 5 - ‖

浓又　美，　　千杯万盏也　不　醉。
心头　火，　　燃得斗志永　不　退。

f 激情地

（i 6 3 2 3 i 2 | i i 6 3 2 3 i 2 | i）

0 i i i | i 6 3 ż i | ż ż 3 i 2 | i - | i - | 0 i i i |

今天啊畅　　饮胜利酒，　　　　　明日啊

（i 6 3 2 3 i 2 | i i 6 3 2 3 i 2 | i）

i 6 3 ż i | ż ż 3 i 2 | i - | i - | 0 6 6 7 | i.ż ż i |

上　　阵劲百倍，　　　　　为了　实现四个

7 ż i 6 | 5 6 7 | i 5 4 | 2 - | 3 i 6.3 | ż.3 i.2 |

现代　化，愿洒热　血　和　汗

（i 6 3 2 3 i 2 | i i 6 3 2 3 i 2 | i）

1 - | 1 - | 1 2 3 3 | 1 2 3 3 | 1 2 3 3 3 5 | 5 4 2 2 |

水。　　　哎哎哎　哎　哎哎哎　哎　哎哎哎　哎　哎哎　哎哎哎　哎

mf

2 3 4 4.3 | 2 3 4 4 | 2 3 4 4.5 | 6 5 3 3 | 5 6 5 | 3.5 i 3 |

征途上　战　鼓擂，　条条战线　捷报飞，　待到　　理想

（0 7 i ż i | 5 4 3 4 2 6 5）

3.2 2.i | 6. 6 7 i ż i | 5.3 2 6 | 5 - | 5 - |

化宏　图，咱　重摆美酒再　相　会。

f

i 2 3 3 | i 2 3 3 | i 2 3 3.5 | 7 i ż ż | 5 6 5 | 3.5 i ż |

哎哎哎　哎　哎哎哎　哎　哎哎哎　哎　哎　哎哎哎　哎　咱重摆美　酒

渐慢

回原速

（i 6 3 2 3 i 2 | i i 6 3 2 3 i 2 | i i 6 3 2 3 i 2 | i i）

3 - | 5 - | i 6 3 ż.3 i 2 | i - | i - | i - | i - ‖

啊　　再相　会！

祝福祖国

女声独唱

1=♭E 4/4
♩=58 深情赞美地

清　风词
孟庆云曲

赞赞新时代

1 = A 4/4

♩= 118 热烈、亲切地

王平久词
常石磊曲

转1 = C

`0 5̣ 5̣6̂1 | 3 1 5̣3̂ - | 0 2333 | 223216̣ |`
我 们 的 新 时代， 又是一个 春天扑面而来，

`0 2333 | 2223 5̂33 | 0 233333 | 2223216̣ |`
大地生机 青山绿水常 在。 长安街出发,到 美丽乡村和边寨，

`0 3̣5̣6̣123 | 5 0 6060 | 0000 | 5555 6060 |`
欢天喜地的节 拍。 赞！赞！ 欢天喜地！赞！赞！

`0000 | 5555 6060 | 0 2333 | 223216̣ |`
欢天喜地！赞！赞！ 又是一个 故事挥手展开，

`0 3333 | 5 5̂653 3 | 0 53505 3 | 5053 5̂63 |`
心潮起伏 目光 澎 湃， 站起来！富起 来！强起来！

`0 3̣5̣6̣123 | 5 0 6060 | 0000 | 5555 6060 |`
情不自禁地感 慨！赞！赞！ 情不自禁！赞！赞！

转1 = A

`0000 | 5555 6060 | 0 5̣ 5̣6̂1 | 3 1 5̣3̂ - |`
情不自禁！赞！赞！ 我 们 的 新 时代，

`0 5̣6̣1 6̣12 | 3̣1 1 1 0 5 0 3 | 3 0 0 5̣6̣1 |`
万里跋涉走进 家 门的 期 待， 五千年

`2 1 6̣0 5̣6̣1 | 2 3 1 1 0 0 | 4 34 0 1 2 | 2 0 5̣ 5̣6̂1 |`
的情怀，让大中 国成为 辽阔的 舞台。 我们的

3 1 5̆ 3 - | 0 5̣6̣ 1 6̣ 1 2 | 3 1 1 1 0 5̣ 0 3 | 3 2 1 . 0 5̣ 6̣ 1 |

新 时 代，　　　日 新 月 异 绽 放　漫 天 的　光 彩，　　　暖 暖 的

4 3 1 0 6̣ 1 | 1 0 0 5̣ 6̣ 1 | 4 3 2 0 1 5̣ | 5̣ 5̣ 5̣ 6̣ 1 |

春 风 花　儿 开，　　　笑 望 着 河 流 与　山 脉。　　　我 们 的

3 1 5̆ 3 - | 0 5̣6̣ 1 6̣ 1 2 | 3 1 1 1 0 5̣ 0 3 | 3 0 0 5̣ 6̣ 1 |

新 时 代，　　　万 里 跋 涉 走 进 家 门 的　期 待，　　　五 千 年

2̣ 1 6̣ 0 5̣ 6̣ 1 | 2 3 1 1 0 0 | 4 3 4 0 1 2 | 2 0 5̣ 5̣ 6̣ 1 |

的 情 怀，让 大 中　国 成 为　　　辽 阔 的　舞 台。　　　我 们 的

3 1 5̆ 3 - | 0 5̣6̣ 1 6̣ 1 2 | 3 1 1 1 0 5̣ 0 3 | 3 2 1 . 0 5̣ 6̣ 1 |

新 时 代，　　　日 新 月 异 绽 放　漫 天 的　光 彩，　　　暖 暖 的

4 3 1 0 6̣ 1 | 1 0 0 5̣ 6̣ 1 | 4 3 2 0 1 5̣ | 5 0 5 0 5 0 ‖

春 风 花　儿 开，　　　笑 望 着 河 流 与　山 脉。　　　赞！赞！

再一次出发

1 = E $\frac{4}{4}$ $\frac{2}{4}$

屈　塬词
王　备曲

中速　雄壮有力地

(5̣ - - 2 | 4 - 3 - | 3 - 5 - | i̇ - - 3 |

4 - 2 . 2̲3̲ | 4 . 1̲4̲5̲6̲5̲4̲ | 5 - - - | 5 - -) 0 5̣ |

当

‖: 1 2 2 3 3 2 2 1 | 7· 5 5· 7 | 6 4 4 3 4 6· | 6 5 1 2 3· 3 |
年的海风掀开厚重 的 面纱，梦 和初心的队伍 从脚下开拔，一

5· 3 5 3 2 | 2· 1 6· 6 | 2 3 4 3 4 3 1 2 | 2 - - 0 5 |
条 长路越走越 宽阔，希 望的田野开满了鲜 花。 古

1 2 2 3 3 2 2 1 | 7· 5 6 5· 7 | 6 4 4 3 4 6· | 6 5 1 2 3· 3 |
老的大地重生崭新 的 神话，诗 和远方的目标 还没有到达，千

5· 3 5 ♭7 6 | 5· 4 4· 4 | 4 ♭6 5 4 4 1 4 5 | 5 - - - | 5 0 0 5 |
秋 大业越来 越 壮丽，春 天的故事传遍了天 涯。 新

1 7 1 2 7 5 | 6 5 5 4 5 - | 6 6 1 5 1 | 4· 3 3 5 2· 6 |
时代的号角中 再一次出发， 歌 声和汗水 一路 挥洒，中

2 2 3 4 6 5 | 5 3 5 2 1· 5 | 6 1 1 6 1 6 0 1 | 2 - - - |
国 梦的旗帜下 再一次出发，追 梦的人们雄姿 英 发，

I.

0 1 6 5 6 5 3 | 3 6 1 2 | 1 - - (0 5 | 1 7 1 2 7 5 |
满 载千年宏愿 再一次出 发。

6 5 4 5· 5 | 1 7 1 2 3 1 7 | 6 - 5 - | 1 7 1 2 7 5 |

6 5 4 5· 3 | 2 3 4 4· 1 | 2 1 2 7·) 5 :‖
当

II. 结束句

0 3 2 1 | 1 7 1 2 3 - | 6 1 1 6 5 - ‖ 0 1 6 5 6 5 6 |
新 时代 的号角中 再一次出发。 D.S. 迎着万里长风

1· 6 1 2 | 2 - - - | 1 - - - | 1 - - - | 1 0 0 0 ‖
再 一次出 发！

在希望的田野上

领唱、合唱

晓　光词
施光南曲

```
2    3.5 | i.  0 | 3 23 | 2 67 2 | 7 76 7 | 6 5 |
上,              炊烟 在 新 建 的 住房 上 飘荡,

2 2 2 2 i | i 0 1 2 | 3 0 | 0 0 | 0 0 | 0 0 |
希望 的 田野 上 田野 上,

5 5 6 5 6 | i 0 1 7 | 6 0 | 0 0 | 0 0 | 0 0 |

5 3 5 3 | 2 2 3 2 i | i 6 0 i | 2 - | 5 5 5 | 5.2 3 4 |
小 河 在 美丽 的 村庄 旁 流 淌。        一 片 冬

0 0 | 0 0 | 0 0 | 0 5 6 5 | 5 - | 5 - |
                            啊

0 0 | 0 0 | 0 0 | 0 0 | 5.  6 7 | 5 6 |
                                  啊

3 2 3 | 3 23 | 5 2 3 5 | 3 2 3 2 7 | 2 6 7 6 5 | 6 - | 5.6 5 3 |
麦    那个 一片 高 粱,        十 里

0 5 6 5 | 3 i 2 5 | 3 - | 3 - | 0 5 2 5 | 3 2 7 6 | 5 - |
  啊                啊

5 - | 5 - | 5.  6 7 | 5 6 - | 6 - | i 3 4 |
          啊              啊

3 5 6 7 3 | 2.3 7 0 | 6 6 5 7 | 6 76 2.3 | 5 - | 5. 0 |
哟 荷塘     十里 果 香。

5 - | 0 3 5 6 | 7 3 | 2. 3 i. 0 | 7 2 6 7 6 | 5. 0 |
    啊                啊

5 2 | 3 - | 3. 0 | 2. i 3 4 | 5 - | 5. 0 |
  啊
```

哎！　　　　嗨哟　　　　嗬呀　儿

呀儿咿儿哟　呀儿咿儿哟　呀儿　咿嗨　哟嗬嗬　呀儿咿儿哟

咿　儿　哟　　　　嗨！我们　世世　代代在这

呀儿咿儿哟　呀儿　咿嗨哟　嗨！我们　世世　代代在这

田野上　生活，为她富裕　为她兴旺。

我们的理　想　　　在　希望的田野

我们的理　想　在那

$\overset{\frown}{\underset{.}{2}}$ $\overset{\frown}{3.\ 5}$ | $\dot{1}.$ $0\ \overset{\frown}{3}\ \overset{\frown}{\underset{.}{2}\ \underset{.}{3}}$ | $\overset{\frown}{\underset{.}{2}\ \underset{.}{6}\ \underset{.}{7}\ \underset{.}{2}}$ | $\overset{\frown}{\underset{.}{7}\ \underset{.}{7}\ \underset{.}{6}\ \underset{.}{7}}$ | $\overset{\frown}{\underset{.}{6}\ 5}$ |

上,　　　　禾 苗 在 农 民 的 汗 水 里 抽 穗,

$\dot{2}\ \dot{2}\ \dot{2}\ \dot{1}$ | $\dot{1}\ 0\ \dot{1}\ \dot{2}$ | $\dot{3}.$ 0 | $0\ 0$ | $0\ 0$ | $0\ 0$ |

希 望 的 田 野 上 田 野 上,

$5\ 5\ 6\ 5\ 6$ | $\dot{1}\ 0\ \dot{1}\ 7$ | $6.$ 0 | $0\ 0$ | $0\ 0$ | $0\ 0$ |

$5\ 3\ 5\ 3$ | $\dot{2}\ \dot{2}\ \dot{3}\ \dot{2}\ \dot{1}$ | $\dot{1}\ \dot{6}\ 0\ \dot{1}$ | $\dot{2}\ -$ | $0\ 0$ | $0\ 0$ |

牛 羊 在 牧 民 的 笛 声 中 成 长。

　　　　　　　　　　　　　　　　　　　　　　mf

$0\ 0$ | $0\ 0$ | $0\ 0$ | $0\ 0$ | $\dot{5}\ \dot{5}\ \dot{5}$ | $\dot{5}.\ \dot{2}\ \dot{3}\ \dot{4}$ |

　　　　　　　　　　　　　　　　　　　　　西 村 纺

　　　　　　　　　　　　　mp

$0\ 0$ | $0\ 0$ | $0\ 0$ | $0\ 5\ 6\ 5$ | $5\ -$ | $5\ -$ |

　　　　　　　　　　　　　　啊

$\overset{\frown}{\dot{3}\ \dot{2}\ \dot{3}}$ | $\dot{3}$ $\overset{\vee}{}$ $\dot{2}\ \dot{3}$ | $\dot{5}\ \dot{2}\ \dot{3}\ \dot{5}$ | $\dot{3}\ \dot{2}\ \dot{3}\ \dot{2}\ 7$ | $\dot{2}\ 6\ 7\ 6\ 5$ | $6\ -$ | $5.\ 6\ 5\ 3$ |

花　　 那 个 东 港 撒 网,　　北 国

$0\ 5\ 6\ 5$ | $3.\ \dot{1}\ \dot{2}\ 5$ | $3\ -$ | $3\ -$ | $0\ 5\ \dot{2}\ 5$ | $3\ \dot{2}\ 5\ 6$ | $7\ -$ |

西 村 纺 花　　　　 东 港 撒 网,

$3\ 5\ 6$ | $7\ \dot{3}$ | $\dot{2}.\ 7$ | $6\ 6\ 5\ 7$ | $6\ 7\ 6\ \dot{2}.\ 3$ | $5\ -$ | $5.\ 0$ |

哟 播 种 南 国 打 场。

$7\ -$ | $0\ 3\ 5\ 6$ | $7\ \dot{3}$ | $\dot{2}\ 3\ \dot{1}$ | $\dot{1}.\ \dot{1}$ | $7\ \dot{2}\ 6\ 7\ 6$ | $5.\ 0$ |

北 国 播 种 南 国 打 场。

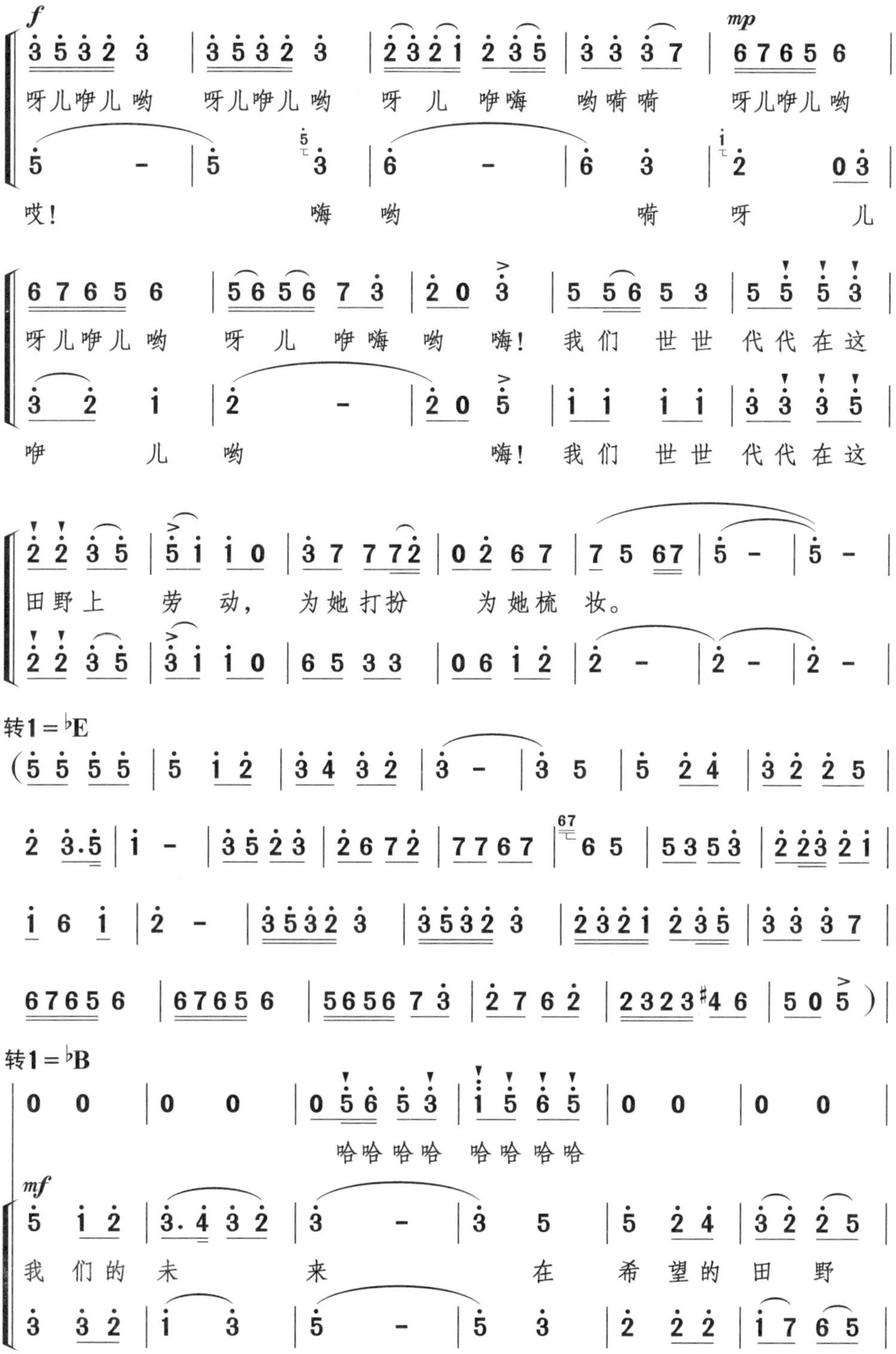
呀儿咿儿哟 呀儿咿儿哟 呀 儿 咿嗨 哟嗬嗬 呀儿咿儿哟
哎! 嗨 哟 嗬 呀 儿
呀儿咿儿哟 呀 儿 咿嗨 哟 嗨! 我们 世世 代代在这
咿 儿 哟 嗨! 我们 世世 代代在这
田野上 劳 动, 为她打扮 为她梳 妆。
转1=♭E
转1=♭B
哈哈哈哈 哈哈哈哈
我们的未 来 在 希望的田野

```
0 5 6 5 3 | 1 5 6 5 | 0 0 | 0 0 | 0 0 | 0 0 |
   哈哈哈哈  哈哈哈哈
```

```
2.   3.5 | 1.   0 3 | 2 3   2 6 7 2 | 7 7 6 7 | 6 5 |
上,           人们在明 媚的阳光下  生活,
3   -   | 3.   0 1 | 7 1   2   2 2 | 3 3 3 2 | 2 2 |
```

```
0 0 | 0 0 | 0 0 | 0 5 6 5 | 5 - | 5 - |
                    啊
5 3 5 3 | 2 2 3 2 1 | 1 6 0 1 | 2 - | 0 0 | 0 0 |
生活在 人们的劳动 中  变样。
5  5 6 | 7 7 1 7 5 | 6  0 3 | 5 - | 5 5 5 | 5.2 3 4 |
                                mf  老 人们 举
```

```
0 5 6 5 | 3.1 2 5 | 3 - | 3 - | 0 5 2 5 | 3 2 5 6 | 7 - |
  啊                        哈 哈哈 哈哈哈哈 哈
     mf
0 0 | 0 2 3 | 5 2 3 5 | 3 2 3 2 7 | 2 6 7 6 5 | 6 - | 0 0 |
   那个 孩子们 欢    笑,
3 2 3 | 3  0 | 0 0 | 0 0 | 0 0 | 0 0 | 5.6 5 3 |
杯                              小 伙儿
```

```
7 - | 0 3 5 6 | 7 3 | 2.   3 | 1 - | 7 2 6 7 6 | 5 - |
  啊                  啊
0 0 | 0 0 | 0 0 | 6 6 5 7 | 6 7 6 2.3 | 5 - | 5 - |
               姑娘  歌   唱。
3 5 6 | 7 3 | 2.3 7 0 | 0 0 | 0 0 | 0 0 | 0 0 |
哟 弹  琴
```

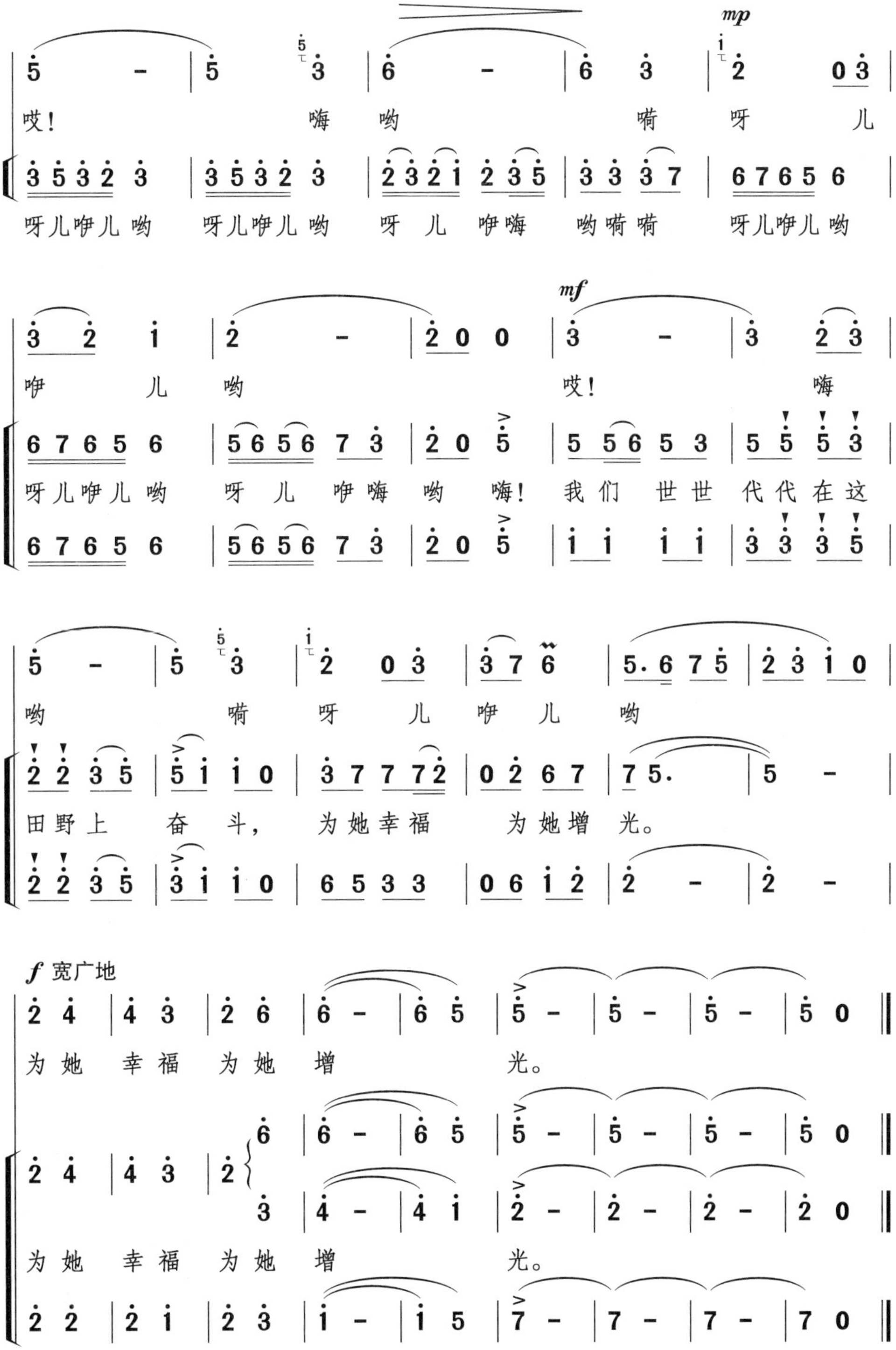
mp
哎！ 嗨 哟 嗬 呀 儿
呀儿咿儿哟 呀儿咿儿哟 呀 儿 咿嗨 哟嗬嗬 呀儿咿儿哟
mf
咿 儿 哟 哎！ 嗨
呀儿咿儿哟 呀 儿 咿 嗨 哟 嗨！我 们 世 世 代 代 在 这
哟 嗬 呀 儿 咿 儿 哟
田 野 上 奋 斗， 为 她 幸 福 为 她 增 光。
f 宽广地
为 她 幸 福 为 她 增 光。
为 她 幸 福 为 她 增 光。

在中国大地上

女声独唱

1 = ♭B (或 A) 4/4

♩ = 84 欢喜、愉快地

晓　光词
士　心曲

（0 XX 0XXX 0.XX 0X0 | 0 5 i̅ i̅ i̅ 2̅ 3̅ 6̅ 5 3̅ 6̅ i̅ 5 | 0 5 i̅ i̅ i̅ 2̅ 2̅·i̅ 6̅ i̅ 6̅ 5̅ 4̅ |

0 5 i̅ i̅ i̅ 2̅ 2̅·i̅ 6̅ i̅ 6̅ 5̅ 4̅ 3̅ | 2̅·3̅ 2̅ 1̅ 7̅ 1̅ 2̅ 5̅ 1 0 7̅ 6̅ 1̅ 5 ）

‖: 0 6̅ 5̅·6̅ 4̅ 3̅ 5̅ 2̅ | 1̅ 7̅ 6̅ 5 - | 6̅ 5̅·6̅ 4̅ 3̅ 5̅ 2̅ | 1 - - -

1.五谷的芳　香，　飘荡　在　　中　国　大　地　上；
2.茁壮的希　望，　生长　在　　中　国　大　地　上；

3̅ 2̅ 3̅ 5̅·7̅ 7̅ 6̅ | 5̅ 7̅ 6̅ 5̅ 6 - | 5̅ 4̅ 5̅ 6̅ 5̅ 4̅ 3̅

肥　　壮的那个牛　羊，　奔跑在中国大地
春　　天的哩个祝　愿，　回旋在中国大地

2 - - - | 6̅ 5̅ 6̅ 4̅ 3̅ 5̅ 2̅ | 1 - - -

上　　　中国　大　地　上。
上　　　中国　大　地　上。

（0 5 i̅ i̅ i̅ 2̅ 2̅·i̅ 6̅ i̅ 6̅ 5̅ 4̅ 3̅ | 2̅·3̅ 2̅ 1̅ 7̅ 1̅ 2̅ 5̅ 1 0 7̅ 6̅ 1̅ 5 ）

0 3̅ 3̅ 3̅ 5̅ 3̅·2̅ 1̅·7̅ | 6̅·5̅ 3̅ 5̅ 3̅ 3̅ 6̅·5̅ 5

一声声的唢　呐　　唱出古老的向往，
一片片的笑　语　　萦绕农家的小院，

0 1̅ 6̅ 1̅ 6̅ 1̅ 2̅ 1̅ 2̅ 2 | 3̅·5̅ 1̅ 7̅ 6̅ 1̅ 2̅·3̅ 1̅ 2̅ 2

一阵阵的锣　鼓　　道出崭新的酣　畅。
一曲曲的欢　歌　　飞出牧人的胸　膛。

252

0 3 5 6̂ 5 | 3̌ 6 5 5 0 | 5 3 5 3 5 3 5 3 | 5· 1 1 0 |
你 看 那 小 麦　 大 豆 棉 花 高 粱,
你 看 那 北 国　 南 疆 龙 灯 秧 歌,

0 3 5 6̂ 5 | 3̌ 6 5 5 0 | 5 3 5 3 5 3 5 3 | 5 1 5 5 0 |
装 满 了 谷 囤　 装 满 了 谷 囤 粮 仓;
人 人 都 喜 气　 人 人 都 喜 气 洋 洋;

0 3 5 6̂ 5 | 3̌ 6 5 5 0 | 5 3 5 3 5 3 5 3 | 5· 1 1 0 |
你 看 那 田 埂　 鱼 塘 果 园 牧 场,
你 看 那 山 寨　 渔 村 竹 楼 毡 房,

渐慢
0 3 5 6̂ 5 | 2 #1 2 2 0 | 6· 2 2 #4 | 5 - - - |
处 处 是 丰 收　 丰 收 景　 象。
处 处 都 走 向　 走 向 兴　 旺。

原速
6 5·6 4 3 5 2 | 1 7 6 5 - | 6 5·6 4 3 5 2̂ | 1 - - - |
镰 刀 和 铁 锤 闪 光 在　 中 国 大 地 上,

3 2 3 5·7 7 6 | 5 7 6 5 6 - | 5 4 5 6 5 4 3 | 2 - - - |
蓬　 勃 的 那 个 太　 阳 升 腾在中国大地 上

6 5 6 4 3 5 2̂ | 1 - - - ‖ 1.
（6 5 6 4 3 5 2 | 1 7 6 6 5 - |
中 国 大 地 上。

6· 2 2 1 1 2 | 2 - - - ‖ 2.
2· 2 2 6 | 1 - - - ∨
中 国 大 地

5 - - | 5 - - | 5 - - | 5 0 0 0 ‖
上。

253

在灿烂阳光下

合 唱

集体词、贺慈航执笔

印 青曲

1=♭B 4/4 3/4 2/4

♩=80

转1＝♭B

mf

$\underline{3}\ \dot{\underline{1}}\ \dot{\underline{2}}\ \dot{3}\ |\ \dot{1}.\ \underline{3}\ \dot{5}\ -\ |\ \dot{\underline{1}}\ \dot{\underline{1}}\ \dot{\underline{1}}\ \dot{6}\ |\ \dot{5}.\ \underline{1}\ \dot{2}\ -\ |\ \underline{3}\ \dot{\underline{1}}\ \dot{\underline{2}}\ \dot{3}\ |\ \dot{2}\ \dot{\underline{1}}\ \dot{6}\ -\ |$

从小老师 教我唱： 　唱支山歌 给党听； 　几经风雨 更懂得：

mp

$\dot{3}\ -\ -\ |\ \dot{1}.\ \ \underline{\dot{3}\ \dot{2}\ \dot{3}}\ |\ \dot{1}\ -\ -\ |\ \dot{2}.\ \ \underline{5\ 7\ \dot{2}}\ |\ \dot{1}\ -\ \dot{3}\ |\ \dot{2}\ \dot{\underline{1}}\ \dot{6}\ -\ |$

啊　　　啊　　　　　啊

突快

$(\dot{3}.\ \underline{\dot{3}}\ \underline{\dot{3}.\ \dot{3}}\ \underline{\dot{3}.\ \dot{3}}\ |$

$\dot{2}.\ \dot{\underline{2}}\ \dot{\underline{2}}\ \dot{3}\ \dot{5}\ |\ \dot{6}\ \dot{\underline{1}}\ \dot{2}\ \dot{3}\ |\ \dot{3}\ -\ -\ -\ |\ \dot{3}\ -\ -\ -\ |\ \dot{3}\ 0\ 0\ 0\ 0\ |$

跟 着共产党　才有新中 国。

$\dot{2}.\ \dot{\underline{2}}\ \dot{\underline{2}}\ \dot{3}\ \dot{5}\ |\ \dot{6}\ \dot{\underline{1}}\ \dot{2}\ \dot{3}\ |\ \dot{3}\ -\ -\ -\ |\ \dot{3}\ -\ -\ -\ |\ \dot{3}\ 0\ 0\ 0\ 0\ |$

转1＝G

$\dot{3}\ -\ -\ |\ \underline{5.5}\ \underline{5\ 5.5}\ \underline{5\ 5.5}\ \overset{3}{\overbrace{\underline{5\ 5\ 5}}}\ |\ 5\ -\ -\ -\ |\ \overset{567}{\underline{\dot{1}\ \dot{\underline{1}}\ \dot{\underline{1}}\ \dot{1}\ \dot{1}\ \dot{5}}}\ |\ \overset{>}{\dot{1}}\ \overset{3}{\overbrace{\dot{1}\ \dot{1}\ \dot{1}\ \dot{1}}}\ )\ \dot{5}\ |$

难

$\overset{>}{\dot{1}}\ -\ \dot{1}\ \dot{3}\ |\ \overset{>}{5}\ \dot{4}\ \dot{3}.\ \underline{\dot{1}}\ |\ \dot{2}\ \dot{1}\ -\ -\ |\ \dot{1}\ -\ 0\ \underline{5}\ |\ \overset{>}{\dot{1}}\ -\ -\ \dot{3}\ |$

忘 开国大 典的礼炮，　激荡　了

$0\ 0\ 0\ 0\ |\ 0\ 0\ 0\ 0\ |\ 0\ \underline{5}\ \dot{1}\ \dot{3}\ |\ \dot{5}\ \dot{3}\ \dot{1}\ \underline{5}\ |\ \dot{5}\ 0\ 0\ 0\ |$

啊

$\overset{>}{5}\ \dot{4}\ \dot{3}.\ \underline{\dot{1}}\ |\ \overset{>}{\dot{3}}\ \dot{2}\ -\ -\ |\ \dot{2}\ -\ 0\ \underline{1}\ |\ \dot{6}\ -\ \dot{6}\ \dot{7}\ |\ \dot{1}\ \dot{6}\ \dot{5}\ \dot{4}\ |$

亿万人 的热血；　　难 忘那场春风化

$0\ 0\ 0\ 0\ |\ 0\ \underline{2}\ \dot{3}\ \dot{4}\ |\ \dot{5}\ \dot{4}\ \dot{2}\ 0\ |\ 0\ \underline{1}\ \dot{4}\ \dot{5}\ |\ \dot{6}\ \dot{6}\ \dot{5}\ \dot{4}\ |$

啊　　　　　啊　春风化

$$6--- \mid 6\ 0\ 6\ 3 \mid 2--- \overset{\vee}{} \mid 7\ 7\ \underline{6.\ 7} \mid 5--- \mid 5-5\underline{0\ 5} \mid$$
雨，　　　　滋润了　大江南　北。　　　难

$$4\ 6\ 5\ 4 \mid 6\ 0 \left\{ \begin{matrix} \overset{\#1}{1} \\ 6\ 3 \end{matrix} \right\} 2--- \overset{\vee}{} \mid 5\ 5 \left\{ \begin{matrix} \underline{6.\ 7} \\ \overset{\#4}{4}- \end{matrix} \right. \begin{matrix} 7--- \\ 2--- \end{matrix} \left| \begin{matrix} 7-7\underline{0} \\ 2-2\underline{0} \end{matrix} \right\} 0 \mid$$
雨春风化　雨，滋润了　大江南　北。

$$1--3 \mid 5\ 4\ 3\ \underline{1.\ 1} \mid 2\ 1-- \mid 1--\overset{\vee}{5} \mid 1--3 \mid$$
忘　那　回归盛典的升旗，　　　　激起　了

$$0\ 0\ 0\ 0 \mid 0\ 0\ 0\ 0 \mid 0\ 0\ \overset{>}{6}\ 5 \mid \overset{\natural}{4}\ 3\ \overset{\natural}{2}\ 1\ 0 \mid 0\ 0\ 0\ 0 \mid$$
升旗　升旗升旗，

$$5\ 4\ 3.\ \underline{1} \mid 3\ 2-- \mid 2--1 \mid 6--7 \mid \dot{1}\ 6\ 5.\ \underline{4} \mid$$
亿万人　的　热泪；　　　难　忘　那　世纪大检

$$0\ 0\ 0\ 0 \mid 0\ 0\ 7\ \overset{\vee}{5} \mid \overline{4}\ \overset{\vee}{2}\ \overline{7}\ \underline{5}\ 0 \mid 0 \left\{ \begin{matrix} \overline{6}\ \overline{6}\ \overline{7} \\ 4\ 4\ 5 \end{matrix} \right. \begin{matrix} \dot{1}\ 6\ 5.\ \underline{4} \\ 6\ 4\ 3.\ \underline{1} \end{matrix} \mid$$
热泪　热泪热泪；　　　难忘那　世纪大检

$$6\ -\ -\ \mid 6\ -\ 6\ 3 \mid 2\ -\ -\ - \mid 7\ 7\ \overset{3}{\overline{7\ 1}}\ \underline{7\ 6\ 5} \mid 5--- \mid 5-5\underline{0\ 5} \mid$$
阅，　　　扬起　了　民族气　　魄。　　　闪

$$6.\ \underline{5}\ 4\ 2 \mid 6 \left\{ \begin{matrix} \\ 0\ 3\ 5 \end{matrix} \right. \begin{matrix} \\ \overset{\#4}{4}--- \end{matrix} \left\{ \begin{matrix} 5\ 5\ \overset{\#4}{4}\ - \\ 2\ 2\ 2\ - \end{matrix} \right. \begin{matrix} 5--- \\ 2--- \end{matrix} \mid \begin{matrix} 5-5\underline{0\ 0} \\ 2-2\underline{0\ 0} \end{matrix} \mid$$

$$4.\ \underline{3}\ 4\ 2 \mid 4$$
阅啊大检阅，扬起了　　民族气　　魄。

1 - - 1 | 2 1. 1 1 5 | 6 - - 5 | 1 - - 6 |
耀　　　着　金光的铁锤镰　　　刀，　代

5 0 5 0 5 0 5 0 | 5 - 3 - | 4 0 4 0 4 0 5 0 | 6 - 4 - |
3 0 3 0 3 0 3 0 | 3 - 1 - | 1 0 1 0 1 0 4 0 | 4 - 1 - |
闪耀金光金　光　铁锤镰刀镰刀，

5 - - 3 | 2 2. 1 2 5 | 3 - - - | 3 - - 5 |
表　　　着　民族的希　望。　　　　　闪

5 0 5 0 5 0 5 0 | #4 - 2 - | 3 0 3 0 3 0 3 0 | 7 7 - 0 |
3 0 3 0 3 0 3 0 | 2 - 7 - | 7 0 7 0 7 0 6 0 | #5 5 - 0 |
代表民族民　族　代表民族希望。

1 - - 1 | 2 1. 1 1 5 | 6 - - 5 | 1 - - 6 |
耀　　　着　金光的铁锤镰　　　刀，　代

5 0 5 0 5 0 5 0 | 5 - 3 - | 4 0 4 0 4 0 5 0 | 6 - 4 4 |
3 0 3 0 3 0 3 0 | 3 - 1 - | 1 0 1 0 1 0 4 0 | 4 - 1 1 |
闪耀金光金　光　铁锤镰刀镰刀，代

5 - - 5 | 6 6. 6 6. 1 | 1 - - - | 1 - - 1 | 1 - - - | 1 - - 1 |
表　着　民族的希　望　　　　　　希　望　　　　　希

1 - - 1 | 4 4. 4 4. 6 | 5 - - - | 5 - - 5 | 5 - - - | 5 - - 5 |
　　　　 1 1. 1 1. 4 | 3 - - - | 3 - - 3 | 3 - - - | 3 - - 3 |

转1=♭B

```
i - - | i - - i 0ⱽ | ♭7 - - | ♭7 - - | ♭7 0 (3 4 5 | 6 7 i 2̇) |
望。              啊
5 - - | 5 - - 5 0 | 4 - - | 4 - - | 4 0 ⎫
3 - - | 3 - - 3 0ⱽ | 2̇ - - | 2̇ - - | 2̇ 0 ⎬ 0 0 0 | 0 0 0 0 |
```

mf
```
3 i 2 3 | i 3 5 - | i i i 6 | 5̇ i 2̇ - | 3 i 2 3 | 2̇ i 6 - |
从小爷爷  对我说： 吃水不忘  挖井人；  曾经苦难  才明白：
```
mp
```
3 - - | i. 3 2 3 | i - - | 2. 5 7 2 | i - 3 | 2̇ i 6 - |
啊                啊
```

(5 5 5 5 5 5 5 5) ♩=82
```
2.̇ 2̇ 2̇ 3 5 | 6 i 2 3 | 5 - - | 3 i 2 2 3 | i 3 5 - | i i i 6 |
没有共产党  哪有新中国！       我们在时代  春风里，  春风催我
2.̇ 2̇ 2̇ 3 5 | 6 i 2 3 | 5 - - | i 5 5 5 i | 5 3 3 - | 6 6 6 6 |
```

```
5̇ i 2̇ - | 3 i 2 2 3 | 2̇ i 6 - | 2.̇ 2̇ 2̇ 3 5 | 6 i 2 3̇ | i - - |
勇开拓，  我们在灿烂  阳光下，  跟着共产党  建设大中  国！
5 5 5 - | i 5 5 5 i | 6 6 4 - | 7. 7 7 i 5 | 6 6 7 7 | 5 - - |
```

```
4. 4 5 - | 5̇ - - - | i - - | i - - | i 0 0 0 0 ‖
建设大  中    国！
7. i 2̇ - | 2̇ - - - ⎧ 5̇ - - | 5̇ - - | 5̇ 0 0 0 0 ‖
                    ⎨ 3̇ - - | 3̇ - - | 3̇ 0 0 0 0 ‖
```

英雄赞歌

——电影《英雄儿女》插曲

1=♭E 4/4

公　木词
刘　炽曲

稍慢 深情地

（0 5 6 1 2·3 | 0 3 5 6 7·2 | 0 2 3 5 1 6 5 3 | 5 6 2 1 2 3 1 - ）|

5·5 3 1 5·6 3 2 1 | 2 3 5 2 1 6 5 - | 1·2 3 5 6 5 3 5 |

1. 烽 烟 滚 滚　唱 英 雄，　四 面青山侧耳听
2. 英 雄 猛 跳　出 战 壕，　一 道电光裂长空
3. 一 声 吼 叫　炮 声 隆，　倒 海翻江天地崩

5·3 2 1 2 3 - | 3·5 6 1 1 5 3 | 3·5 6 2 2 7 6 5 |

侧 耳 听，　青天响雷敲金鼓，大海扬波作和声，
裂 长 空，　地陷进去独身挡，天塌下来双手擎，
天 地 崩，　双手紧握爆破筒，怒目喷火热血涌，

0 1 7 6 3 | 5 6 5 6 2 - | 2/4 2 6 1·2 | 4/4 3·2 1 3·5 | 6 2 1 2 6 5 - |

人民战士 驱虎 豹，　舍生 忘 死 保和 平！
两脚熊熊 趟烈 火，　浑身 闪 闪 披彩 虹！
敌人腐烂 变泥 土，　勇士 辉 煌 化金 星！

0 3 5 6 1·6 5 | 3 5 6 6 1·2 | 3 - 3 6 5 6 | 1 3 3 5 7·6 |

为什么战 旗 美如 画，　英雄的 鲜血染 红了

5 - 5 5 6 1 | 2·3 1 7 6 5 | 6 - 6 6 1 2 | 3 - 7·6 |

它。　为什么大 地春常 在，　英雄的 生 命

1.2.

5 3 5 6 1 2 3 2 1 2 3 | 1 - - - :‖

开 鲜 花。

3.

5 3 5 6 1 2 5 | 1 - - - ‖

开 鲜 花。

信 仰

杨文国、闻 艺词
孟文豪曲

1=♭E 4/4

$(0\ 0\ \underline{5}\ 1.\ \underline{5}\ |\ 3\ -\ -\ -\ |\ 3\ \underline{6\ 7}\ \dot{1}\ \underline{7\ 6}\ |\ 5\ \underline{5\ 5}\ \underline{3\ 3}\ 2\ |\ 1\ -\ -\ -\ |$

$2\ \underline{5}\ 1.\ \underline{5}\ \|:3\ -\ -\ \underline{6\ 7}\ |\ \dot{1}\ \underline{7\ 6}\ \underline{6\ 5\ 6}\ |\ 5\ -\ -\ 6\ |\ 5\ -\ -\ -\ )|$

$0\ \underline{5\ 5}\ 1.\ \underline{5}\ |\ \underline{5\ 3}\ 3\ -\ -\ |\ 0\ \underline{3\ 3}\ \underline{3\ 2}\ 1\ |\ 2\ 3\ \underline{5}\ -\ -\ |$

[女]梦想有多 长，　　希望就会在 前 方。

$0\ \underline{6\ 7}\ 1\ 1\ \underline{6}\ |\ \underline{5\ 3}\ 3\ -\ \overset{\vee}{2\ 3}\ |\ \underline{4\ 3}\ \underline{4\ 3}\ 4.\ \underline{5}\ |\ 5\ 2\ 2\ -\ -\ |$

不懈追求与 向往，　　就是 人民富裕与 安 康。

$0\ \underline{3}\ \underline{4}\ 5.\ \underline{6}\ |\ 5\ -\ -\ \underline{6\ 7}\ |\ \underline{\dot{1}\ \dot{1}}.\ 7.\ \dot{2}\ |\ 5\ -\ -\ -\ |\ \underline{6\ 7}\ \dot{1}\ 6\ 5.\ \underline{6}\ |$

[男]信仰有多 高，　 忠诚 就会更 昂 扬。　　　美好蓝图与 梦

男 $3\ -\ -\ \underline{2\ 3}\ |\ \underline{4\ 3}\ \underline{4\ 5}\ 6.\ \dot{1}\ |\ \dot{1}\ \dot{2}\ \dot{2}\ -\ -\ |\ \dot{2}\ -\ -\ -\ |$

想，　　就是 祖国繁荣与 富 强。

女 $0\ 0\ 0\ \underline{2\ 3}\ |\ \underline{4\ 3}\ \underline{4\ 5}\ 6.\ \dot{1}\ |\ \dot{1}\ 7\ 7\ -\ -\ |\ 7\ -\ -\ -\ |$

I.

$0\ \underline{5\ 5}\ \dot{1}.\ \dot{2}\ |\ 3\ -\ -\ -\ |\ 3\ \overset{\vee}{\dot{3}}\ \underline{3\ 2}\ \dot{2}\ \dot{1}\ 3\ |\ 6\ 5.\ 5\ -\ |$

[男]不忘初 心，　　放飞理想和 希望，

$0\ \underline{3}\ \underline{3}\ 6\ 7\ |\ \dot{1}.\ 7\ \dot{1}\ 7\ 7\ 5\ 6\ |\ 5\ -\ -\ -\ |$

[女]牢记使 命，把信仰 擦 亮。

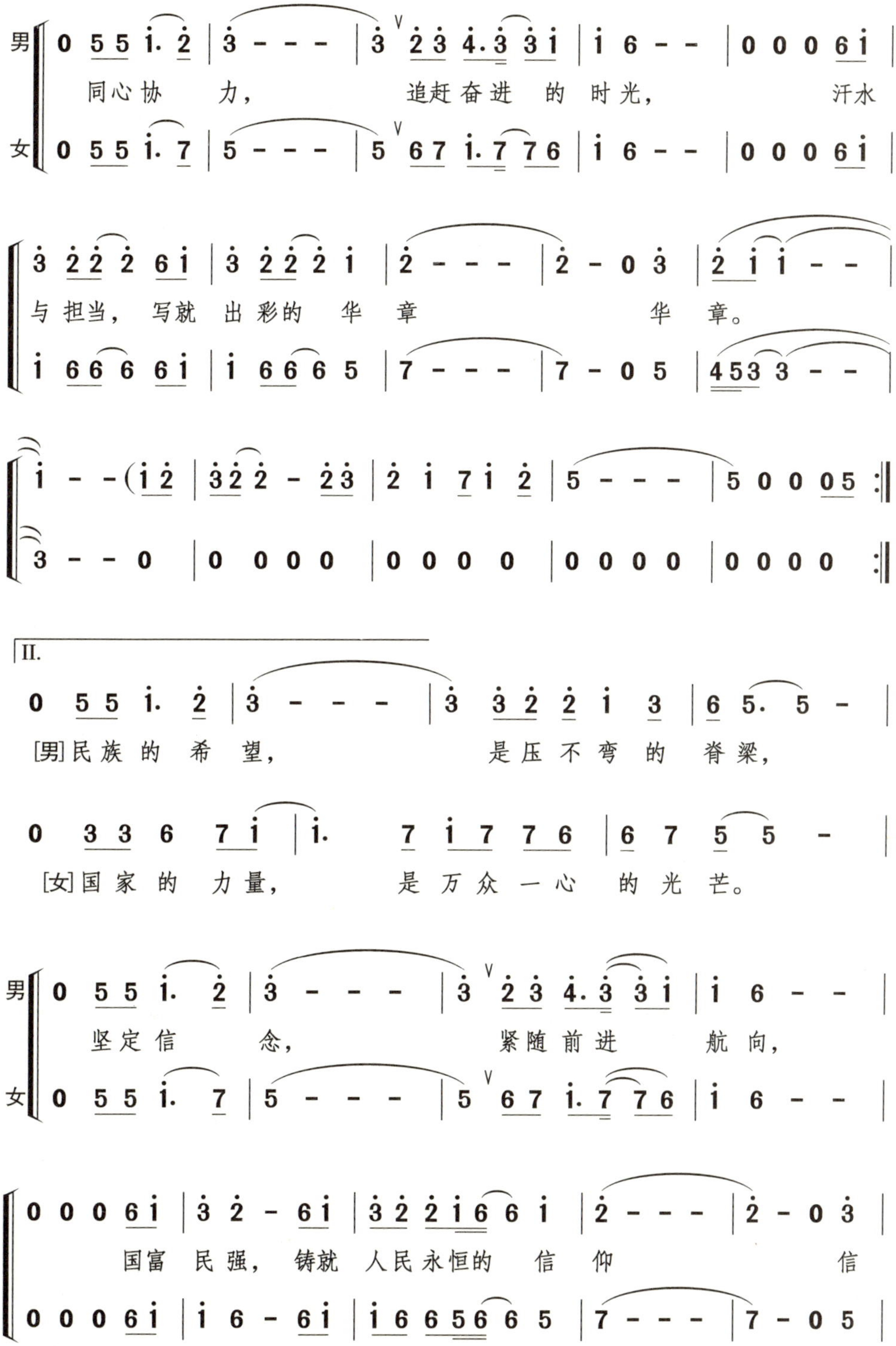
男
女
同心协 力， 追赶奋进 的 时光， 汗水
与担当， 写就 出彩的 华 章 华 章。
II.
[男]民族的 希 望， 是压不弯 的 脊梁，
[女]国家 的 力量， 是 万 众 一 心 的 光 芒。
男
女
坚定信 念， 紧随前进 航 向，
国富 民 强， 铸就 人民永恒的 信 仰 信

$\overset{\frown}{\underline{\dot{2}} \ \dot{1}} \ \dot{1} - - | \dot{1} \ \underline{55} \ \underline{\dot{1}.\dot{2}} \ \dot{3} - - - | \overset{\frown}{\dot{3} \ \underline{\dot{3}\dot{2}} \ \underline{\dot{2}\dot{1}} \ \dot{3}} |$

仰。　　　　民族的希望，　　　　是压不弯的

$\overset{\frown}{\underline{45} \ \underline{33} \ 3} - - | 3 \ 0 \quad 0 \ 0 | 0 \ 0 \ \underline{\dot{1}\dot{1}} \ \underline{76} | \overset{\frown}{67} \ \underline{65} \ 5 - - |$

仰。　　　　　　　　民族的希　　望，

$\underline{65. \ 5} \ 5 - | 0 \ \underline{33} \ \underline{67} \ \dot{1} | \overset{\frown}{\dot{1}. \ \underline{7} \ \underline{\dot{1}7} \ \underline{76}} | 67 \ \underline{55} \ 5 - |$

脊梁，　　　　国家的力量，　　是万众一心　的光芒。

$\underline{0 \ 66} \ \underline{66} \ \underline{7\dot{1}} | \overset{\frown}{\underline{56} \ \underline{55} \ 5} - - | 5. \ \underline{7} \ \underline{\dot{1}7} \ \underline{76} | 6\dot{2} \ \underline{55} \ 5 - |$

是压不弯的脊　梁，　　　　是万众一心　的光芒。

转1＝E

$\underline{0 \ 55} \ \underline{\dot{1}.\dot{2}} | \dot{3} - - - | \overset{\frown}{\dot{3} \ \dot{2}} \ \underline{34.33} \ \dot{1} | \dot{1} \ \dot{6} - - | 0 \ 0 \ 0 \ \underline{6\dot{1}} |$

坚定信　念，　　　　　紧随前进　　航向，　　　国富

$\underline{0 \ 55} \ \underline{\dot{1}.\dot{7}} | 5 - - - | \overset{\frown}{5 \ \underline{67} \ \underline{\dot{1}.776}} | \dot{1} \ \dot{6} - - | 0 \ 0 \ 0 \ \underline{6\dot{1}} |$

$\dot{3} \ \dot{2} - \underline{6\dot{1}} | \dot{3} \ \underline{\dot{2}\dot{2}} \ \underline{\dot{1}6} \ \underline{6\dot{1}} | \dot{2} - - - | \dot{2} - 0 \ \dot{3} | \overset{\frown}{\dot{2} \ \dot{1}} \ \dot{1} - - |$

民强，　铸就 人民永恒的　信　仰　　　　　信　仰。

$\dot{1} \ \dot{6} - \underline{6\dot{1}} | \underline{\dot{1}6} \ \underline{65} \ \underline{66} \ 5 | 7 - - - | 7 - 0 \ 5 | \overset{\frown}{\underline{45} \ \underline{33} \ 3} - - |$

$\overset{\frown}{\dot{1} - 0} \ \underline{6\dot{1}} | \dot{3} \ \underline{\dot{2}\dot{2}} \ \underline{\dot{1}7} \ 7 - | \overset{\frown}{\dot{2} - \dot{3}} - | \overset{\frown}{\dot{2} \ \dot{1}} \ \dot{1} - - | \dot{1} - - - | \dot{1} \ 0 \ 0 \ 0 \parallel$

铸就 人民永恒的　　信　　仰。

$3 \ 0 \ 0 \ 0 | 0 \ 0 \quad 0 \ 0 | 7 - \dot{1} - | \overset{\frown}{\dot{2} \ \dot{1}} \ \dot{1} - - | \dot{1} - - - | \dot{1} \ 0 \ 0 \ 0 \parallel$

新的天地

1=F 4/4
♩=76 自信地

文　益词
舒　楠曲

（3. 2123 1 | 5 - - - | 3. 2123 1 | i̅ - - i̇ 3̇ |

2̇ i̇ #5 4 | 6 - 3 1 | 2 - 2 5̣ | 1 - - - | 1̲5̲ 2̲6̲ 5 0 ）|

3 0234 5.333 | 1 - - - | 2 0223 4.445 | 2 - - 033 |
你　是这样风雨　兼程，　　你　和百姓同心　同　行，　　就像

55.♭7 65 | 4 - - 044 | 6 43 21 03 | 2 - - - |
树木　扎根大　地，　　就像　种子和泥土　相　依。

3.33 23 543 | 1 - - - | 22 234 445 | 2 - - 034 |
风里　雨里航程壮　丽，　　千里万里阳光在　心里，　　我的

55. 0♭76 | 54 4 - 045 | ♭6 6. 06 6♭7. | 5 - - - |
梦想　照耀前　方，　　你的　信仰　点燃勇　气。

3. 21 23 1 | 6 5. 05 1̇ 2̇ | 2̇ 3̇ 3̇ i̇ 2̇ i̇ i̇ 3̇ | 6 5. 0 6 6 7 |
我　们一起奋进　接力，　让我们　一起播种希望耕耘　土地，　我们自

i̇ - 06 5 6 | 63. 05 55 | 6 i̇ i̇ 63 2̇ i̇ | 5 - - - |
信　我们前　行，　看中华　儿女走向新的　天　地。

3. 21 23 1 | 6 5. 05 1̇ 2̇ | 2̇ 3̇ 3̇ i̇ 2̇ i̇ i̇ 3̇ | 6 5. 0 6 6 7 |
我　们一起奋进　接力，　让我们　一起播种希望耕耘　土地，　我们自

i̇ - 0 3̇ i̇ | 3̇ - 06 5 6 | 3̇ 2̇ 2̇ i̇ 6 i̇ 2̇ | i̇ - 0 6 5 6 |
信　我们前　行，　看中华　儿女走向新的　天　地，　看中华

3̇ 2̇ 2̇ i̇ 6 i̇. | i̇ 1 0 0 0 | 2̇ 3̇ - - | i̇ - - - | i̇ - - - | i̇ - - - ‖
儿女走向新的　　天　　地。

小梦想 大梦想

梁 芒、方 珲词
方 珲曲

1=A 4/4

(1 2 3 5 6 5 1 7.6 | 6 5 3 5 5 3 6 | 5 6 1 3 2 2 1 2 3 |

5 6 6 5 5 - | 3 2 1 1.2 2 -) ‖: 5 6 1 1 6 1 6 | 1 2 3 5 3 2 3 |

1.一个家 婆婆爷爷 姐妹亲戚和爸妈，
2.一个家 叔叔伯伯 兄弟邻居和娃娃，

1 5 6 1 6 1 6 | 1 2 3 5 3 2 3 | 3 3 4 4 4 1 7 | 0 3 3 3 1 6 |

像国家 有参天大 树也有青草鲜花，不管你从大到小 或从小到大，
像国家 有参天大 树也有青草鲜花，不管你从大到小 或从小到大，

0 6 1 6 1 6 1 2 | 3 1 2 2 - | 5 6 1 1 6 1 6 | 1 2 3 5 3 2 3 |

都各有各的酸甜 苦咸辣。
都各有各的苦衷 和牵挂。

爱的家 欢声笑语 从不畏风吹雨打，

1 5 6 1 6 1 6 | 1 2 3 5 3 2 3 | 3 3 4 4 4 1 7 | 0 3 3 3 1 6 |

爱的国 天寒地冻 大浪淘沙也不怕，不管你是大是小 或是小是大，

0 6 1 6 1 2 3 2 | 1 2 1 1 - | 3 5 6 6 6 5 | 7 6 5 3 5 3 |

都愿高树挺拔山 河融洽。

小梦想 像星光， 大梦 想像太阳，

5 3 2 2 3 6 5 | 3 2 3 3 - | 1 7 6 3 6 5 | 7 6 6 3 3 5 3 |

都在我 们的心里 闪闪亮。
梦和梦 没有最小 和最大。

你有梦 我有梦， 红黄蓝各种各样，
你有梦 我有梦， 梦是路途的礼花，

结束句
渐慢

6 3 2 2 3 5 3 | 2 6 1 1 - :‖ 6 3 2 2 3 5 3 | 2 1 1 - - ‖

但他们 的温暖却 都一样。
D.S.
有梦的 人是生活 的作家。

有梦的 人都更容 易飞翔。

乡 愁

陈道斌词
胡　帅曲

1 = F 2/2

(5̲6̲1 - 1̲6̲ | 2̇ 6 - - | 5̲6̲3 - 3̲5̲ | 2 1 - - | 5̲6̲1 - | 1 - - 6̇ |

2 - 6̇ - | 6̇ - - - | 5̲6̲3 - | 3 - - 5 | 2 - 1 - | 1 - - -)

§

5̲6̲1̲6̇ | 2̇ - - - | 1̲2̲5̲3 | 2̇ - - - | 2̲3̲5̲2 | 3̲2̲1̲1 - |
慈母手中　线，　　缝补春和　秋。　　一曲游子　吟，

2̲1̲1̲6̲5̇ | 5 - - - | 5̲6̲1̲6̇ | 2̇ - - - | 1̲2̲5̲3 | 2̇ - - - |
未唱泪先　流。　　游子枕边　泪，　　离人杯中　酒。

2̲3̲5̲2 | 3̲2̲1̲1 - | 2̲1̲1̲6̲5̇ | 5̇ - - - | 5̇ - - 0 | 5̲6̲6̲5̲3 |
一弯故乡　月，　　勾起多少　　愁。　　　　久违的家书

5̲3̲2̲2.̇0 | 1̲1̲1̲6̲1̲2̇ | 3 - - - | 5̲6̲6̲5̲3 | 5̲3̲2̲2.̇0 | 2̲2̲2̲1̲1̲6̇ |
是乡　愁，　牵挂字里行间　留。　　归来的燕子　是乡　愁，　带给我故乡问

5 - - - | 5̇ - - 0 ‖: 4/4 5̲6̲1̲6̇ | 5 - - - | 5̲6̲5̲3 | 2 - - 2̲3̲ |
候。　　　　　　乡愁让人　愁，　　乡愁醉心　头。　醉了
　　　　　　　　乡愁叫人　愁，　　乡愁让人　瘦。　瘦了

6̲5̲5̇ - 3̲2̲ | 3̲6̲6̇ - 6̲1̲ | 3̲2̲2̇ - 6̇ | 5 - - 3̲2̲ | 3̲5̲6̲5̲5̇ - |
青梅，　醉了　竹马，　醉了　多少　春　秋，　还有　一段乡情
山水，　瘦了　岁月，　瘦了　路　尽　头，　还有，一缕炊烟

1.
3̲2̲2.̇2̲0̲1̲6̇ | 5 - - - | (间奏略) ‖:
醉倒　　家门　口。

2.
3̲2̲2̇ - 1̲6̇ | 5 - - - ‖
萦绕　　在心　头。

D.S.

结束句
2̲1̲1̲6̲6̇ - | 2̲1̲1̲6̲6̇ - | 5̇ - - - | 5̇ - - - | 5̇ 0 0 0 ‖
勾起多少　　勾起多少　　愁。

五星红旗

女声独唱

1=F 4/4

♩=54

天　明词
刘　青曲

$(\dot{1}\ \dot{2}\dot{1}\ 7\ 2\ 6\ |\ 5.\ \underline{6}\ 1\ 6\ 1\ \dot{3}\ |\ 5\ -\ 5\ 4\ 3\ 5\ |\ 2\ -\ 2\ 2\ 3\ 4\ |$

$5\ 4\ \underline{3.2}\ 3\ 5\ |\ \dot{1}.\ \underline{3}\ 2.\underline{3}\ 2\ 7\ |\ 6\ 2\ 3\ \overset{\dot{1}}{2}\ 2\ 7\ 6\ |\ 5\ -\ -\ -\ )\ |$

$\underset{.}{5}\ 6\ 3\ 2\ 3\ 2\ 1\ 1\ -\ |\ 5\ 5\ 3\ 6\ 5\ 1\ \overset{2}{2}\ 3\ -\ |\ 5\ 3\ 5\ 6\ \dot{1}\ \dot{2}\ \dot{3}\ 6\ -\ |$

1.你 和 太　阳　一 同 升 起，　映 红 中　国
2.你 和 太　阳　一 同 升 起，　记 载 中　国

$\overset{\cdot}{2}\ 7\ 6\ 5\ 2\ 3\ 5\ -\ |\ \underset{.}{5}\ 6\ 3.5\ 2\ 1\ 1\ -\ |\ 5\ 5\ 3\ 5\ 6\ 7\ \overset{\dot{2}}{2}\ 6\ -\ |$

每 寸 土　地；　你 和 共 和 国　血 脉 相　依，
每 次 胜　利；　你 和 共 和 国　携 手 奋　起，

$5\ 3\ 5\ 6\ \dot{1}\ \dot{2}\ \dot{3}\ 6\ 6\ 7\ 6\ 5\ \overset{5}{3}\ |\ 2.\underline{3}\ 2\ 1\ 7\ 6\ \overset{3}{2}\ 2\ 1\ -\ |$

共 同 走 过 半 个 世 纪 半 个 世　纪。⎫
共 同 迈 向 新 的 世 纪 新 的 世　纪。⎭

§

$\dot{1}\ \dot{1}\ 6\ 3\ \overset{\dot{2}}{2}\ \dot{1}.\ 6\ \dot{1}\ |\ \overset{\cdot}{2}\ 2\ 3\ \dot{1}\ 2\ 6\ 5\ -\ |\ 5\ 3\ 5\ 6\ \dot{1}\ \dot{1}\ 6\ 5\ 4\ 4\ 5\ 3\ 2\ 1\ |$

五 星 红 旗 啊 五 星 红 旗，　你 将 中 华 民 族 的 心

$5\ 5\ 3\ 5\ 6\ \dot{1}\ \dot{2}\ 3\ 6\ \overset{\cdot}{2}\ -\ |\ \dot{1}\ \dot{1}\ 6\ 3\ \overset{\dot{2}}{2}\ \dot{1}.\ 6\ \dot{1}\ |\ \overset{\cdot}{2}\ 2\ 3\ \dot{1}\ 2\ 6\ 5\ -\ |$

连 在 一　起；　五 星 红 旗 啊 五 星 红　旗，

$5\ 3\ 5\ 6\ \dot{1}\ \dot{1}\ 6\ 5\ 4\ 4\ 5\ 4\ 3\ \overset{2}{3}\ 2.\ |\ 2.\underline{3}\ 2\ 1\ 7\ 6\ 2\ \overset{3}{2}\ 1\ -\ ||$

你 让 全 世 界 中 国　人 扬 眉 吐　气。

D.S.

结束句　　　　　　　渐慢

$5\ 3\ 5\ 6\ \dot{1}\ \dot{1}\ 6\ 5\ 4\ 4\ 5\ 4\ 3\ \overset{2}{3}\ 2.\ |\ 2.\underline{3}\ \dot{1}\ 7\ 6\ 2\ \overset{3}{2}\ 2\ -\ |\ \dot{1}\ -\ -\ -\ ||$

你 让 全 世 界 中 国　人 扬 眉 吐　　气。

我爱你，中国

二声部合唱

1=F 4/4

小行板 赞美地

瞿 琮词
郑秋枫曲

男女高 4 5 6 7 6 6 6 7 i | 2 - 2 i 7 6 3 | 5 - - 男女高 | 5̇ 6̇ |

蔗，好像乳汁滋润着我 的心窝。 我

河，荡着清波从我的 梦 中流 过。 我

男女低 | 5̇ 6̇ |

女领 5 - - 4 | 2 - - 3 5 | 6. i 7 0 767 | 5 - - 7 i |

啊 啊 啊

男女高 | 1. 2 3.1 2 | 5 - - 1 2 | 3. 6 5 3 2.1 | 3 - - 5 6 6 |

爱 你中 国， 我爱你 中 国， 我要把

爱 你中 国， 我爱你 中 国， 我要把

男女低 | 3. 5 1.7 6 1 | 5 - - 6 7 | 1. 3 2 1 7.6 | 7 - - 3 4 4 |

2̇ - 2.3 | 4 6 5 4 3 0 0 | 0 0 0 0 | 1. 0 0 0 (567 |

啊

6 - 6. 1 | 4 3 2 1 6 5 6 1 | 3. 5 2.2 3 | 1 - - 0 |

最 美的 歌儿献给你，我的母亲 我的祖 国。

美 好的 青春献给你，我的母亲 我的祖

4 - 6. 6 | 2 1 7 6 3 5 6 5 | 1. 3 7.7 6 | 5 - - 0 |

i - i 7 6 3 | 5 - - 5 6 | 3. 5 2 2 3 | 1 - -) 5 6 :‖

2.[女低] 我

2.

0 0 0 3 5 | i - - 7 5 6 | 7 - - 4 6 | 2̇ - 2 i 7 6 3 | 5 - - 6 6 7 |

啊 啊 我要把

1 - - 1 3 | 5 - - 5 3 4 | 5 - - 2 4 | 6 - 6 5 4 3 2 | 3 - - 0 |

国。 啊 啊

5 - - 5 1 | 3 - - 2 1 2 | 3 - - 6 1 | 4 - 4 3 2 1 6 | 7 - - 0 |

美好的青春献给你，我的母亲　　我的祖国！

我的母亲　　我的祖国。

我的祖国

领唱、合唱

1=F 4/4 2/4

稍慢 优美、亲切地

乔 羽词
刘 炽曲

女高　一条大河波浪宽，风吹稻花

女低　一条大河波浪宽，风吹

香两岸，　　　噢！

稻花香两岸，我家就在岸上住，

```
1 2 2 3 5 5 1̇ 6 5 │ 5 6 1 2 4. 6 6 │ 5 6 3 2 1 - │ 1 0 │
听惯了艄公的号子，看惯了船 上的白 帆。

5 5 5 1 1 1 3 1 2 │ 3. 5 1 2 1 2 │ 7 7 6 5 6 1 - │ 1 0 │
听惯了艄公的号子，噢！ 看惯了 船上的白 帆。
```

mf 女领

```
‖: 1 2 6 5 5. 6 │ 3 5 1̇ 6 5 - │ 5 6 5 3 2 3 │
1.一条大 河 波浪宽， 风吹稻花
2.姑娘好 像 花一样， 小伙心胸
3.好山好水 好地方， 条条大路

5 3 6 1 2 - │ 2 5 3 1 6 5 6 │ 2 6 5 6 3. 2 │
香 两岸； 我家就 在 岸上住，
多 宽广； 为了开 辟 新天地，
都 宽敞； 朋友来 了 有好酒，

1 2 2 3 5 5 1̇ 6 5 │ 5 6 1 2 4. 6 6 │ 5 6 3 2 1 - │
听惯了艄公的号 子， 看惯了船 上的白 帆。
唤醒了沉睡的高 山， 让那河流改 变了模 样。
若是那豺狼 来了， 迎接它的有 猎 枪。
```

稍快 宽阔、壮丽地

```
女领 1 0 │ 0 0 0 0 │ 0 0 0 0 │ 0 0 0 0
            mf
女高 0 5 5 │ 1̇ - 2. 1̇ │ 6 1̇ 5 7 6 - │ 5 3 1̇ 6. 6
            mf
女低 0 5 5 │ 3 - 5. 5 │ 3 - 4 - │ 3 3 3 4. 3
         这是美 丽的祖 国， 是我生长的
         这是英 雄的祖 国， 是我生长的
         这是强 大的祖 国， 是我生长的
            mf                          1̇ - │ 7 7 1̇ 1̇. 1̇
男高 0 5 5 │ 5 - 7. 7 │ 6 5 │
                                         4 - │ 5 5 6 6. 6
            mf
男低 0 5 5 │ 5 - 5. 5 │ 1 - 4 - │ 5 5 6 6. 6
```

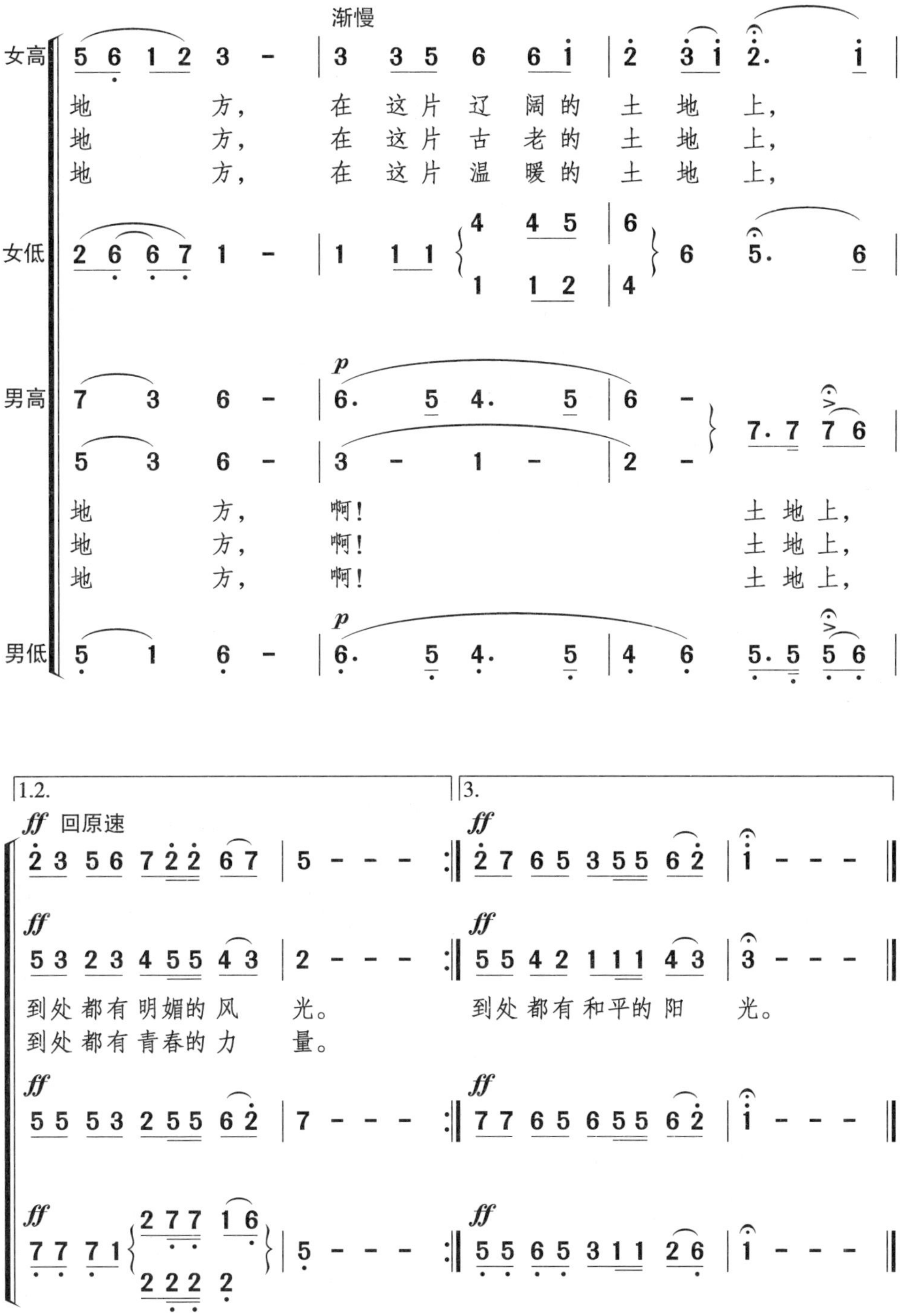
渐慢
女高
地 方， 在 这 片 辽 阔 的 土 地 上，
地 方， 在 这 片 古 老 的 土 地 上，
地 方， 在 这 片 温 暖 的 土 地 上，
女低
男高
地 方， 啊！ 土 地 上，
地 方， 啊！ 土 地 上，
地 方， 啊！ 土 地 上，
男低
1.2.
回原速
3.
到处 都有 明媚的 风 光。
到处 都有 青春的 力 量。
到处 都有 和平的 阳 光。

我的中国梦

1 = C 4/4

中速稍快 振奋、铿锵有力地

刘正标词曲

(6 3 2 3 - | 6.7 6 5 3 - | 1. 6 2 1 2 | 3 - - - | 6 3 2 3 - |

6.7 6 5 3 - | 1. 6 5 3 5 | 6 - - -) ‖: 6. 5 6 6 1 | 6 1 6 5 3 - |

1.落 地 生 根　中 国　娃，
2.礼 尚 往 来　中 国　茶，

2. 2 2 2 1 2 5 6 | 3 - - - | 6. 5 6 1 | 2 7 6 5 - |

打 小 住 在 中 国　家，　　吃 着 中 国 菜 长　大，
桃 李 不 言 中 国　花，　　迎 着 中 国 风 叱　咤，

1.
7. 7 7 6 5 3 3 | 6 - - - :‖

出 口 成 章 中 国　话。

2.
7. 7 7 6 5 6 7 | 6 - - - |

天 高 云 淡 中 国　　画。

‖: 6 3 2 3 - | 6.7 6 5 3 - | 1. 1 1 6 5 5 5 3 | 2 2 1 2 3 - |

3.4.中 国　美，　中 国　大，　{中国龙的腾飞辉映　秦砖汉　瓦。
　　　　　　　　　　　　　　　　{中国红的流行绽放　世界奇　葩。

6 3 2 3 - | 6.7 6 5 3 - | 1. 1 1 6 5 5 5 3 | **3.** 2 2 2 5 6 - :‖

中 国　路，　通 天　下，　中 国 梦 的 长 征 舞 动　五千年神话。
中 国　心，　忧 天　下，　中 国 梦 的 复 兴 看 我

4.
2 2 - - | 2 0 2 3 2 5 | 6 - - - | (6. 5 3 2 |

泱 泱　　　　泱泱大 中　华。

3 - - 2 1 | 6 - - 3 5 | 6 - - 1 | 2 - 3 5 |

结束句
6 - - 6 6 | 6 0 0 0 0) ‖ 6 - - - | 6 - - - ‖
D.S. 华。

我和我的祖国

女声独唱

1 = G 6/8 9/8

庄重、深情地

张　黎词
秦咏诚曲

(i̲ 2̲ 3̲ 2̲ i̲ 6 | 7̲ 6.̲ 3̲ 5. | i̲ 2̲ 3̲ 2̲ i̲ 6 | 7̲ 5.̲ 3̲ 6. |

5̲ 4̲ 3̲ 2. | 7̲ 6̲ 5̲ 3. | 4. 2̲ 1̲ 1 | 1. 1. | 1. 1.)|

5̲ 6̲ 5̲ 4̲ 3̲ 2 | 1. 5. | 1̲ 3̲ i̲ 7̲ 6̲ 3 | 5. 5. |

1.我　　和　我　的　祖　　国，　　一　刻　也　不　能　分　　割，
2.我　的　祖　国　和　　我，　　像　海　和　浪　花　一　　朵，

6̲ 7̲ 6̲ 5̲ 4̲ 3 | 2. 6. | 7̲ 6̲ 5̲ 5̲ 1.̲ 2̲ | 3. 3. |

无　论　我　走　到　哪　　里，　　都　流　出　一　首　赞　歌。
浪　是　那　海　的　赤　　子，　　海　是　那　浪　的　依　托。

5̲ 6̲ 5̲ 4̲ 3̲ 2 | 1. 5. | 1̲ 3̲ i̲ 7̲ 2.̲ i̲ | 6. 6. |

我　歌　唱　每　一　座　高　　山，　　我　歌　唱　每　一　条　河，
每　当　　大　海　在　微　　笑，　　我　就　是　笑　的　漩　涡，

i̲ 7̲ 6̲ 5. | 6̲ 5̲ 4̲ 3. | 7̲ 6̲ 5̲ 2 | 1. 1. |

袅　袅　炊　烟，　小　小　村　落，　路　上　一　道　辙。
我　分　担　着，　海　的　忧　愁，　分　享　海　的　欢　乐。

% i̲ 2̲ 3̲ 2̲ i̲ 6 | 7̲ 6.̲ 3̲ 5. 5. | i̲ 2̲ 3̲ 2̲ i̲ 6 | 7̲ 5.̲ 3̲ 6. 6. |

我　最　　亲　爱　的　祖　　国，　　我　永　远　紧　依　着　你　的　心　窝，
我　最　　亲　爱　的　祖　　国，　　你　是　大　海　永　不　干　涸，

结束句

5̲ 4̲ 3̲ 2. | 7̲ 6̲ 6̲ 5̲ 3. | 4. 2̲ 1̲ 1 | 1. 1 0 : | 5. 2̲ i̲ i | 1. 1. ‖

你　用　你　那　　母　亲　的　脉　搏，　和　我　诉　说。　　心　中　的　歌。
永　远　给　我　　碧　浪　清　波，　心　中　的　歌。　　心　中　的　歌。

D.S.

我爱祖国的蓝天

男声独唱

1 = A 3/4

稍快

阎　肃词
羊　鸣曲

(>
1 1 1 1 1 5 1 | 3 - - | >3 3 3 3 3 1 3 | >5 - - |

567 ·1 ·6 ·5 | 3·5 2 3 1 0 | 1 1 1 1 1 1 1 | 1 1 1 1 1 1 1)

3 - 5 | 1 2 1 | 7· 6 5 | 6 - - | 1 - 6 | 5· 6 3 |
1.我　爱　祖国的　蓝　　　天，　　　晴　空　万　里
2.我　爱　祖国的　蓝　　　天，　　　云　海　茫　茫

2· 1 6 1 | 2 - - | 3· 2 1 | 1 3 7 | 6· 7 6 5 | 3 - - |
阳　光　灿　烂，　　白　云　为　我　铺　大　道，
一　望　无　边，　　春　雷　为　我　敲　战　鼓，

(1 1 1 1 1 5 1 |

5 6 1 | 2 - 6 | 5 - - | 3· 1 2 | 1 - - |
东　风　送　我　　　飞　向　前。
红　日　照　我　　　把　敌　歼。

>3 3 3 3 3 1 3 | >5 5 5 5 5 3 5 | ·1 6 5 3 1 6 | 5 6 7 1 3 2 | 1 1 1 1 1 1 1)

3 3 3 6· | 6 - 5 6 | 1 7 6 5 6 | 3 - - | 6· 6 1 2 | 2 - 5 |
金色的朝　霞　在我身边飞　舞，　　脚下是一　片
毛泽东思　想　指引着我　们，　　人民空　军

3 3 2 1 6 | 2 - 5 | 5 - - | 5 - - | 6 5 6 5 6 5 | 3 - - | 3 - - |
锦绣河　山。} 啊！　　　　　　　　　啊！
勇往直　前。

274

5̇ 3 3 | 2̇1̇ 6̇1̇ 2 | 6̇ 2 2 | 2̇1̇ 6̇1̇ 5̇ | 3 - 5̇ | 1̇. 1̇1̇ |

水 兵 爱 大 海，骑 兵 爱 草 原，要 问 飞 行 员

稍慢　　　　　　原速

7̇ - 6̇1 | 3 0 0 | 5̇ - 5̇ | 5̇ - - | 5̇ - - | 6̇ 5̇ 3 |

爱 什 么？ 我 爱 祖 国 的

1.
2̇. 1̇ 2̇ 3̇ | 1̇ - - ‖: 　　2.　5̇ - 6̇ | i̇ - - | i̇ - - | i̇ 0 0 0 ‖

蓝 天。 蓝 天。

我爱这蓝色的海洋

男声独唱

1=F 3/4　　　　　　　　　　胡宝善、王传流词
中速 抒情、有力地　　　　　　胡宝善曲

(5̇6̇7̇1̇2̇ ‖: 3 5 6 | i̇. 2̇ i̇ 6 | 5̇. 3 6 5 | 3 - - |

5̇ 6̇ 1 | 2 3 6 | 5̇. 3 2 3 | 1 1̇1̇ 3 | 5̇ 1̇1̇ 3)

5̇ 3 3 | 5 3 2 | 1̇. 2̇ 3 1 | 5̇ - - | 1 2 3 | 5 - i̇ |

1.我 爱 这 蓝 色 的 海 洋， 祖 国 的 海 疆
2.我 爱 这 蓝 色 的 海 洋， 祖 国 的 边 疆 有
3.我 爱 这 蓝 色 的 海 洋， 矫 健 的 海 燕 在

$\overline{7\ 6}\ \widehat{3\ 4}\ |\ 5\ -\ -\ |\ 6\ -\ 6\ \underline{5}\ -\ 3\ |\ 1\ \underline{\dot{6}\ 1}\ \widehat{2\ 3}\ |\ 2\ -\ -\ |$

壮 丽 宽 广， 我 爱 海 岸 耸 立 的 山 峰，
丰 富 的 宝 藏， 我 爱 晴 朗 辽 阔 的 海 空，
暴 风 雨 里 成 长， 我 爱 大 海 的 惊 涛 骇 浪，

$3\ 5\ 6\ |\ \dot{1}\ 6\ 5\ |\ 3.\ \underline{5}\ 2\ |\ 1\ -\ -\ |\ (\underline{\dot{5}\ \dot{6}\ 1}\ 2\ 3\ 5)\ |$

俯 瞰 着 海 面 像 哨 兵 一 样。
英 雄 的 战 鹰 在 展 翅 飞 翔。
把 我 们 锻 炼 得 无 比 坚 强。

$6\ -\ 7\ |\ \dot{2}\ \dot{1}\ 6\ |\ 5.\ \underline{3}\ 2\ 1\ |\ 5\ -\ -\ |$

啊！

$\underline{6.\ 6}\ 5\ 3\ |\ \underline{1.\ 2}\ \widehat{3\ 5}\ 3\ |\ \widehat{2\ 3}\ 2\ 1\ |\ \underline{6.\ 5}\ 1\ \widehat{3}\ 2\ |$

海 军 战 士 红 心 向 党， 严 阵 以 待 紧 握 钢 枪，
穿 云 雾 跨 海 浪， 海 军 战 士 胸 有 朝 阳，
战 舰 奔 驰 劈 涛 斩 浪， 毛 主 席 挥 手 指 引 航 向，

$1\ \widehat{2\ 3}\ |\ 5\ -\ 3\ |\ 6.\ \dot{1}\ \widehat{6\ 5}\ |\ 3\ -\ -\ |$

我 守 卫 在 海 防 线 上，

1. 2.

$\underline{5.\ 6}\ 1\ |\ 3\ -\ \dot{1}\ |\ 6\ -\ -\ |\ 5.\ \underline{3}\ \widehat{2\ 3}\ |\ 1\ -\ -\ :\|\ (\underline{5\ 6\ 7\ 1\ 2})$

保 卫 着 祖 国 无 上 荣 光。

3.

$6\ -\ -\ |\ 6\ -\ -\ |\ 5\ -\ 3\ |\ 5\ -\ 6\ |\ \dot{1}\ -\ -\ |\ \dot{1}\ -\ -\ |\ \dot{1}\ 0\ \|$

国 无 上 荣 光。

我们从古田再出发

领唱与合唱

1 = ♭D 4/4

进行曲速度 意气奋发、斗志昂扬地

王晓岭词
栾　凯曲

```
(0 5 ‖: 3  3  3  2.1 | 2.  3  1  -  | 2  2.2 2 1  i |

6  -  6 0 6 7 | i.  i 7 6 | 5.5 i.2 3  - | 5 6 i 3 0 2 0 |

i  i i.i i )  6.6 | 5  6  5.  3 | 5  1  0  3.5 |
```

1. 看那先　辈的足迹，　　星星
2. 踏上强　军的征程，　　风雨

```
i  i 2.1 6 | 5  -  5 0 6.7 | i  2  2.  i | 6  5  3  6.6 |
```

之火燃亮朝　霞。　　浴火重　生的儿　女，红色
洗礼雷火锻　打。　　斗志昂　扬的将　士，崇高

```
5  6  3.35 | 2  -  2 0 6.6 | 5  6  5.23 | 1  -  1 0 0 |
```

基因传承光　大，　　红色基因传承光　大。
信仰永葆光　华，　　崇高信仰永葆光　华。

%

```
i  i 2  3  2.1 | 2.  i 6  - | 2  2.2 2 3 | i  -  -  0 5 |
```

不　忘　我　们是　谁，　　不　忘是为了　谁，　　把

```
6  6.7 i 6 | 5  6  3.  5 | 6.6 6 i 3 i | 2  -  -  0 |
```

鲜　红的旗帜　举起　来，把　意志力量聚起　来。
使　命和责任　担起　来，把　军队样子立起　来。

```
3  3  3  2.1 | 2.  3  1  - | 2  2.2 2 1 i | 6  -  -  0 |
```

不　忘　我　们是　谁，　　不　忘是为了　谁，

```
5  5.63 5 | i  2  3  - | 5.5 6 i 3 2 | i  -  1 0 (0 5 :‖
```
D.S.

我　们从古田　再出发，　　重整行装再出　发。
　　　　　　　　　　　　向着胜利再出　发。

结束句

5 5 6 3 5 | 1 2 3 - | 5. 5 6 1 | 3 - - - |
我们从古田 再出发， 向 着 胜 利 再

2 - - - | 1 - - - | 1 - - - | 1 0 0 0 0 ‖
出 发。

我们都是追梦人

1 = ♭D 4/4
♩ = 112

王平久词
常石磊曲

(5 - - - | 5 5 5 5 5 5 5 5 | 5 - - - | 5 5 5 5 5 5 5 5 |

1. 7 7 1 | 3 - - 2 | 1. 7 7 1 | 3 3 3 3 0 0) |

‖: 1 - 1 2 3 | 3 - 0 0 | 4 3 2 2 1 5 | 5 - - 0 | 1 2 3 3 1 | 5. 3 3 - |
1.每 个 身影， 同阳光奔 跑， 我们挥洒汗水，
2.每 次奋斗， 拼来了荣 耀， 我们乘风破浪，
　　　　　　　　　　　　　　　　　　　　　　　　(6 5)

4. 5 5 3 2 | 2 - - 0 | 1 - 1 2 3 | 3 0 0 3 5 | 4 3 4 4 5 3 |
回眸微 笑。 一 起努力， 争做春天的骄
举目高 眺。 心 中力量， 不怕万万里路
　　　　　　　　　　　　　　　　　　　　　　　(6 5)

3 - - 0 | 1. 3 3 5 6 | 5. 3 3 2 3 | 4. 3 3 3 5 | 5 - - - |
傲， 懂 得了梦 想,越追越有味 道。
5 - - 0 | 3 2 1 1 3 | 5. 3 3 - | 4. 5 5 6 5)
遥， 再高远的梦呀， 也追得到。

%

`0 1 2 3 5 | 6 5 5 6 6 - | 0 5 6 5 1 6 6 5 | 3 2 2 3 3 - |`

我们都是 追梦人， 千山万水奔向天 地 跑道。

`0 2 3 2 3 6 5 3 | 2 1 1 2 2 0 3 | 2 1 1 2 2 1 2 | 3. 3 3 3 5 5 |`

你追我赶风起云 涌 春潮， 海阔天空 敞开温 暖 怀抱。

`5 0 1 2 3 5 | 6 5 5 6 6 - | 0 5 6 5 1 6 6 5 | 2 3 5 5 5 - |`

我们都是 追梦人， 在今天勇敢向未 来 报到。

1.

`0 6 6 5 5 3 2 1 | 3 2 2 2 0 2 2 1 | 3 2 2 2 2 1 1 | 1 - - - |`

当明天幸福向我 们 问好， 最美的 风 景是 拥抱。

`1 - ( 5 6 1 3 | 6. 5 6 5 3 | 3. 2 3 2 1 | 1. 6 1 2 3 3`

`3 -) 1 2 3 6 | 6. 5 6 5 3 | 3. 2 3 2 1 | 1. 6 1 3 2 | 2 - - - :|`

啦啦啦啦， 啦啦啦 啦， 啦啦啦 啦， 啦啦啦啦。

2.3.

`3 2 2 2 2 1 1 | 1 - - - | 0 0 0 0 | 0 0 0 0 | 0 0 0 0 |`

风 景是 拥抱。

`0 0 5 6 1 3 | 6. 5 6 5 3 | 3. 2 3 2 1 | 1. 6 1 2 3 | 3 - 1 2 3 6 |`

[伴]啦啦啦啦 啦，啦啦啦啦， 啦啦啦 啦， 啦啦啦 啦， 啦啦啦啦，

`6. 5 6 5 3 | 3. 2 3 2 1 | 1. 6 1 3 2 | 2 - - - | 1 - - - |`

啦啦啦 啦， 啦啦啦 啦， 啦啦啦 啦。

转1 = D ⊕ 结束句

`1 1 2 3 5 || 1 - - - | 1 - - - | 1 - - - | 1 - - - | 1 0 0 0 ||`

我们都是 *D.S.* 啦。

为祖国干杯

独　唱

1 = G　3/4

♩ = 144　热情、真挚地

刘　麟词
关　峡曲

$$5 - \underbrace{1\dot{2}1} | 5 - 6 | \underbrace{\dot{6}.5} 3 3 \underbrace{5\,7} | \dot{6} - - | \dot{6} - 0 3 |$$

河　举起　热　情　的酒　杯，　　把

$$6 \underbrace{5.\,3} | \underbrace{2\,1} 2 - | 3 5 \overset{1.}{\underbrace{7\,2}} | \overset{2.}{1} - - | \underbrace{1\,3\,5\,6\,7} |$$

中华的　赤诚　奉　献　你。　　　啊

%

$$\dot{1} \underbrace{\dot{1}.\,3} | 7 7 - | 6 \underbrace{6\,5} \underbrace{6.\,5} | 5 - - | 5 \underbrace{3\,5\,6\,7} |$$

祖国　啊祖　国　我为你干　杯，　　啊

$$\dot{1} \underbrace{\dot{1}.\,3} | 7 7 - | \underbrace{\dot{2}\,7} \underbrace{7\,6\,3} | 5 - - | 5 - \underbrace{3\,2} |$$

祖国　啊祖　国　我为你干　杯，　　祝愿

$$3 - \underbrace{5\,6} | \underbrace{1\,2\,3} \underbrace{1\,6\,5} | \underbrace{6\,5.\,3} \overset{3.}{\underbrace{2}} - \underbrace{2\,3} | \underbrace{4\,2\,5\,6\,1\,2} |$$

你　啊　　辉煌　壮　丽，　　啊

$$3 \underbrace{3\,5} | \underbrace{6\,2\,2\,\dot{1}} | \dot{1} - - | \dot{1} - - | 0 0 \underbrace{6.5} :\|$$

I.　　　　　　　　　　（间奏略）

飞　向　新　世　纪！　　　　　太

II.　　　　　　　　结束句

$$\dot{1} - - | \dot{1} \underbrace{3\,5\,6\,7} \| \dot{6} \dot{2} - | \dot{2} - - | \underbrace{5\,6\,7\,\dot{1}\,\dot{2}\,5} |$$

纪。　　　啊　D.S.新　　　啊

$$\dot{5} - - | \dot{5} - \underbrace{\dot{2}\,\dot{1}} | \dot{1} - - | \dot{1} - - | \dot{1} - - | \dot{1} - - | \dot{1} 0 0 \|$$

世　纪。

281

天耀中华

1 = ♭E 4/4

♩ = 60 深情、庄严地

何沐阳词曲

```
(5 - - - | 6· 1 1 2) | 5 6 5 3 - | 6 6 5 2 - |
              [合]天 耀 中 华，   天 耀 中 华，

2 2 3 2 1 1 | 1· 7 6 5 3 - | 6 1· 7 7 - |
风 雨 压 不 垮，  苦 难 中 开 花，  真 心 祈 祷，

3 5 2 3 1· 5 5 | 6 1 2 3 5 3 21 | 1 - - 1 5 6 |
天 耀 中 华，愿 你 平安 昌盛 生 生 不 息 啊。  [独]我是

‖: 1 1 2 1 3· 3 2 | 2 1 1 6 1· 5 6 | 1 1 2 3 5· 3 5 |
1.多 么 的 幸 运，降生 在 你 的 怀里，我 的 血 脉 流 淌着， 你 的
2.不 曾 放 弃 你，因为 希望 埋 在 心底，追 寻 自 由 的 勇气， 多 少
3.是 我 我 是 你，你 的 尊严 我 的 荣誉，踏 平 那 前 路 崎岖， 为 梦

6· 5 5 5 3 2· 1 | 2 3 2 1 6· 2 | 3 7 6 5 5· 5 6 |
神 奇 和 美 丽， 那   温 暖 的 情义， 那  芳 香 的 回 忆，你 对
年 云 涌 风 起， 幸   福 时 没忘记， 痛  苦 中 举 着 你，我 的
想 和 衷 共 济， 听   大 海 的 潮汐， 看  高 山 的 云 起，我 们
```

```
              1.                      2.3.
1 1 2 3 5 3 21 | 2 - - 0 5 6 :‖ 1 - - - |
我 的 滋 养 感动 天 和   地。 2.从 来       吸。
灵 魂 紧紧 跟 着 你 呼              翼。
用 爱 凝聚 飞 翔 的 羽
```

```
5 6 5 3 - | 6 6 5 2 - | 2 3 2 21 1 | 1· 7 6 5 3 - |
天 耀 中 华， 天 耀 中 华，风 雨 压 不 垮，苦 难 中 开 花，
```

6 6̲5̲ 2 - | 0̲5̲2̲3̲ 2̲1̲ 5̲5̲ | 6̲1̲ 2̲3̲ 5̲3̲2̲0̲ 2̲1̲ | 1 - - - |
真 心祈祷，　　　天耀中华，愿你 平安昌盛生生　 不息 啊。

(5̲1̲2̲3̲7̲i̲ 7̲2̲ | i̲ - ♭7̲ 2̲ | i̲7̲1̲2̲5̲0̲) 0̲5̲6̲ ‖ 1 - - 0 | (0̲5̲6̲5̲ i̲ -) ‖
　　　　　　　　　　　　3.你就 *D.S.* 啊　　　　　　转1 = E

5 6̲5̲ 3 - | 6 6̲5̲ 2 - | 2 3̲2̲ 2.̲1̲ 1 | i̲ 7̲ 6 5̲3̲ - |
天 耀中华，　　天 耀中华，　　祥 云飘四　 方，荣耀传天下，

6 6̲5̲ 2 - | 0̲5̲2̲3̲ 2̲1̲ 5̲5̲ | 6̲1̲ 2̲3̲ 5̲3̲2̲2̲ 2̲1̲ | 1 - - - |
真 心祈祷，　　　天耀中华，愿你 平安昌盛生生　 不息 啊，

渐慢

6 6̲5̲ 2 - | 0̲5̲2̲3̲ 2̲1̲ 5̲5̲ | 6̲1̲ 2̲3̲ 5̲3̲ 2̲2̲ 1 | 1 - - - ‖
真 心祈祷，　　　天耀中华，这是 我对你最深沉的　 表 达。

思乡曲

1 = ♭A 4/4

♩ = 70　思乡、眷恋地　　　　　　　　　　　　　　毛　 翰填词
　　　　　　　　　　　　　　　　　　　　　　　　马思聪曲

(2 6 2̇ - | 1 5 6̲ 2̇. | 0̲5̲6̲ i̲ 3̇ i̇ | 2̇ - 0̲5̲6̲ i̇ | 6 2 5 - |

0̲i̲ 6̲5̲ 6̲ i̇ | 2̇ - - -) | 2̇.3̲ 2̲i̇ 6 - | 7.̲7̲ 5̲3̲5̲ 6 - |
　　　　　　　　　　　　　　　风是故乡清，　 月是故乡 明，

6.̲2̲i̲6̲ 5 3. | 5̲5̲6̲ 3̲2̲1̲.6̲2̲ | 2̇.3̲ 2̲i̇ 6 - | 7.̲7̲ 5̲3̲5̲ 6 - |
游 子在天涯，　故乡 在 梦 境。风是故乡清，　 月是故乡 明，

283

6.$\underline{\dot{2}\,\dot{1}}$ 6 5 3. | $\underline{5\,3\,5\,6}$ $\underline{3.\,\dot{2}}$ $\underline{\dot{1}\,6}$. | $\overset{5}{6}$ - - - |($\underline{6\,6\,6\,6}$ $\underline{3\,5\,3}$ $\underline{5\,3\,5\,6}$|

月下箫声起， 乡愁 遍地生。 哈

7 $\underline{6.\,\dot{1}}$ $\underline{\dot{1}\,6}$ $\underline{\dot{1}\,6}$ $\underline{\dot{1}\,2}$ $\underline{3\,2}$ | 3 $\underline{\dot{2}\,4\,\dot{2}}$ $\underline{4\,\dot{2}\,4}$ 5 | $\underline{\dot{6}\,5}$ $\underline{\dot{6}\,\dot{1}}$ - | $\underline{3\,\dot{2}\,\dot{2}}$ - -)|

$\underline{6\,6}$ $\underline{\dot{2}\,\dot{1}}$ $\underline{6\,5}$ 3. 5 | 6 - $\underline{6\,6}$ $\underline{\dot{2}\,\dot{1}}$ $\underline{6\,5}$ | 3. 1 2 - |

故乡的山有 仙有仙， 故乡的水有 神有神，

$\underline{3\,5\,6}$ $\underline{3\,2}$ 2. | $\underline{3\,5\,6}$ $\underline{3\,2}$ 2. | $\underline{3\,5\,6}$ $\underline{3.\,\dot{2}}$ $\underline{\dot{1}\,6\,5}$ | $\underline{3.\,\dot{2}\,\dot{1}}$ $\underline{6\,1}$ 2 - |

故乡的山水， 召 唤游子， 故 乡的山水，召唤游子的魂。

$\underline{3\,5\,6}$ $\underline{3\,2}$ 2. | $\underline{3\,5\,6}$ $\underline{3\,2}$ 2. | $\underline{3\,5\,6}$ $\underline{3.\,\dot{2}}$ $\underline{\dot{1}\,6\,5}$ | $\underline{3.\,\dot{2}\,\dot{1}}$ $\underline{6\,1}$ 6. - |

故乡的山水， 召 唤游子魂。 故 乡的山水，召唤游子 魂。

转 1 = ♭B

$\frac{2}{4}$ （1 2 ） | $\frac{4}{4}$ $\dot{2}$ $\dot{5}$ $\underline{5\,\dot{1}}$ $\underline{7\,6}$ | $\dot{2}.\,\dot{2}$ $\underline{5\,3\,5}$ 6 - |

三 春清明雨， 五月栀子 香，

$\dot{2}$ $\underline{5.\,\dot{6}}$ $\underline{5\,\dot{1}}$ $\underline{7\,6}$ | $\dot{2}.\,\dot{2}$ $\underline{5\,3\,5}$ 6 - | $\overset{3}{\dot{2}}$ - - - |

七 夕 银河水， 九九又重 阳。 哈

$\dot{2}.\,\dot{3}$ $\underline{\dot{2}\,\overset{\dot{1}}{1}}$ 6 - | $\underline{7.\,7}$ $\underline{5\,3}$ $\overset{5}{6}$ - | $\underline{6\,\dot{2}}$ $\underline{\dot{1}.\,6}$ $\underline{5\,6}$ 3. | $\underline{5\,3\,5\,6}$ $\underline{3.\,\dot{2}}$ $\underline{\dot{1}\,6\,1}$ 2 |

风是故乡清， 月是故乡 明， 月光如酒醉了谁， 一 醉 何时 醒？

$\underline{5\,3\,5\,6}$ $\underline{3.\,\dot{2}}$ $\underline{\dot{1}\,6}$ 5 | $\underline{3.\,\dot{2}\,\dot{1}}$ $\underline{6\,1}$ 2 - | $\underline{\dot{1}\,\dot{2}.}$ $\underline{\dot{1}\,6}.$ | $\underline{7.\,5}$ 6 - |

一 醉何 时 一醉何时 醒？ 嗬 嗬 嗬

$\underline{3.\,\dot{2}}$ $\underline{1\,2\,6\,1}$ 2 - | 3. $\underline{\dot{2}\,1}$ $\underline{\dot{2}\,1}$ $\underline{6\,1}$ | 1 - $\overset{1}{2}$ - | 2 - - - ‖

一 醉何时 醒？ 啊 啊

时代号子

宋小明词
印　青曲

1=B　4/4
♩=118

力量攥在手，　　梦想在前头，　　筑路修桥盖高楼，　咱们天下走。

汗也不白流，　　累也不白受，　　实干才能出成就，　谁也别吹牛！

成功一杯酒，　亲人暖胸口，　　不愧青春有追求，　日子有奔头。

咱们挽起袖，　大步朝前走，　　奋斗才会有幸福，　劳动最风流！

转1=C

[合]力量攥在手，　　梦想在前头，　　筑路修桥盖高楼，

咱们天下走。[齐]汗也不白流啊，啊　累也不白受，　　实干才能出成就，

谁也别吹牛！[独]成功一杯酒，　亲人暖胸口，　[合]不愧青春有追求，

日子有奔头。[独]咱们挽起袖，　大步朝前走，　[合]奋斗才会有幸福，

结束句

劳动最风流！[独]劳　动　　　　　　[齐]最风　流！

亲爱的中国

1=D 4/4

瞿　琮词
隋晓峰曲

(0 1 2 5 3· 1 | 1 2· 2 - | 0 1 2 5 3· 5̣ | 1 - 1 i 7 i |

7 6· 6 7 6 7 | 6 5· 0 3 5 6 | 6 - 6̣ 3 | 1 - - 2 3 | 4 - 5 -)|

5 6 5 3 2 3 5 | 5 - - - | 1 2 5 3 2 5 | 3 - 0 1 2 3 | i 6· 0 1 2 3 |

1.我的故乡在 这里，　　我的妈妈在这 里，　啊　爱你! 啊
2.昆仑矗立在 这里，　　长江奔腾在这 里，　啊　爱你! 啊

5 3· 3 5 6 | 5 6 5 3 2 3 6 | 6· 5 5· 3 0 6 | 1 - - 6 7 | i 7 i 7 i 3· |

爱你! 九百　六十万平方公里　广袤的 土 地。　啊　爱你诗经论语，
爱你! 伟大　中华民族聚合了　那磅礴之 力。　啊　爱你高峡平湖，

7 6 7 6 7 3 6 | 6 5 6 5 6 1· | 0 2 3 4 6· 5 5 1 | 2 - - - |

爱你古琴昆曲,爱　你富春山居，　爱你 牧童 短 笛。
爱你天路雪域,爱　你长风巡洋，　爱你 飞船 环 宇。

5 3 2 3 5 - | i 7 7 i i 3· | 6 5 6 5 1 2 3 | 4 5 6 7 | 2/4 0 0 |

牡丹亭中园　　不尽 相逢别离，红楼梦中人几多 故事传奇。
每一颗心都　　放飞 强国的梦，每一缕情都漫卷 飘扬的旗。

4/4 i 1 2 5 3 3 i | 2· - - - | i 1 2 5 3 3 5 | i - 0 i 7 6 |

花儿盛开在这 里，　　鸟儿高飞在这 里，
(5̇)　　　　　　　　(2̇ 5̇)
我把歌儿献给 你，　　我把生命献给 你，　亲爱的

7 6· 0 7 6 5 | 6 5· 0 6 5 3 | 5 3· 6̣ 3 | 1 - - - ‖

中国，　亲爱的 中国，　亲爱的 中国 我爱 你!

强军战歌

1 = C 4/4

王晓岭词
印　青曲

♩ = 116　一往无前地

听吧　新　征程　号角　吹　　响，强军

目标召唤在前方。　　　国要强我们就要

担　　当，战旗上写满铁血荣光。

将士们　　听党指挥，能打胜仗，作风优良。

不　惧强敌　　敢较量，　　为祖国决胜疆

场。　　　决胜疆　场。

难忘今宵

女声独唱

1=C 4/4

乔 羽词
王 酩曲

```
(1̇ 5 6̂7̂6̂ 5 - | 4 6 5̂6̂5̂ 1 - | 1 4 3̂4̂3̂2̂ 6· - |

7̂1̂2̂4̂ 3̂2̂1̂ 1 - ) | 2 3̂2̂ 1 2 3̂2̂ 5̇ | 5 5 5̂2̂4̂3̂ 2 - |
```
1. 难　　　忘　今　宵，　难忘　今　　宵，
2. 告　　　别　今　宵，　告别　今　　宵，

```
7·1̂2̂3̂ 1 7̂1̂2̂3̂ 5̇ | 5 4 3̂4̂3̂2̂ 1 - | 5̂6̂5̂ 4 1̂ 3̂4̂5̂6̂ 5 |
```
不　　论天　涯　与　海　　角，　神　州　万　里
不　　论新　友　与　故　　交，　明　年　春　来

```
2 6 5̂6̂4̂6̂ 5 - | 3̂4̂3̂2̂ 5̇ 3̂4̂3̂2̂ 1 | 5 4 3̂4̂3̂2̂ 1 - |
```
同　怀　抱，　　共祝　愿，祖国　好，　祖　国　　好。
再　相　邀，　　青山　在，人未　老，　人　未　　老。

```
6̂5̂4̂1̂ 4̂6̂5̂ 5 - | 6̂5̂4̂1̂ 4̂6̂5̂ 5 - | 3̂2̂1̂5̂ 1̂3̂2̂ 2 - |
```
共　祝　愿，　　　祖国　好，　　共　祝　愿，
青　山　在，　　　人未　老，　　青　山　在，

```
1.
| 3̂2̂1̂5̂ 1̂3̂5̂ 5̇ - :|

2.
| 3̂2̂1̂5̂ 1̂3̂1̂ 1 - ‖
```
祖　国　好。　　　　　　人　未　老。

梦想阳光

1=♯F 4/4

♩=94

文　益　词
孟庆云　曲

（5 － － － ｜ 4 3 2 3 ｜ 3 1 2 3 3 4 ｜ 2 － － － ｜

5 － － － ｜ 4 3 2 3 ｜ 4 ⅰ ⅰ － 4 ⅰ ｜ ⅰ ⅰ ⅰ ⅰ 2 0 ）｜

1 5 5 5 － ｜ 4 3 2 1 1 － ｜ 6. 7 ⅰ ⅰ 6 5 ｜ 5 － － － ｜

[男] 迎 着 那　　　梦 想 阳 光，　　　我 们 乘 风 破 浪。

1 5 5 5 － ｜ 3 1 5 4 4 － ｜ 4 5 4 3. 1 ｜ 2 3 3 － － ｜

[女] 迎 着 那　　　梦 想 阳 光，　　　我 们 纵 情 歌 唱。

‖: 1 1 5 5 5 － ｜ 4 3 2 1 1 － ｜ 6. 7 ⅰ ⅰ 7 5 ｜ 7 6 6 － － ｜

1.[男] 巍 巍 昆 仑，　　滔 滔 长 江，　　神 州 大 地 无 限　风 光。
2.[男] 厚 德 载 物，　　奋 发 图 强，　　英 雄 儿 女 无 尚　荣 光。

3 1 5 5 5 5. ｜ 3 1 5 4 4 － ｜ 4 5 4 4 3. 1 ｜ 2 3 2 1 1 － ｜ 1 － 0 0 ｜

[女] 山 连 着　山，　水 连 着 水，　　可 爱 的 祖 国　年 轻 漂 亮。
[女] 手 牵 着　手，　心 连 着 心，　　社 会 主 义　瓜 果 飘 香。

6. 7 ⅰ ⅰ 7 6 ｜ 5 － 5 － ｜ 6. 7 6 5 3 ｜ 3 － － － ｜ 6. 7 3 1 5 4

[男] 走 不 完 的 原 野 山　川　洒 满 春 光　　啊，　　　看 不 尽 的 城 市
[男] 讲 不 完 的 中 国 故　事　举 世 无 双　　啊，　　　唱 不 完 的 追 梦

3 － 2 － ｜ 6. 5 4 3 5 ｜ 5 － － － ｜ 3. 4 5 1. ｜ 7 － － － ｜

村　庄　　交 融 激 荡。　　[女] 你 的 神　　奇，
交　响　　和 谐 铿 锵。　　[女] 你 的 深　　情，

2. 2 1 6. ｜ 5 － － － ｜ 6. 7 1 6. ｜ 2 1. 2 3 5. ｜ 2 － － － ‖

你 的 美　丽，　　给 我　仁 爱 的 滋　养。
你 的 厚　望，　　沐 浴 修 齐　治 平 的 芬　芳。

```
  3. 4 5 1 | 7 | 7. - - - | 2. 2 1 6 5 6 | 6. - - - |
[男女]你  的 壮  阔,        你  的 苍   茫,
[男女]你  的 坚  毅,        你  的 刚   强,
```

```
男  4. 5 3 2. | 2 1. 2 3 6. | 0 6 5 4 3 2 1 1 | 1 - - - |
    给  我  信仰 的  力量   信仰 的  力   量。
    铸  就革故  鼎新 的  雄壮   鼎新 的  雄   壮。
```

```
女  4. 5 3 2. | 2 1. 2 3 6. | 0 7 7 6 5 2 1 1 | 1 - - - |
```

```
1.
( 1 5 5 1 1 5 5 1 1 5 5 1 1 5 5 1 | 1 5 5 1 1 5 5 1 1 5 5 1 1 5 5 1 | 1 5 5 1 1 5 5 1 1 5 5 1 1 5 5 1 | 1 1 1 1 2 0 ) : ‖
```

```
2.
  1 5 5 5 - | 4 3 2 1 1 - | 6. 7 1 1 6 5 | 5 - - - |
[男]迎 着 那    梦想 阳光,   我  们 乘风破浪。
```

```
  1 5 5 5 - | 3 1 5 4 4 - | 4 5 4 3. 1 | 2 1 1 - - - |
[女]迎 着 那    梦想 阳光,    我们 纵  情  歌唱。
```

```
男  1 1 5 5 5 - | 4 3 5 3 3 - | 6 6 7 1 1 2 1 | 6 5 5 - - |
    我们 自信,     我们 自强,    复兴 的 旗帜 高高 飘扬。
```

```
女  1 1 5 5 5 - | 4 3 2 1 1 - | 4 4 5 6 6 6 | 4 3 3 - - |
```

```
  1 1 5 5 5 - | 3 1 1 6 6 - | 6 5 4 4 3. 1 | 5. 5 6 - |
  我们 自信,     我们 自强,    复兴 的 旗帜 高 高 飘
```

```
  1 1 5 5 5 - | 3 1 5 4 4 - | 4 5 4 4 3. 1 | 3. 3 #4 - |
```

```
  2 - - - | 1 - - - | 1 - - - | 1 0 ( 1 1 1 1 0 ) ‖
          扬。
```

```
  5 - 4 - | 3 - - - | 3 - - - | 3 0 0 0 0 ‖
```

美丽中国走起来

1=A 4/4

热烈、欢欣地

陈维东、周 澎词
周 澎曲

(0 1 2 3 3. | 0 2 6 2 2 - | 0 2 3 4 4. | 0 6 3 5 5 -)|
[伴]美丽 中 国 走 起来， 美丽 中 国 走 起来。

3 5 3 5 6 6 | 6 3 5 5. 2 | 3 2 2 1 3 2 2 1 | 6 5 5 2 3 2 3 |
美丽美丽中国 走 起来， 哦 不要迟疑别再等待 一起摇摆。

6 1 6 1 2 2 | 2 6 1 1 6 1 6 | 1 6 6 - 1 6 | 5 5 5 - - |
美丽美丽中国 走 起来，只要你 寻找 就能 找到 哦

5 0 5 6 2 1 | 1 - (0 1 1 5 1 2 3 | 5 2 3 5 5 2 3 5 5 2 3 5 5 2 3 5)|
你的 最爱。

3 2 2 1 3 2 2 1 | 5 6 1 2 3. 6 | 6 5 5 3 2 1 1 6 |
人来人往生活节奏 总是那么快， 忙 忙碌碌忘记外面

1 6 1 5 3 - | 0 1 1 1 1. 6 | 5 6 2 1 1 6 1 |
其实很精彩。 没日没夜不 停地奔忙， 渴望

3 2 3 2 2 5 5 | 3 2 3 2 2 0 | (5 - 6 -)|
拥抱梦想 敞开 自由 胸怀。

3 2 2 1 3 2 2 1 | 5 6 1 2 3. 6 | 6 5 5 3 2 1 1 6 |
大河上下千里高原 万重的山脉， 长 江黄河春暖花开

1 6 1 5 3 - | 0 1 1 1 6 1 6 | 5 6 2 3 1 1 - |
云朵 也洁 白。 山中的鸟儿 大 声地歌唱，

0 1 1 6 1 6 6 | 1 6 6 5 5 - | 5 - - - |
唱出那快乐享 受着天籁。

291

‖: 3 5 3 5 6 6 | 6 3 5 5. 3 | 3 2 2 1 3 2 2 1 | 6 5 5 2 3 2 3 |
美丽 美丽中国　走起来，　不　　要迟疑别再等待　一起摇摆。

Ⅰ. Ⅱ. Ⅲ.
6 1 6 1 2 2 | 2 6 1 1 6 1 6 | 1 6 6 - 1 6 | 5 5 5 6 5 5 - :‖
美丽 美丽中国　走 起来，只要你　寻找　　就能　找到精彩。

Ⅳ.
5 5 5 - - | 5 - 5 5 6 2 1 | 1 - - - | 1 - - 0 | (4. 2 2 2 4 |
找 到　　　　　　你的　最爱。

3 - - 3 5 6 7 | 1 5 5 7 1 5 1 5 | 2 6. 6 - | 2 7. 7 - | 5 - - 3 5 6 7 | 5. 5 5 - 0)

5 3 2 1 2 1 6 5 | 6 5 6 1 3. 5 | 6 5 3 2 2 1 1 6 |
北国 豪放 南国 婉约　不同的神采，无　　边无际潮起潮落

1 6 1 5 3 - | 0 1 6 1. 5 | 5 5 2 1 6 1 6 | 1 1. 1 1 1 6 |
浪花一排排。　　古往今来 历　史的气概，五千年 文明　　中华的

转1=♭B
6 5 5 - - | 5 - - 0 ‖ 5 5 5 - - | 5 - - 0 |
风采。　　　　　　　 D.S. 找 到。

3 5 3 5 6 6 | 6 3 5 5. 3 | 3 2 2 1 3 2 2 1 | 6 5 5 2 3 2 3 |
美丽 美丽中国　走起来，　不　　要迟疑别再等待　一起摇摆。

6 1 6 1 2 2 | 2 6 1 1 6 1 6 | 1 6 6 - 1 6 | 5 5 5 - - |
美丽 美丽中国　走 起来，只要你 寻找　　就能　找到

5. 5 5 6 2 1 | 1 - - - | 1 - 0 6 1 6 | 1 6 6 - 1 6 |
你的　最爱，　　　　　　只要你 寻找　　就能

5 5 6 5 5 - | 5 0 5 6 | 2 1 1 - - | 1 - - - | 1 0 0 0 ‖
找到哦　　　 你的　最　爱。

美丽中国

王平久词
丁 于曲

1 = F 4/4

```
3. 5 2 32 | 1 - 5 3 | 5 3 2. 1 | 1 - - - |
啊              啊
```

```
1 5 5 3 5. 1 | 5 3 6 1 - | 1 5 5 3 3 1 1 | 5 5 1 3 2 - |
山 绿 起 来    人 富 起 来,    面 朝 大 海 中 国    春 暖 花 开,
```

```
3 3 3 4 3 34 | 3 2 1 21 6. - | 6 5 5 3 3 | 5 1 2 1 1 - |
一个梦用五千年  文明的承 载,    美丽中 国    世世代 代。
```

```
0 0 0 0 | 0 0 0 0 | 6 1 6 6 - | 3 2 1 7 | 6 5 5 5 - |
                 目 光 里    有些迫不 及 待,
```

```
0 0 0 5 5 | 6 1 1 1 - | 5 7 7 7 1 | 4 3 3 3 - | 3 - - - |
一 个 声 音    打 开 我 们 的 心 海,
```

```
6. 1 1 3 2 | 2 - - - | 6 5 3 2 6 | 6 1 1 - 0 5 |
美 丽 中 国        昂 首 阔 步 走 来,    是
```

```
6 1 1 1 5 5 | 1 6 6 6 1 1 | 6 5 5 5 - | 0 0 0 0 |
今 天 也是 未 来 的 中 国 精 彩。
```

```
‖: 6 1 6 6 - | 3 2 1 7 | 6 5 5 5 - | 0 0 0 0 |
内 心 里    说 不 完 的 感 慨,
```

```
6 1 1 6 | 5 7 7 1 2 | 4 3 3 3 - | 3 - - - |
万 水 千 山 传 递 民 族 的 情 怀,
```

6. 1 1 3 2 | 2 - - 0 | 5 6 6 5 2 | 2 3 3 - 0 5 | 6 1 1 1 5 5 |
美 丽 中 国　　　　美 在 山 水 之　外,　　　　有 前 辈 也 有

6 1 1 6 1 | 6 5 5 5 - | 5 - - - | 5 - - - | 0 0 0 0 |
我 们 对 祖 国 的　爱。

§
i 5 5 3 5. i | 5 3 6 1 - | i 5 5 3 3 1 1 5 | 5 5 1 3 2 - |
山　绿 起 来　　人 富 起 来,　　天 地 间 回 荡 着 中 国 节　拍,

3 3 3 4 3 3 4 | 3 2 1 2 1 6 - | 6 5 5 3 3 | 6 6 5 5 - |
我 们 的 笑 脸 映 辉 风 景 的 色 彩,　中 国 又　一 个　新 时 代。

i 5 5 3 5. i | 5 3 6 1 - | i 5 5 3 3 1 1 | 5 5 1 3 2 - |
山　绿 起 来　　人 富 起 来,　　面 朝 大 海 中 国　春 暖 花　开,

I.
3 3 3 4 3 3 4 | 3 2 1 2 1 6 - | 6 5 5 3 3 | 5 1 2 1 1 - |
一 个 梦 用 五 千 年　文 明 的 承　载,　美 丽 中　国　世 世 代　代。

(6 5 6 5 3 6 5 6 5 3 | 5 3 3 2 6 1 - | 3 2 1 6 1 5 6 1 3 | 2 5 1 5 6 5 2 |

7 - 5 3 | 1 - 5 3 | 6 5 5 3 | 5 1 2 1 - | 0 0 0 0) :||

II.　　　　　III.
5 1 2 1 1 - || 5 1 2 1 1 - | 6 5 5 3 | 5 - - - |
世 世 代　代。　**D.S.** 世 世 代　代。　美　丽

5 - 0 6 i | i - - - | i - - - | i - - - | i - - - ||
中　国。

没有共产党就没有新中国

合 唱

1 = A 2/4

稍快

曹火星词曲

```
(5315 1513 | 5 - | 5315 1513 | 5 - | 3213 | 2·3 | 5532 | 1567)
```

```
1  5 | 6 6 5 6 | 1·1 6 1 | 2 - | 3 2 | 1·3 2 1 |
```
[齐]没 有　共 产 党 就　没 有 新 中 国，　　没 有　共 产 党 就

```
6 2 7 6 | 5 - | 1  6 | 1·  6 | 3·1 6 5 | 6 |
```
没 有 新 中 国。　共 产　　党　　辛 劳 为 民 族，

```
3  1 | 6·  5 | 2 1 6 5 | 6 - | 3 | 1 1 1 | 6  3 |
```
共 产　党　　一 心 救 中 国，　　他　指 给 了 人 民

```
3 3 5 6 | 6 - | 3 | 2 1 1 | 2  5 | 6 1 2 | 2·  5 |
```
解 放 的 道 路，　　他 领 导 着 中 国　走 向 光 明，他

```
3 3 3 5 5 | 6 6 5 6 | 1 1 1 6 2 | 7 6  5·6 | 2 2 2 1 2 |
```
坚 持 了 抗 战　八 年 多,他　改 善 了 人 民 生　　活,他 建 设 了 敌 后

```
3 3 2 1 | 6 6 6 1 1 | 2 1 6 1 | 5 - | 1 5 6 1 | 5·  6 |
```
根 据 地,他　实 行 了 民 主　好　处　多。　　没 有 共 产 党　就

```
1·1 6 1 | 2 - | 3 2 1 3 | 2·  3 | 5 5 3 2 | 1 - |
```
没 有 新 中 国，　　没 有 共 产 党　就　没 有 新 中 国。

女合
```
1  5 | 6 6 5 6 | 1 . 1 6 1 | 2  -  | 3 2 | 1 . 3 2 1 |
没 有   共 产 党 就   没 有 新 中 国，     没 有   共 产 党 就
```

男合
```
0  0 | 1  5 | 6 6 5 6 | 1 . 1 6 1 | 2  -  | 3 2 |
         没 有   共 产 党 就   没 有 新 中 国，     没 有
```

```
6 2 7 6 | 5  -  | 1 6 | 1 .  6 | 3 . 1 6 5 | 6  -  |
没 有 新 中 国。     共 产   党     辛 劳 为 民 族，
```
```
1 . 3 2 1 | 6 2 7 6 | 5  -  | 1 6 | 1 .  6 | 3 . 1 6 5 |
共 产 党 就   没 有 新 中 国。     共 产   党     辛 劳 为 民
```

```
3 1 | 6 .  5 | 2 1 6 5 | 6  -  | 3 | 1 1 1 | 6 3 |
共 产 党     一 心 救 中 国，     他 指 给 了 人 民
```
```
6  -  | 3 1 | 6 .  5 | 2 1 6 5 | 6  -  | 3 | 1 1 1 |
族，   共 产 党     一 心 救 中 国，     他 指 给 了
```

```
3 3 5 6 | 6  -  | 3 2 1 1 | 2 5 | 6 1 2 | 2 .  5 |
解 放 的 道 路，     他 领 导 着 中 国   走 向 光 明，他
```
```
6  3 | 3 3 5 6 | 6  -  | 3 2 1 1 | 2 5 | 6 1 2 |
人 民   解 放 的 道 路，     他 领 导 着 中 国   走 向 光
```

```
3 3 3 5 5 | 6 6 5 6 | 1 1 1 6 2 | 7 6 | 5 . 6 | 2 2 2 1 2 |
坚 持 了 抗 战 八 年 多,他 改 善 了 人 民 生   活,他 建 设 了 敌 后
```
```
2 .  5 | 3 3 3 5 5 | 6 6 5 6 | 1 1 1 6 2 | 7 6 | 5 . 6 |
明，   他 坚 持 了 抗 战 八 年 多,他 改 善 了 人 民 生   活,他
```

296

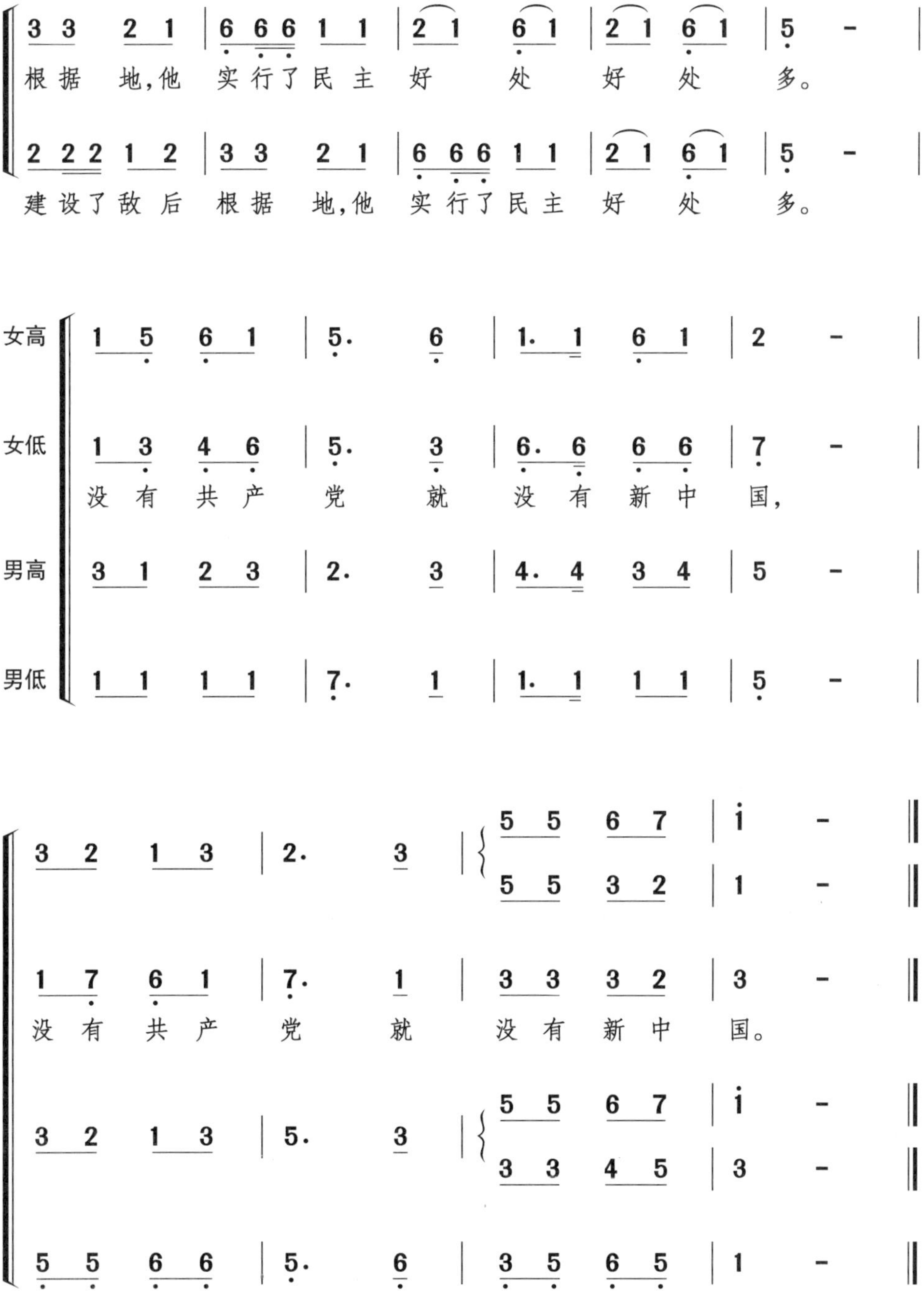
根据 地，他 实行了民主 好 处 好 处 多。
建设了敌后 根据 地，他 实行了民主 好 处 多。
女高
女低
没有共产 党 就 没有新中 国，
男高
男低
没有共产 党 就 没有新中 国。

美好新时代

1=D 4/4 2/4

♩=80

文 江词
孟文豪曲

（i 5 2̇ i | 0 5 i 2̇) | 3 3 3 2̇ i i 2̇ | i 6 6 - - |
[童独]我们走 在 追梦 路上，

2̇ 2̇ 2̇ 3̇ 2̇ 6 7 6 | 5 - - - | 3 3 3 2̇ i i 2̇ | i 6 6 - - |
把美好新时代歌 唱。 幸福在心田流 淌，

2̇ 2̇ 2̇ 3̇ 2̇ 2̇ i | i - | (4 3 2 3 4 3 4 5 6 5 6 7 7 5 6 7) |
自信在脸庞绽 放。

3̇. 2̇ 3̇ 5̇ 4̇ 3̇ | 2̇ i i 2̇ 6 6 3 | 2̇ - - i |
[伴]啊 啊

2̇ - 2̇ (3 2 3 | 5. 6 3 2̇ i | 6 6 3 2̇ i 2̇ | 3 i - -) |

5 6 i̇ 6 5 5 6 | 3 2 3 3 - - | 5 6 i 2̇ i i. 3 | 5̇6 5 - - - |
[独]喜看今 朝 绿水 青 山， 美丽中 国 多时 尚。

2 3 5 6 6 5 3 | 2. 3 2 1 0 | 6 5 6 i 6 0 3 | 5̇6 5 - - - |
岁月如 歌 四海 同 唱， 万众一 心 向前 方。

‖: 5 6 i̇ 6 5 5 6 | 3 2 3 3 - - | 5 6 i 2̇ i i. 3 | 5̇6 5 - - - |
富起来 啊 心花 怒 放， 小康路 上好风 光。

2 3 5 6 6 5 6 | i̇. 2̇ 6 5 3 | 2̇ 2̇ 2̇ - 2̇ | 6 i i - - |
强起来 啊 昂扬 向 上，一带 一路 向 远方。

298

$(5\ 6\ \dot{1}\ \dot{2}\ \dot{3})\ \dot{1}\ \dot{2}\ |\ \dot{3}\ \dot{3}\ \dot{3}\ \dot{5}\ \dot{3}\ \dot{3}.\dot{2}\ |\ \dot{2}\ \dot{1}\ \dot{1}\ -\ \dot{6}\ \dot{1}\ |$

　　　　　　　啊!　我们走　在追梦　路上,　　　　把

$\dot{2}\ \dot{2}\ \dot{2}\ \dot{2}\ \dot{3}\ \dot{2}\ \dot{2}\ \dot{1}\ |\ \overset{6}{6}\ 5\ 5\ -\ -\ |\ 3.\ 2\ 1\ 3\ 6\ |\ \dot{1}.\ \dot{2}\ 6\ 5\ 3\ |$　　I.

美好新时　代歌　　唱。　　　　幸　福在心　田流淌,自信

$\dot{2}.\ \dot{1}\ \dot{2}\ -\ \overset{\smile}{\dot{2}}\ \dot{6}\ |\ \dot{6}\ \dot{1}\ \dot{1}\ -\ -\ |\ (3.\ \dot{2}\ 3\ 5\ 4\ 3\ |\ \dot{2}\ \dot{1}\ \dot{1}\ \dot{2}\ 6\ 6\ 3\ |$

在脸庞　绽　　放。

$\dot{2}.\ \dot{3}\ \dot{2}\ \dot{1}\ 6\ 3\ |\ 5\ -\ 5\ 3\ 2\ 3\ |\ 5.\ 6\ 3\ 2\ 1\ |\ \underset{.}{6}\ 6\ 3\ 2\ 1\ 2\ |\ \dot{3}\ 1\ -\ -) \|$

II.

$\dot{1}.\ \dot{2}\ 6\ 5\ 6\ |\ \dot{1}\ \dot{1}\ \dot{6}\ \dot{1}\ \dot{1}\ \dot{2}\ |\ \dot{2}\ -\ -\ \dot{1}\ \dot{2}\ |\ \dot{3}\ \dot{3}\ \dot{3}\ \dot{5}\ \dot{3}\ \dot{3}.\dot{2}\ |$

田　流淌,自信　在脸　庞绽　放。　　　啊!　我们走　在筑梦

$\dot{2}\ \dot{1}\ \dot{1}\ -\ \dot{6}\ \dot{1}\ |\ \dot{2}\ \dot{2}\ \dot{2}\ \dot{3}\ \dot{2}\ \dot{1}\ \dot{2}\ |\ 6\ 5\ 5\ -\ -\ |\ 3.\ 2\ 1\ 3\ 5\ 5\ |$

路上,　　　新　思想引　领新　征程。　　　美　好新时代

$\dot{1}.\ \dot{1}\ \dot{2}\ 6\ 5\ 3\ |\ \dot{2}\ \dot{1}\ \dot{2}\ \dot{2}\ \dot{2}\ 0\ \dot{2}.\dot{6}\ |\ \dot{1}\ \dot{2}\ \dot{1}\ \dot{1}\ -\ -\ |\ 5\ 3\ \dot{2}\ \dot{1}\ \dot{2}\ \dot{2}\ -\ |$

要　歌唱,美好　新时代　　纵情歌　唱。　　　美好　新时代

$\dot{2}\ \dot{2}\ \dot{2}\ -\ -\ |\ \dot{3}\ -\ -\ -\ |\ \dot{1}\ -\ -\ -\ |\ \dot{1}\ -\ -\ -\ |\ \dot{1}\ 0\ 0\ 0\ \|$

纵情　　歌　　　唱。

拉着中华妈妈的手

1=♭E 4/4

合　庄、友　开词
孟庆云曲

♩=60　真挚、热情地

```
(6.  2̇ 1̇.  6 | 2̇.3̇ 1̇ 6 5. 35 | 6 3 35 2.3 17 | 6̣ - - - )|
```

```
6 2̇ 1̇ 7̇ 6 5 3 5 | 6 7̇ 6. 6  0 33 | 6 6 0 1̇ 1̇ 7̇ 6 5 2 |
```
1.拉着中华　妈妈的　手，　　　　跟着　岁月　跟着岁　月
2.拉着中华　妈妈的　手，　　　　赶着　日月　赶着日　月

```
3 - - 0 6 | 1 1 6 3 5 3 | 6 6 6 5 5 6 5 2. |
```
走，　　　　啊，一脚高，一脚低，走出了大门　口。
走，　　　　啊，一脚风，一脚雨，走出了十字　口。

```
3.5 6 6  1 16 12 | 3 55 6 1 77. | 0 2 2 1̇ 76 563 0 35 |
```
走　低了多少　山岗，走平了多少浪头，　走出多少　威风，走出
走　来了多少　甜蜜，走回了多少丰收，　走出多少　自豪，走出

```
6 3 5 2 7 6  - | 6.  2̇ 1̇.  6 | 2̇. 2̇ 1̇ 6 6 5. |
```
多少风　流。　啊，　　　　走呀走呀走，
多少富　有。　啊，　　　　走呀走呀走，

```
3 6  1̇ 7 67 6 5 22 | 3 - - - | 6.  2̇ 1̇.  6 |
```
拉　着中华　妈妈的手，　　　　啊，
拉　着中华　妈妈的手，　　　　啊，

```
2̇. 2̇ 1̇ 6 3 - | 3 - - 0 | 0 5 35 2.3 527 | 6 - - - :|
```
走呀走呀走，　　　一步　一　春　秋。
走呀走呀走，　　　一步　一　层　楼。

结束句

```
0 5 35 2.  3 | 1̇ 0 2̇ 1̇.2̇ 76 | 6 - - - | 6 0 0 0 ||
```
一步　一　　层　啊一　层　楼！

300

看山看水看中国

1=C 4/4

♩=90

王晓岭词
胡廷江曲

（i 2 ‖:5 - - i 2 | 5 - - i 2 | 3. 5 6 3 | 2 - - -）|

3.5 5 5　5 0　3.5 5 5　5 0 | 6.i i i　i 0　6.i i i　i 0 |

[伴]咚 呛隆咚　呛　　咚 呛隆咚　呛　　咚 呛隆咚　呛　　咚 呛隆咚　呛

i.2 2 2　2 0　i.2 2 2　2 2 i 2 | 5 - 5 0 i 6 |

咚 呛隆咚　呛　　咚 呛隆咚　呛咚呛咚　呛　　　　　呛 咚

i 0 （7i 0　7i 0　2i 2 3 | 7i 0　7i 0　7i 0　2i 2 3）|

呛

i.2 5 0 i.2 5 0 | i 5 5⁓3.2 i 6 | 5 i i 6 5 6 5 5⁓3 5 |

[独]山 山 水 水 亮花灯，　　一盏一盏数 不

6 - - - | i.2 5 0 i.2 5 0 | i 5 5⁓3.2 i 6 |

清，　　　　　哥 走 前 来 妹 走 后，

5 7⁓i i 3 2 6　5 3 2 3 | 3⁓1 - - - | 3.5 2 3　5 0　3.5 2 3　5 0 |

欢欢喜喜看 花　灯，　　咚 呛隆咚　呛　　咚 呛隆咚　呛

6.i 5 6　i 3　2.i 6 i　5 0 | 5⁓3.5 2 3　5 3 3 | 3⁓2 - - - |

咚 呛隆咚　呛 咚咚 呛隆咚　呛　　欢欢喜喜看 花　灯。

0 3 5⁓3 i⁓6 5 1↷ | 6.i 6 5 5⁓3 5 6 - | 0 6 5 6 i 3 6 i |

你看 那是 什么灯？　看的那是 花篮灯，　　花篮一转香两岸，
你看 那是 什么灯？　看的那是 鲤鱼灯，　　鲤鱼一摆跳龙门，

$\underline{\overset{\cdot}{2}.\overset{\cdot}{3}\underline{\overset{\cdot}{2}\overset{\cdot}{1}}}\ \overset{\frown}{\underset{\tau}{\overset{\overset{\cdot}{1}}{6}3}}\ \overset{\overset{\cdot}{3}}{\overset{\cdot}{2}}\ -\ |\ 0\underline{35}\ \overset{\overset{\cdot}{5}}{3}\underline{\overset{\cdot}{1}}\underline{65}\underline{\overset{\cdot}{1}}\searrow\ |\ \overset{\cdot}{6}.\underline{\overset{\cdot}{1}65}\ \overset{\overset{\cdot}{5}}{3}\underline{56}\ -\ |$

春风醉了百花　红。　　你看　那是什么灯？　看的那是孔雀灯，

$(\ \underline{\overset{\cdot}{2}.\overset{\cdot}{3}\overset{\cdot}{5}\overset{\cdot}{5}}\ \underline{\overset{\cdot}{5}\overset{\cdot}{3}\overset{\cdot}{2}}\ \overset{\cdot}{2}\ -\ )$

勤劳致富家业　兴。　　你看　那是什么灯？　看的那是嫦娥灯，

$0\underline{65}\underline{6\overset{\cdot}{1}}\ \underline{36}\overset{\overset{6}{\tau}}{\overset{\cdot}{1}}\ |\ \underline{\overset{\cdot}{2}.\overset{\cdot}{2}}\ \underline{\overset{\cdot}{2}\overset{\cdot}{3}}\underline{5}\overset{\cdot}{2}\overset{\cdot}{3}\ |\ \overset{\overset{232}{\frown}}{\overset{\cdot}{1}}\ -\ -\ -\ |\ \overset{\cdot}{1}\ -\ -\ -\ |$

孔雀一抖开彩屏，生活美了享　天　　伦。

$(\ \overset{\cdot}{2}\ \overset{\cdot}{3}\ \overset{\cdot}{2}\ )\ \ \ \ \ (\ \overset{\cdot}{6}\ \overset{\cdot}{2}\ )$

嫦娥一舞游天宫，创新发展国　强　　盛。

$\overset{\frown}{\overset{\cdot}{1}.\overset{\cdot}{2}}50\overset{\frown}{\overset{\cdot}{1}.\overset{\cdot}{2}}50\ |\ \overset{\cdot}{1}\ \overset{\cdot}{5}\ \overset{\overset{\cdot}{5}}{\overset{\frown}{3}.\overset{\cdot}{2}}\ \overset{\cdot}{1}\ \overset{\cdot}{6}\ |\ \overset{\cdot}{5}\overset{\cdot}{1}\ \overset{\cdot}{1}6\ \underline{565}\underline{35}\ |$

看山看水看中国，　　好山好水好　前

$6\ -\ -\ -\ |\ \overset{\frown}{\overset{\cdot}{1}.\overset{\cdot}{2}}50\overset{\frown}{\overset{\cdot}{1}.\overset{\cdot}{2}}50\ |\ \overset{\cdot}{1}\ \overset{\cdot}{5}\ \overset{\overset{\cdot}{5}}{\overset{\frown}{3}.\overset{\cdot}{2}}\ \overset{\cdot}{1}\ \overset{\cdot}{6}\ |$

程。　　　　　看　山　看水看中　国，

$\underline{56}\ \underline{5\overset{\cdot}{3}}\ \overset{\cdot}{2}\ \overset{\frown}{\underline{3}\ 56}\ |$ **1.** $\overset{\cdot}{1}\ -\ -\ (\overset{\frown}{\overset{\cdot}{1}\ \overset{\cdot}{2}}\ :\|$ **2.** $\overset{\cdot}{1}\ -\ -\ -\ |$

同圆小康幸　福　梦。　　　　　　梦。

$\overset{\frown}{\overset{\cdot}{1}.\overset{\cdot}{2}}50\overset{\frown}{\overset{\cdot}{1}.\overset{\cdot}{2}}50\ |\ \overset{\cdot}{1}\ \overset{\cdot}{5}\ \overset{\overset{\cdot}{5}}{\overset{\frown}{3}.\overset{\cdot}{2}}\ \overset{\cdot}{1}\ \overset{\cdot}{6}\ |\ 0\overset{\cdot}{1}\overset{\cdot}{2}\ \underline{33}\ \underline{33}\ \underline{\overset{\cdot}{1}\overset{\cdot}{2}}\overset{\cdot}{3}\ |$

看山看水看中国，　　好山好水好　前

$\overset{\cdot}{2}\ -\ -\ -\ |\ \overset{\frown}{\overset{\cdot}{1}.\overset{\cdot}{2}}50\overset{\frown}{\overset{\cdot}{1}.\overset{\cdot}{2}}50\ |\ \overset{\cdot}{1}\ \overset{\cdot}{6}\ \overset{\overset{\cdot}{5}}{\overset{\frown}{5}.\overset{\cdot}{6}}\ \overset{\cdot}{3}\ \overset{\cdot}{2}\ |$

程。　　　　　看　山　看水看中　国，

$\overset{\cdot}{1}\ \overset{\cdot}{6}\ \underline{5\overset{\cdot}{3}}\ \overset{\cdot}{2}\ \overset{\frown}{\underline{3}\ 56}\ |\ \overset{\cdot}{1}\ -\ -\ -\ |\ \overset{\cdot}{1}\ \overset{\cdot}{6}\ \underline{5\overset{\cdot}{3}}\ \overset{\cdot}{3}\ -\ |$

同圆小康幸　福　梦，　　　　　同圆小康

$\overset{\frown}{\overset{\cdot}{2}\ \overset{\cdot}{6}}\ 5\overset{\overset{61}{\frown}}{\underset{\tau}{6}}\ |\ \overset{\cdot}{1}\ -\ -\ |\ \overset{\cdot}{1}\ -\ -\ |\ \overset{\cdot}{1}\ -\ -\ |\ \overset{\cdot}{1}0\ (\underline{55}\ \overset{\overset{7}{\tau}}{\overset{\cdot}{1}}0)\ \|$

幸　福　梦。　　　　　　　　　　　咚咚　呛

举杯吧朋友

任　毅词
肖　白曲

1=#F 3/4

(3 4 5 | 6 - 5 | 1 - - | 1 - 34 | 6 - - | 5. 1 2 3 |

3 - - | 3̲4̲5̲ 6̲7̲1̲ 2̲3̲4̲5̲ | 6̇ 5 4 | 6̇ 5. 4 | 1̇ - 1̇ | 4̇ - 4̇ |

5̇ 4̇ 3̇ | 2̇ - 2̇ | 5̇ 4̇ 3̇ | 2̇ - 5̲6̲ | 1̇ - - | 1̇ - 0)|

3 4 5 | 6 - 5 | 1 - - | 1 - 34 | 6 6 5 | 5. 1 2 3 |
举 杯 吧 朋　　　　　　友，　　　　　　在 这 千 载 难　逢 的 时

3 - - | 3 - - | 6 5 4 | 6 5 4 | 4 - 5̇5̇ | 3 3 1 |
候，　　　　　　先 为 祖　国 祝 寿，　　　再 送 世 纪 远

2 - - | 2 - 0 | 3 4 5 | 6 - 5 | 1 - - | 1 - 34 |
走。　　　　　　举 杯 吧 朋　　　　　　友，　　　　　　在 这

6 6 5 | 5. 1 2 3 | 3 - - | 3 - - | 6 5 4 | 6 5 4 | 1̇ - 1̇4 |
举 国 欢 庆 的 时　候，　　　　　　儿 女 情 五 十 年　陈

4 - 5̇ | 4 3 - | 3 - - | 3 - 5̇ | 2 - 1 | 1 - - | 1 - 5 |
酿，让 母 亲　　　　　醉 在 心　头。　　　　　　举

举杯吧朋友

‖: i - i | 7 - 5 | 3 - - | 3 - - | 5 6 7 | 6 - 4 3 |

杯　　吧　朋　　　　友，　　　　　　　举杯吧朋

2 - - | 2 - - | 3 4 5 | 6 5. 6 | 4 3 3 4 | 6 - - |

友，　　　　　　　{ 这酒里　世纪情　一百年畅　饮，
　　　　　　　　　 这酒里　歌与　爱　唱尽了风　流，

2 3 4 | 4 3. 2 | 7 6 7 | 5 - - | 5 - 5 :‖

干一杯　祝岁月　天长地　久。　　　举
干一杯　让我们　从头携　手。　　　举

i - 2 | 3 - i | 5 - - | 5 - - | 6 7 i | 7 6 4 3 |

杯　　吧　朋　　　　友，　　　　　　举杯吧朋

2 - - | 2 - - | 2 3 4 3 4 5 | 6 6 - | 4 3 4 5 6 i |

友，　　　　　　来吧来吧来吧　朋友，　　来吧来吧来吧

7 7 - | 5 6 7 7 | 7 7 7 7 7 i | 2 - - | 2 - 5 |

朋友，　　来吧朋友，　今夜月光如　酒，　　　举

3 - - | 3 - - | 3 - - | 3 - 3 | 2 - - | 2 - 2 i |

杯　　　　　　　　　　　　　吧朋

i - - | i - - | i - - | i - - | i 0 0 ‖

友！

今天是你的生日

女声独唱

韩静霆词
谷建芬曲

1 = D 4/4

$(\underline{1}$ $\underline{1232}$ $\underline{35}$ $\underline{5321}$ | 2 $\underline{2163}$ 2 $-$ | $\underline{3.5}$ 5 $\underline{6.565}$ $\underline{321}$ |

$\underline{6}$ $\underline{6276}$ 5 $-$) | $\underline{555}$ $\underline{35}$ $\underline{6.3}$ 3 | $\underline{23}$ 2 $\underline{65}$ 5 $-$ |

1.2.3.今 天 是 你 的 生 日   我 的 中 国,

$\underline{1}$ 1 $\underline{12}$ $\underline{3}$ $5.$ | 6 6 $\underline{32}$ 2 $-$ | $\underline{5.5}$ $\underline{35}$ $\underline{6}$ $6.$

清 晨 我 放 飞   一 群 白 鸽,   { 为 你 衔 来 一 枚
为 你 带 回 远 方
为 你 衔 来 一 棵

$\underline{3}$ 2 $\underline{15}$ $6.$ $-$ | $\underline{6}$ 5 $\underline{65}$ $2.$ | $\underline{23}$ 2 $\underline{16}$ 1 $-$ |

橄 榄   叶,   鸽 子 在 崇 山   峻 岭 飞 过。
儿 女 的 思 念,   鸽 子 在 茫 茫   海 天 飞 过。
金 色 的 麦 穗,   鸽 子 在 风 风   雨 雨 中 飞 过。

2/4 1 $-$ | 4/4 $\underline{iiii}$ $\underline{i2}$ $\underline{3.2}$ i | $\underline{2}$ 2 $\underline{65}$ 5 $-$ |

我 们 祝 福 你 的 生   日   我 的 中 国,

$\underline{iiii}$ $\underline{i2}$ $\underline{3232}$ i | 7 $\underline{777}$ $\underline{265}$ 5 $-$ | $\underline{5555}$ $\underline{56}$ i 3 |

{ 愿 你 永 远 没 有 忧   患   永 远 宁 静;
愿 你 月 儿 常 圆 儿   女   永 远 欢 乐;   我 们 祝 福 你 的 生 日
愿 你 逆 风 起 飞 雨   中   获 得 收 获;

4 3 $\underline{21}$ $2.$ $\underline{23}$ | $5.$ 6 $\underline{65}$ 3 | $\underline{23}$ $\underline{21}$ 1 $-$ | :‖

我 的 中 国,   { 这 是 儿 女 们 心 中 期 望 的 歌。
这 是 儿 女 在 远 方 爱 的 诉 说。   D.S.
这 是 儿 女 们 心 中 希 望 的 歌。

结束句

$\underline{2}$ $3.$ 3 $\underline{2}$ i | i $-$ $-$ $-$ | i $-$ $-$ $-$ | i 0 0 0 ‖

希 望   的   歌。

江 山

女声独唱

1 = F 4/4
♩ = 63

晓　光词
印　青曲

```
   ⌒              ⌒
5 - - i7 | 5 - - - | 5 - - 7i | 6 - - - |
[女合]啊!            啊!
```

```
   ⌒              ⌒        ⌒  ⌒        ⌒
6 - - i2 | 6 - - 63 | 2 - 2176 | 5 - - 56 | 1 - - - |
[混合]啊!         啊!      啊!         啊!
```

```
 ⌒ ⌒              ⌒          ⌒ ⌒ ⌒ ⌒        ⌒   ⌒
‖: 1 5 6 5 3 - | 3 6 2 1 5 - | 6 1 6 1 2 3 i 6 0 3 | 2 3 5 3 2 2 - |
[独]打 天 下,    坐 江 山,     一 心 为 了 老百姓 的 苦 乐 酸    甜;
```

```
 ⌒ ⌒              ⌒ ⌒5⌒          ⌒     ⌒           ⌒     ⌒
 1 5 6 5 3 - | 2.3 3 5 6 - | 2.3 4 6 5 3 5 2 | 3 2 3 5 6 1 - |
谋 幸 福,      送 温 暖,      日 夜不忘老百 姓   康 宁 团   圆。
```

```
 ⌒ ⌒ ⌒             ⌒ ⌒          ⌒  ⌒ ⌒ ⌒        ⌒   ⌒
 3 5 6 5 i - | 3 5 i 5 6 - | 3 5 i.7 6 5 6 1 | 6 1 1 5 3 2 2 - |
老百姓是地,    老百姓是天,     老百姓是共产 党   永远的挂    念;
```

```
 ⌒ ⌒ ⌒             ⌒  ⌒5⌒        ⌒   ⌒ ⌒        ⌒   ⌒
 3 5 6 5 i - | 3 2 i.5 6 - | i 5 6.i 6 5 6 3 | 2 2 3 3 6 1 - :‖
老百姓是山,    老百姓是海,     老百姓是共产 党   生命的源   泉。
```

渐慢
```
 ⌒   ⌒ ⌒           ⌒   ⌒           ⌒               ⌒
 i 5 6.i 6 5 6 3 | 2 2 3 3 6 6 - | i - - - | i - - 0 ‖
老 百 姓是共产 党   生命的源      泉。
```

坚信爱会赢

——致敬战斗在疫情第一线的所有人

1=♭E 4/4

♩=70

梁 芒词
舒 楠曲

$(\dot{3} - \underline{3\,5}\,\underline{\dot{1}\,3} \mid \dot{2} - - \underline{2\,4} \mid \dot{3} - \underline{3\,\dot{1}}\,\underline{3\,5} \mid \dot{4}\ \underline{\dot{4}\,\dot{4}}\,\underline{5\,4}\ 0\ 0)$

$\underline{3\,5\,3}\ \underline{3.\dot{3}}\ \underline{2\,7\,1}\ 1 \mid \underline{6\,7\,1}\ \underline{1\,6\,5}\ \underline{2\,3\,2}\ 2 \mid \underline{2\,3\,5}\ \underline{5\,3\,2}\ \underline{2\,3\,1}\ \underline{1.\,5}$

为了你 我拼了命， 哪怕面 对枪林弹雨。 隔着生 死的一道门， 我

$\underline{6\,\dot{1}}\ \underline{2\,1}\,\underline{5}\ 2 - \parallel: \underline{2\,3\,3}\ \underline{3.\dot{3}}\ \underline{2\,5\,5}\ 5 \mid \underline{3\,5\,6}\ \underline{6\,6\,6}\ \underline{5\,3\,3}\ 3$

保证不离不弃。 最难舍 是这份情， 在你面 前我要淡定。

$\underline{3\,5\,6}\ \underline{6\,6\,6}\ \underline{5\,3\,1}\ \underline{1.\,5} \mid \underline{6\,\dot{1}}\ \underline{3\,2\,1}\ 1 - \mid 1 - 0\ \underline{5\,1\,5}$

撑起多 少个黑 夜， 绝 不让生命叫停。 我 们坚

%

$3 - \underline{2\,3}\,\underline{5\,6} \mid 1 - - 0\dot{5} \mid \underline{6\,\dot{1}\,\dot{1}}\ \underline{\dot{1}\,6\,5}\ \underline{2\,5} \mid 3 - - 03$

信 有爱就会 赢， 你有多痛 我就多痛 心。 有

$4\ \underline{4\,3\,2}\,2\ 0.\dot{2} \mid \underline{7\,7\,\dot{1}}\ \underline{\dot{2}\,3\,5}\ 5\ 053 \mid 4\ \dot{1}\,\dot{1}\,\dot{1}\ \underline{6\,6}\,\underline{3\,6}\,5$

难 一起扛， 共 分担才更坚强， 风雨 中凝聚 民族的力量。

$5 - 0\,\underline{5\,1\,5} \mid 3 - \underline{2\,3}\,\underline{5\,6} \mid 1 - - 0.\dot{5} \mid \underline{6\,\dot{1}\,\dot{1}}\ \underline{\dot{1}\,6\,5}\ \underline{2\,5}$

我们坚信 有爱就会 赢， 无 法拥抱 却离你最

$3 - - - \mid 4\ \underline{4\,3}\,2 - \mid \underline{7\,7\,7\,\dot{1}}\ \underline{\dot{2}\,3\,5}\ 5\ 053$

近。 真 情守望， 长江黄河 水流长， 我们

	I.	II.	III.

$4\ \dot{1}\,\dot{1}\,\dot{1}\,\dot{1}\ \dot{2}\,\dot{2}\,\dot{1}\,7. \mid \dot{1} - - - : \parallel \dot{1} - 0\,\underline{5\,1\,5} \parallel \dot{1} - - - \parallel$

凝聚起 中华民族的力 量。 量。 我们坚 *D.S.* 量。

红旗飘飘

男声独唱

1=♭E 4/4
♩=92

乔　方词
李　杰曲

(5 - - 0 3 | 6 5 - - | 1 - - 3 1 | 5 6 2 3 5 6 i | 3 - - 2 |

2 - - - | 5 - - -) | 5 5 5 6 5 5 5 | 3 5 5 3 5 5 - |
　　　　　　　　　　那 是 从 旭日 上　 采　 下 的 红，

4 4 4 4 4 4 4 5. | 2 - 0 0 | 3 5. 6 5 5. |
没有 人 不爱　 你 的 色 彩，　　　　一 张　 天 下

5 5 i 5 6 - | 7 7 7 7 6 6 7 7 7 6 | 6 5 5 5 - - |
最 美 的 脸，　　没有 人 不留　 恋　 你 的 容 颜。

‖: 5. 5 5 5 6 5 5. | 3. 5 5 3 5 5 - | 6 6 6 6 i i i 7 6 |
你 明　 亮眼 睛 牵引　 着 我，　　　让 我守 在梦　 乡 眺望

6. 5 5 - - | 6. 6 6 0 i 7 6 6 | 6 5 5. 5. 5 |
未 来，　　　当 我　 离开 家 的 时 候，　　 你

4. 4 4 6 5 5 4 3 | 2 1 1 - - | (4 3 -) i 2 |
满怀 深 情 吹响 号 角。　　　　　　　　 五星

%
3 3 3 0 3 2 i i | 2 1 1. i | i 2 | 3 3 0 i 3 i |
红 旗　 你 是 我 的 骄 傲，　 五星 红旗 我 为你

3 2 2. 2 i 2 | 3 3 0 2 3 i | i 5 6 6 - 0 7 i |
自 豪，　 为 你 欢 呼 我 为你 祝 福，　　 你 的

I.

$\dot{2}$ | $\dot{2}$ 3 3 4 4 $\dot{3}$ $\dot{2}$ $\dot{1}$ | $\dot{1}$ $\dot{1}$ $\dot{1}$ $-$ 1 3 | $5.$ $\dot{6}$ 5 5 3 5 |

名　字比我生命更重　　要。　　　红旗飘呀飘，红旗

$7.$ $\dot{1}$ 7 7 6 6 6 | $\dot{1}$ 7 $6.$ 6 6 6.5 | 4.3 2 5 5 1 3 |

飘呀飘，腾空的志愿　像白云越飞越高；　红旗

$5.$ $\dot{6}$ 5 5 3 5 | $7.$ $\dot{1}$ 7 7 $\dot{1}$ $\dot{1}$ | 6 $\dot{1}$ $\dot{1}$ $\dot{1}$ $\dot{2}$ $\dot{2}$ $\dot{1}$ | $\dot{1}$ $\dot{1}$ $\dot{1}$ $-$ $-$ |

飘呀飘，红旗飘呀飘，年轻的心　不会衰　老。

$\dot{3}$ $-$ 0 $\dot{3}$ $\dot{2}$ $\dot{1}$ $\dot{2}$ | $\dot{3}$ $-$ $-$ $-$ | $\dot{2}$ $-$ 0 $\dot{2}$ $\dot{2}$ 3 $\dot{1}$ $\dot{2}$ | $\dot{2}$ $-$ $-$ $-$ |

嗨，　　哎也呀依哟，　　嘿，　　哎也呀依哟。

$\dot{3}$ $-$ 0 $\dot{3}$ $\dot{2}$ $\dot{1}$ $\dot{2}$ | $\dot{3}$ $-$ $-$ $-$ | $\dot{2}$ $-$ 0 $\dot{2}$ $\dot{2}$ 3 $\dot{1}$ $\dot{2}$ | $\dot{2}$ $-$ $-$ $-$:||

嗨，　　哎也呀依哟，　　嘿，　　哎也呀依哟。

II. | III.

$\dot{1}$ $\dot{1}$ $\dot{1}$ $-$ $\dot{1}$ $\dot{2}$ || $\dot{1}$ $\dot{1}$ $\dot{1}$ $-$ $\dot{1}$ $\dot{2}$ | 3 3 0 3 $\dot{2}$ $\dot{1}$ $\dot{1}$ | $\dot{2}$ $\dot{1}$ $\dot{1}.$ $\dot{1}$ $\dot{1}$ $\dot{2}$ |

要。　五星 *D.S.* 要。　五星红旗　你是我的骄傲，　五星

$\dot{3}$ $\dot{3}$ 0 5 $\dot{3}$ $\dot{1}$ | $\dot{3}$ $\dot{2}$ $\dot{2}.$ $\dot{2}$ $\dot{1}$ $\dot{2}$ | $\dot{3}$ $\dot{3}$ 0 $\dot{2}$ $\dot{3}$ $\dot{1}$ |

红旗　我为你自豪，　为你欢呼　我为你

$\dot{1}$ 5 6 6 $-$ 0 7 $\dot{1}$ | $\dot{2}$ $\dot{2}$ 3 3 4 4 $\dot{3}$ $\dot{2}$ $\dot{1}$ | $\dot{1}$ $\dot{1}$ $\dot{1}$ $-$ $-$ ||

祝福，　　你的名字比我生命更重　要。

309

国 家

王平久词
金培达曲

1 = F 4/4

♩ = 72

```
(5 35 6 5 6  1 6 1 2 1 2  3 2 3 5 3 5  6 5 6 1 6 1 | 3 5. 5 3 1 | 2 3 6 - - |
 3 5. 5 6 7 | 5 - - 0 7 | 1 - 1 7 5.3 | 6 - - 6 1 | 2. 1 2 6 |
 1 - - - | 1 - - -) ‖: 5 5 6 1 2 2 - | 6 1 1 2 3 3 - |
```

1.[女齐] 一 玉 口 中 国， 一 瓦 顶 成 家，
2.[男齐] 3.[男女齐] 一 心 装 满 国， 一 手 撑 起 家，

```
2. 1 2 1 6 6. - | [1.] 2. 3 2 6 5 5. - :‖ [2.3.] 2. 2 3 2 6. 1 | 1 - - - |
```

都 说 国 很 大， 其 实 一 个 家。
家 是 最 小 国， 国 是 千 万 家。

女高
```
3 3 5 5 3 5 5 - | 6 5 5 3 3 3 - | 2 2 2 1 6 6 6 1 2 |
```
在 世 界 的 国， 在 天 地 的 家， 有 了 强 的 国， 才 有

女低
```
3 3 5 5 3 5 5 - | 6 5 5 3 3 3 - | 2 2 2 1 6 6 6 1 2 |
```

男高
mp
```
5 - 5 7 6 5 | 6 - 6 5 4 3 | 4 - 4 2 6 1 |
```
啊 啊

男低
mp
```
7 - - 1 7 | 1 - 1 7 6 7 | 6 - - 2 #4 |
```

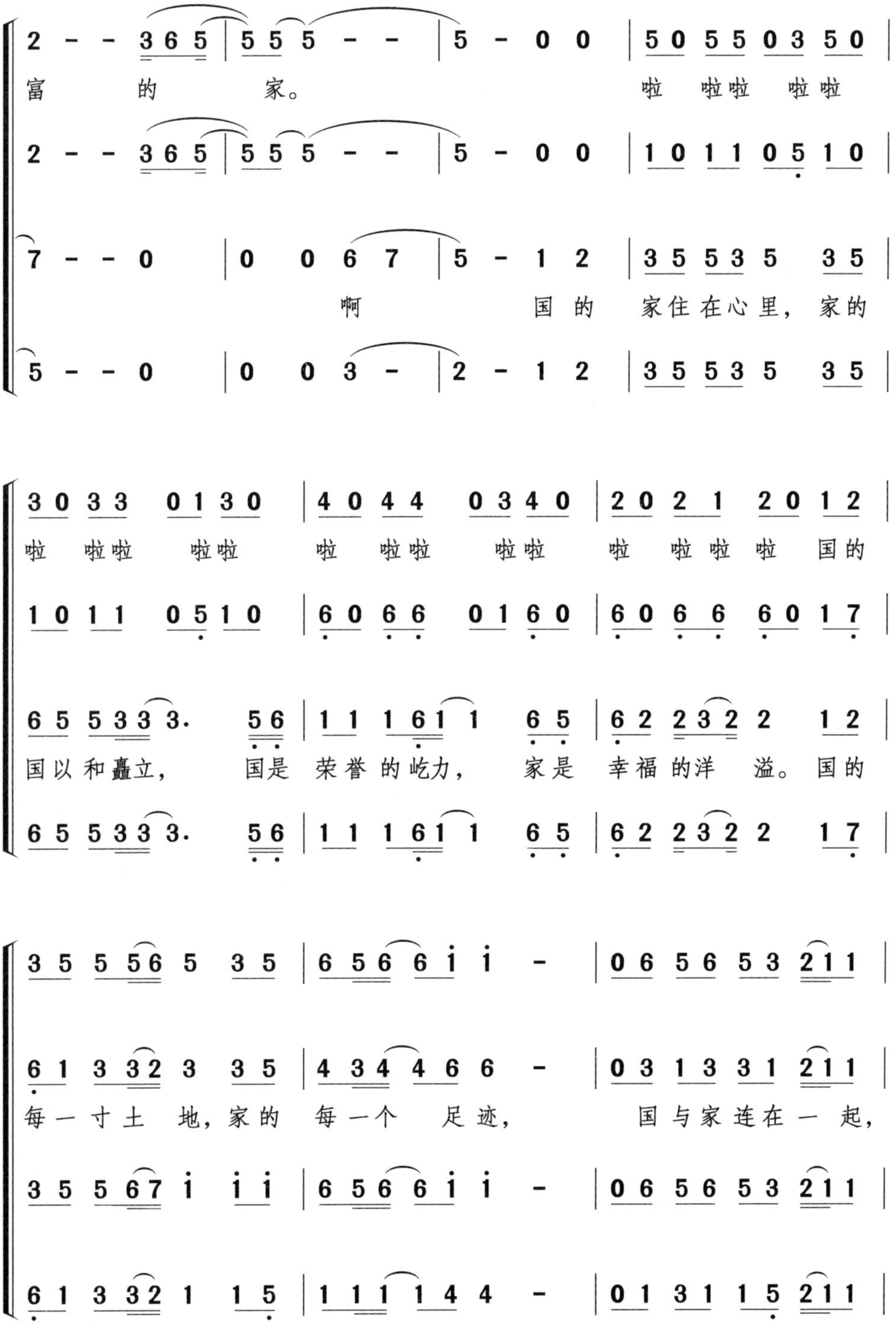
富 的 家。 啦 啦啦 啦啦
啊 国的 家住在心里，家的
啦 啦啦 啦啦 啦 啦啦 啦啦 啦 啦 啦 啦 国的
国以和矗立， 国是 荣誉 的屹力， 家是 幸福 的洋 溢。国的
每一寸土 地，家的 每一个 足迹， 国与家连在一 起，

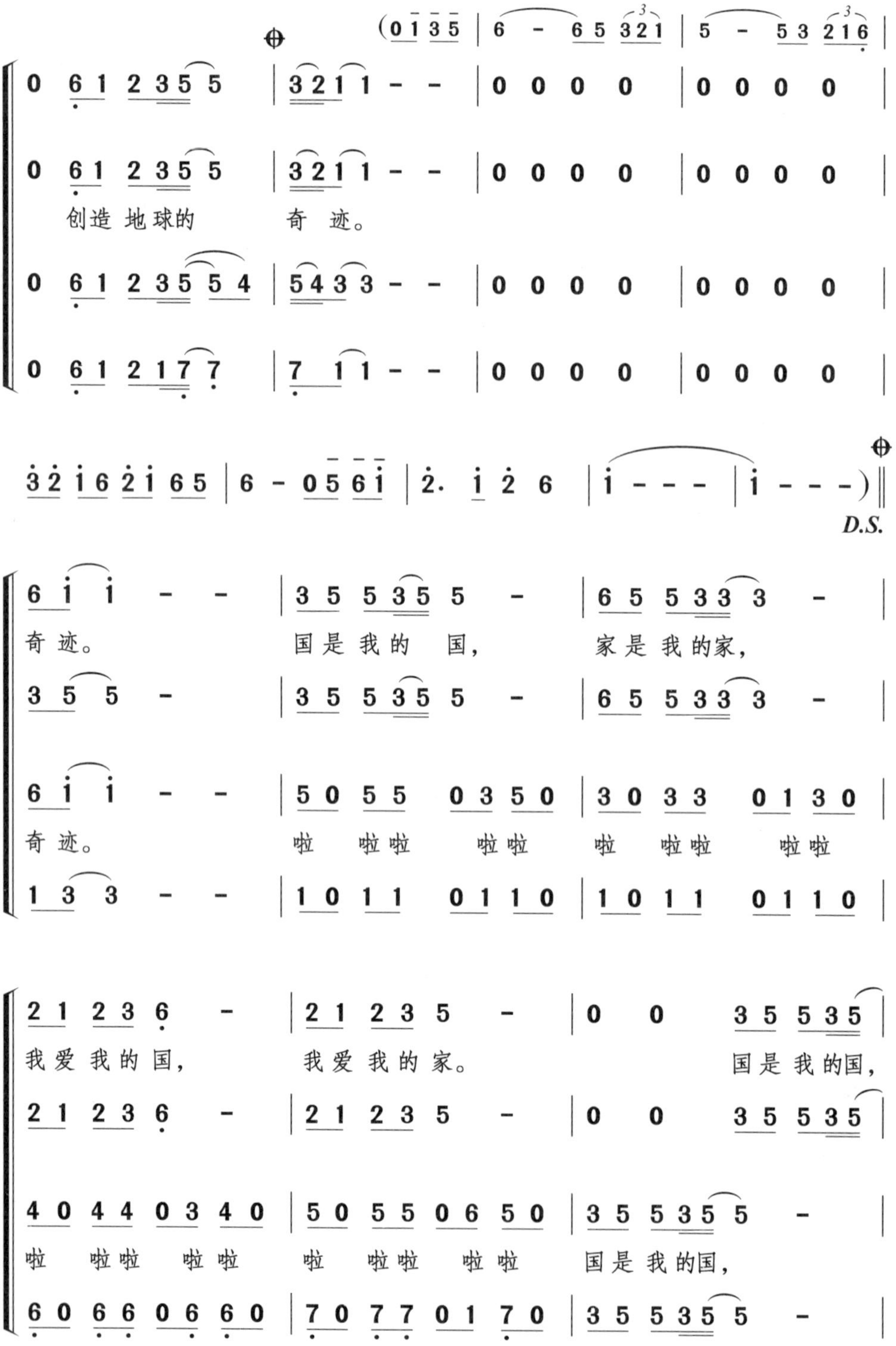
创造地球的 奇 迹。
D.S.
奇 迹。 国是我的 国, 家是我的家,
奇 迹。 啦 啦啦 啦啦 啦 啦啦 啦啦
我爱我的国, 我爱我的家。 国是我的国,
啦 啦啦 啦啦 啦 啦啦 啦啦 国是我的国,

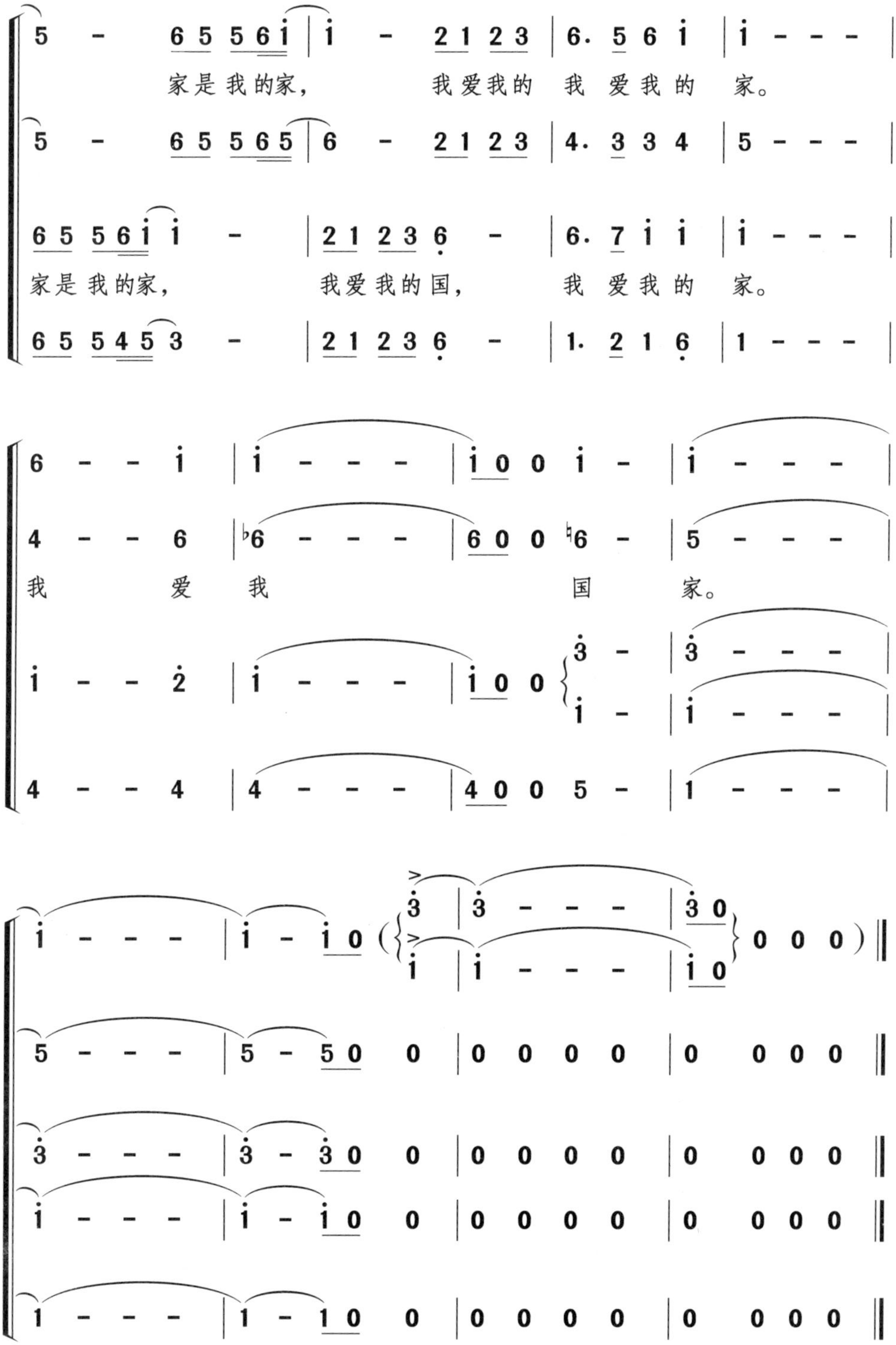
家是我的家，我爱我的 我 爱 我 的 家。
家是我的家，我爱我的国，我 爱 我 的 家。
我 爱 我 国 家。

共和国之恋

男声独唱

1=F 2/4

刘毅然词
刘为光曲

深情地

(1 i 7 i | 6 7 i 3 | 4 5 6. | 6 - | 1 i 7 i | 6 7 i 3 | 4 3 2. | 2 - |

3 4 5 6 | 5. 3 | 6 5 2 3 | 4 - | 3 5 i 7 | 6 2 4 3 | 1 - | 1 -)|

3 4 5 6 | 5. 3 | 1 2 4 3 | 2 - | 3 4 5 6 | 5. 5 6 |

1.在 爱 里， 在 情 里， 痛 苦 幸 福 我
2.你 恋 着 我， 我 恋 着 你， 是 山 是 海 我

7 5 4 5 | 3 - | 3 4 5 6 | 5. 3 | 1 2 4 3 | 6. - |

呼 唤 着 你； 在 歌 里， 在 梦 里，
拥 抱 着 你； 你 就 是 我， 我 就 是 你，

5 6 5 6 | 5 4 4 | 3 2 1 2 3 | 1 - | 1 i 7 i | 6 7 i 3 |

生 死 相 依 我 苦 恋 着 你。 纵 然 是 凄 风
是 血 是 肉 我 凝 聚 着 你。 纵 然 我 仆 倒

4 5 6. | 1 i 7 i | 6 7 i 3 | 4 3 2. | 3 4 5 6 | 5. 3 |

苦 雨， 我 也 不 会 离 你 而 去。 当 世 界
在 地， 一 颗 心 依 然 举 着 你。 晨 曦 中 你

1 2 4 3 | 6. - | 5 6 5 6 | 5 4 4 | 3 2 1 2 3 | 1 - | 1 - ||

向 你 微 笑， 我 就 在 你 的 泪 光 里。
拔 地 而 起， 我 就 在 你 的 形 象 里。

共和国选择了你

1=A 4/4

中速 赞美地

瞿　琮词
宁　林曲

转1=#C

（0 6 i 6 6. 5 | 4. 2 3 - ）| 0 3 2 3 5 - | 5 3 2 3 6 - |
　　　　　　　　　　　　　　　　[伴]啊　　　　　　啊

0 6 i 6 6 #4 3 | 2 - - - ‖: 5 5 3 5 3 2 i. 7 |
啊　　　　　　　　　　　1.2.[独]你走在阳光　里，

6 3 5 2 7 6 5 - | i i 2 3 5 5 6 5 6 3 | 2. 3 5 7 6 5 2 - |
你走在春风　里，　你接过时代的火　炬，高高举　起。

5 5 5 3 5 3 2 2 i 2 | 3 3 3 5 5 3 5 6 5 6. |
你走过了小城　边寨，你走过了高原　雪　域。
你走过了世纪　晨曦，你走过了历史　风　雨。

i i 2 i 3 2 1 2 2 3 5 3 5 | 6 6 i 2 3 6 6 i 6 6 i 2 3 5 |
哪里最需要你就奔赴到　哪　里，哪里最艰苦你就出现在　哪里，
哪里有欢笑哪里有你的身　影，哪里有关爱哪里有你的足迹，

5 6 6 6 5 3 5 6 5 3 | 2 2 6 5 3 5 3 2 i - |
你就　奔赴到哪　里，　出现在哪　　里。
哪里有你的身　影，　有你的足　　迹。

2 2 5 5 5 6 5. 3 2 | i 5 5 5 i i 6 5 - | 6 i 6 4 4 3 2 - |
杜鹃花记得　你，　油菜花 记得　你，　雪莲花记得　你，

6 6 2 4 5 6 5 - | 5. 3 5 5 4 3 2 3. | 2 2 3 5 7 2 6 5 6. |
木棉花记得　你。　啊 你无愧于共和国，共和国选择了你，

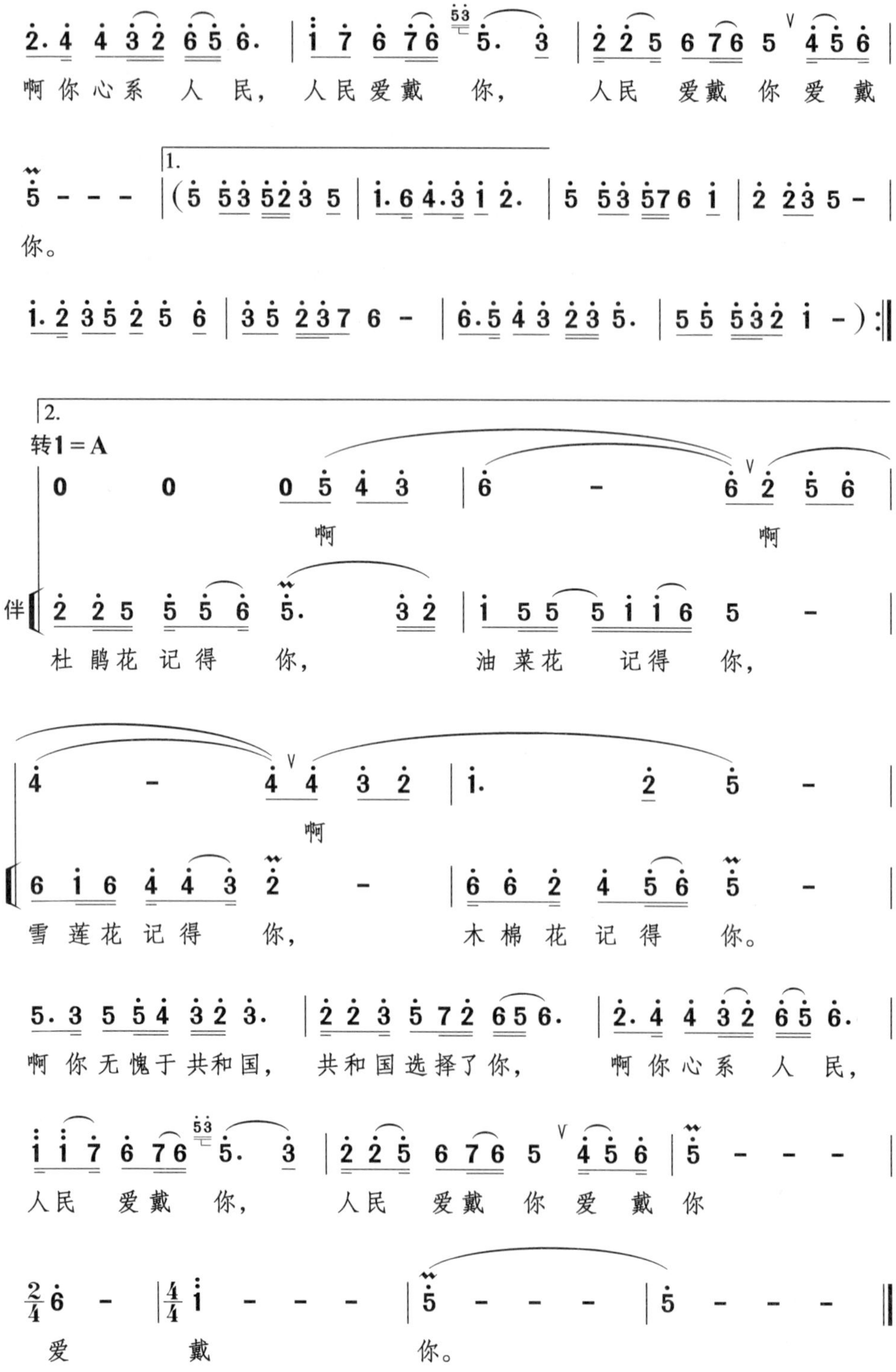
啊你心系人民，人民爱戴你，人民爱戴你爱戴
你。
1.
2.
转1＝A
啊
啊
伴
杜鹃花记得你，油菜花记得你，
啊
雪莲花记得你，木棉花记得你。
啊你无愧于共和国，共和国选择了你，啊你心系人民，
人民爱戴你，人民爱戴你爱戴你
爱戴你。

共和国的春天

1 = G 4/4

♩= 60 朝气蓬勃地

友　殿、温喆吉词
友　殿曲

（3 5 i 2 3 3. 2 3 | 2 5 7 i 2 - | i 7 6 6 i 7 6 5 | 5 i 4 3 2 2 3 |

1 - - -）| 2 3 3 2 3 4 3 1 | 2 1 6 1 2 1. | 1 2 3 5 6 5 6 3 |

1.春　光催　开了　美丽的花瓣，春　雨　滋润　着
2.春　光展　开了　美丽的画卷，春　雨　浸透　了

6 6 6 3 2 2 - | 3 5 6 6 5 6 3 | 3 2 3 2 3 5 6 - | 5.6 1 2 3 3 5 2 |

桃李牡　丹，　春　风吹来了　大地的温　暖，　春　雷唤绿　了
人们的心　田，　春　风吹来了　大爱的温　暖，　春　雷唤醒　了

2/4 3 2 3 2 1 6 | 4/4 1 - - - | 3 5 6 6 i 7 6 5 | 6.6 6 3 5 6 5. |

塞北江　南。　　我们携手　走进　共和国的春　天，
河流山　川。　　我们携手　走进　共和国的春　天，

5.6 i i i 6 5 6 5 3 3 | 6 1 5 3 2 2 - | 3 5 6 6 i 7.6 6 |

中华儿女在浩瀚　大潮里　远航扬　帆，　我们携手　走进
五星红旗在蓝蓝的天空　迎风飘　展，　我们携手　走进

7 6 7 5 3 7 6 6. | 5 5 5 5 6 6 i 3. | 2 2 1 2 6 5 5 - |

共和　国的春　天，　让一个和谐的中国　阳光　更灿　烂，
共和　国的春　天，　让一个强大的民族　屹立在天地　间，

1.
2/4 5 6 1 2 2 3 | 4/4 1 - - - : ‖

阳光　更灿　烂。

2.
5 6 1 2 3 1 - ‖

屹立在天地间。 D.S.

结束句
5 6 1 2 2 3 1 - ‖

屹立在天地　间，

5 5 3 5 6 i 2 | 2 - - - | i - - - | i - 0 ‖

屹立在天　地　　　间。

歌唱祖国

合　唱

1=F 2/4

中速　壮大进行

王　莘词曲

男女高：(55│5. 55│5. 55│5432│1) 5.5 ‖:1 5│3 1│

1.-4.五星　红旗　迎风

男女低：0│0 0│0 0│0 0│0 5.5 ‖:1 5│3 1│

5. 6│5 5.5│i i│6.5 46│5 -│5 5.5│

飘　　扬，胜利歌声 多么 响　亮。　　歌唱

5. 6│5 1.1│6 6│4.3 24│3 -│3 5.5│

6 6│2 2.2│5. 4│3 5.5│5 56│5432│

我 们　亲 爱的祖　　国，从今 走 向　繁荣富

6 6│2 2.2│5. 4│5.5 3│3 3│5 5 67│

1 -│1 5.5│i i│6 6.5│4. 5│6 2.2│5 56│

强。　　歌唱我们 亲爱的祖　国，从今 走向

1 -│1 5.5│6 6│4 3.3│2. 3│4 5.5│3 3│

318

1.2.3.

| 5 4 3 2 | 1 - | 1. 0 |

4. 结束句

| 7 5 6 7 | i - | i. ‖

繁荣富 强。　　繁荣富 强。

| 5 5 6 7 | 1 - | 1. 0 | 5 5 5 |

{ 3 - | 3. }
{ 1 - | 1. } *Fine*

1. 5 3 | 3. 0 | 3. 1 6 | 6. 0 | 6. 6 | 2 2.3 |

1. 越 过 高 山，　越 过 平 原，　跨 过 奔 腾 的
2. 我 们 勤 劳，　我 们 勇 敢，　独 立 自 由 是
3. 东 方 太 阳，　正 在 升 起，　人 民 共 和 国

2 1 7 6 | 5 - | 1 5 | 6 6 5 | 1 2 | 3 0 |

黄 河 长 江；　宽 广 美 丽 的 土　　　地，
　　　　　　　　　　　　　　　　(1. 5 1 2)
我 们 的 理 想；　我 们 战 胜 了 多 少 苦 难，
正 在 成 长；　我 们 领 袖 毛 泽 东，

2 6 6 | 5 5 3 2 6 | 5 0 i | i. i i 5 | 6. i |

是 我 们 亲 爱 的 家　乡。　英 雄 的 人 民
才 得 到 今 天 的 解　放！　我 们 爱 和 平 我
指 引 着 前 进 的 方　向。　我 们 的 生 活

6.5 4 6 | 5 0 | i. i i i | 5 5 6 | 5 4 3 2 | 1 5.5 ‖

站 起 来 了！　我 们 团 结 友 爱 坚 强 如 钢。2.五 星
们 爱 家 乡，　谁 敢 侵 犯 我 们 就 叫 他 灭 亡！3.五 星
天 天 向 上，　我 们 的 前 途 万 丈 光 芒。4.五 星

东方为什么红

朱　海词
王黎光曲

1=♭E 2/4

♩=68 赞美地

(3 56 | 5 - | 6 12 | 3 - | 65 456 | 53 16 | 2 - | 23 | 2 - | 2 61)

3 5 56 | 5 - | 65 1 23 | 3 - | 3 5 56 | i 76 | 5 63 |
都唱东方 红，　东方为什么 红？　都唱太阳升，太阳 在 哪里

5 - | 6 i i 2 | i. 6 | 56 16 5 | 3 - | 2 3 56 | 76 56 5 |
升？　世世代 代　　向 天 问，　谁为长夜 送光 明

3 2 3 26 | i - | i - | 5 i | 2 23 2 | i 22 6 | i - |
送 光 明？　　　　再唱 东方 红，东方大地 春，

5 i i 23 | 3 23 2 | i 23 26 | 5 - | 6 i i.2 | i. 6 |
再唱 太阳升，　太阳心中 升。　今生认 定

5 i 65 | 3 - | 35 i 23 | 3 23 2 | i 23 2 16 | i - | i - |
跟 党 走，　子子孙孙 奔前程 奔 前 程。

‖: 3 23 | 2 - | i 22 6 | i - | i 32 i | 76 763 | 5. 6 5 - |
心 贴着 心　并肩风雨 行，　百姓有你 享 太 平。

6 i i 2 | i. 6 | 56 16 5 | 3 - | 35 i 3 | 3 23 2 |
复兴路 上　东 方 红，　幸福中华 太阳升，

I.
i i 23 3 | 3 - | 3 - | 3 26 | i - | i - :‖
幸福中 华　　　太阳 升。

II.
i i 23 5 |
幸福中 华

5 - | 5 - | 2 6 | i - | i - | i - | i - | i 0 ‖
太 阳 升。

多情的土地

任志平词
施光南曲

1=bE 2/4

慢 深情地

1.我深深地爱着你这片多情的土地，我
2.我深深地爱着你这片多情的土地，我

踏过的路径上阵阵花香鸟语，我耕耘过的田野
时时都吸吮着大地母亲的乳汁，我天天都接受

上一层层金黄翠绿，我怎能离开这河叉山脊
着你的深厚情意，我轻轻走过这山路小溪

这河叉山脊。啊 啊
这山路小溪。啊 啊

我拥抱村口的百岁杨槐，仿佛
我捧起黑黑的家乡泥土，仿佛

拥抱妈妈的身躯。
捧起理想和希

（第一段乐谱）

冀。　　我　深深地爱 着

你　　　这片 多情的土　地　　　多情的土

地　　土　地　　土　地。

大海一样的深情

女声独唱

1=G 4/4

中速稍慢 深情地

刘　麟词
刘文金曲

1. 月　　　光
2. 海　　　鸥

洒 在 银色 的 沙　滩　　　上，
展 开 洁白 的 翅　　膀，

3 6 6̣ 0 1 2 3 | 5 6 6 5 2 4 | 3 (7 7 6 5 2 3 4 |
海 啊， 翻卷着 层 层波 浪，
(1̇ 6̣)
飞 吧， 向着那 东 方飞 翔，

3 -) 0 1 7̣ 6̣ | 2 2 1 2 3 1 7̣ 6̣ | 6̣· 1 6̣ 0 1 7̣ 6̣ | 2 2 1 2 3 1 7̣ 6̣ |
海风 拨动着琴 弦哪， 伴随着我把 歌儿
飞到 宝岛台 湾哪， 飞到 槟榔 树

6̣· 1 6̣ 0 1 2 3 | 5 - - #4 | 3 - 5 6 | 6 - - - |
唱 噢， 啊！ 台 湾，
上 噢， 啊！ 海 鸥，

6 5 #4 3 6 6 6 | 7 3 5 6 6 6 | 0 5 #4 3 6 66 | 7 3 5 6 6 - |
富饶而美丽的 宝 岛啊， 我日夜把 你来遥 望。
我想和你一同 飞 翔啊， 去把 台湾同胞 探 望。

6 5 #4 3· 4 | 3· #4 3 2 1 i | i 7 6 5 #4 | 3 (6 5 #4 3· 4 3 2 |
啊！

1) 1 7̣ 6̣ 2 3 3 | 5 6 5 3 5 53 | 0 1 2 3 5 | 6· 7 7 - |
我怀着大 海 一样的深 情， 把 台湾 同胞
盼望着祖国统 一的时候， 我们同把 团圆

7 - - | 7 - 6 | 5 6 0 2 3 1 7 2 3 | 6 (i 7 6 :‖
常 挂 在心 上。
的 歌 儿高 唱。

结束句

0 1 7̣ 6̣ 2 3 3 | 5 6 5 3 5 53 | 0 1 2 3 5 | 6 7 7· 6 |
盼望着祖 国统一的时 候， 我们同把 团圆的

5 - - #4 | 3 - 5 6 | 6 - - - | 6 - - - | 6 0 0 0 ‖
歌 儿高 唱。

大中国

男声独唱

高 枫词曲

1=F 4/4

```
(5  5 5 6 2  -  | 1  1 1 6 2  -  | 5  5  6 1 6 5 | 1  1 1 6 2  -  |
```

```
5  2 5 5  -  | 5  2 5 5  -  | 5  2 5 5  -  | 5  2 5 5  - )|
```

```
‖: 5. 6 5 6 1. 6 1 | 3. 5 6 1 5  -  | 5. 6 5 6 1. 6 1 | 5. 6 1 3 2  - |
```
1.2.我们都有一个家， 名字叫中国， 兄弟姐妹都很多， 景色也不错，

```
2. 3 2 3 5 3 5. 3 | 2 5 3 2 1. 6 | 5. 6 1 2 3 5 6 1 | 6 5 3 2 1  - :‖
```
家里盘着两条龙是 长江与黄河 呀，还有珠穆朗玛峰儿 是最高山坡。
看那 一条长城万里 在云中穿梭 呀，看那青藏高原比那 天空还辽阔。

```
‖: 5 5 3 2 1 2 3 5 5 0 6 | 1 2 3 2 1 6 5  -  | 1 1 0 6 5 1 1 0 6 5 |
```
我们的大 中 国呀， 好大的一 个家， 经过 那个多少 那个
永远 那个永远 那个

```
[1.                  [2.
5 5 6 3 3 2 2  - :‖ 5. 5 6 5 3 2 | 1  -  - 1 2 | 3  -  - 2 1 | 2  -  - 3 2 |
```
风吹 和雨打； 我要伴 随 她。 中国， 祝福你！ 你永

```
1. 1 1 6 5 | 5  -  - 1 2 | 3  -  - 2 1 | 2  -  - 3 2 | 1. 1 1 6 5 |
```
远 在我心 里； 中国， 祝福你！ 不用 千言和万

```
1  -  -  - | 1  -  - X ‖ 1  -  - 1 2 | 3  -  - 2 1 | 2  -  - 3 2 | 1. 1 1 6 5 |
```
语。 嘿！ D.S. 语。 中国， 祝福你！ 你永远 在我心

```
5  -  - 1 2 | 3  -  - 2 1 | 2  -  - 3 2 | 1. 1 1 6 5 | 1  -  -  - | 1  -  - 0 ‖
```
里； 中国， 祝福你！ 不用 千言和万 语。

保卫黄河

—— 选自《黄河大合唱》

光未然词
冼星海曲

1 = C 2/4

快板 明快、有力地

$$(5 - | 5 - | \underline{5.4}\underline{32} | \underline{1}\underline{7}\underline{1}0 | \underline{3.2}\underline{35} | \underline{656}\underline{1}50 | \underline{6.5}\underline{43} | \underline{2}\underline{1}\underline{76} |$$

$$\underline{561}\underline{2} | \underline{562}\underline{3} | \underline{563}\underline{4} | \underline{564}\underline{5} | \underline{561}\underline{2} | \underline{562}\underline{3} | \underline{563}\underline{4} | \underline{564}\underline{5})$$

$$\underline{1}\ \underline{1}\underline{3} | 5 - | \underline{1}\ \underline{1}\underline{3} | 5 - | \underline{335} | \underline{1}\ \underline{1} | \underline{664} |$$

风 在 吼， 马 在 叫， 黄河 在 咆哮， 黄河 在

$$\dot{2}\ \dot{2} | \underline{5.6}\underline{54} | \underline{32}\ 3 | \underline{5.6}\underline{54} | \underline{32}\underline{31} | 5.\ 6 |$$

咆哮。 河 西 山 冈 万丈高， 河东河北 高粱熟了。 万 山

$$\underline{1}\ 3 | \underline{5.3}\underline{2}\underline{1} | 5.\ 6 | 3 - | \underline{5.6} | \underline{1}\ 3 | \underline{5.3}\underline{2}\underline{1} |$$

丛 中 抗日英雄真 不 少， 青 纱 帐里 游 击 健儿

$$5.\ 6 | \underline{1} - | \underline{53565} | \underline{1}\underline{1}0 | \underline{53565} | \dot{2}\dot{2}0 |$$

逞 英 豪！ 端起了土枪 洋枪， 挥动着大刀 长矛。

$$\underline{5.6}\underline{1}\underline{1} | 0\ \underline{5.6} | \dot{2}\dot{2} | \underline{5.6} | \dot{3}\dot{3} | \underline{5.6} | \underline{3.2}\underline{1} | \underline{1} - |$$

保卫家乡！ 保卫 黄河！保卫 华北！保卫 全中国！

女 $$| \underline{1}\ \underline{1}\underline{3} | 5 - | \underline{1}\ \underline{1}\underline{3} | 5 - | \underline{335} | \underline{1}\ \underline{1} | \underline{664} |$$

风 在 吼， 马 在 叫， 黄河 在 咆哮， 黄河 在

男 $$| 0\ 0 | \underline{1}\ \underline{1}\underline{3} | 5 - | \underline{1}\ \underline{1}\underline{3} | 5 - | \underline{335} | \underline{1}\ \underline{1} |$$

风 在 吼， 马 在 叫， 黄河 在 咆哮，

$$\dot{2}\ \dot{2} | \underline{5.6}\underline{54} | \underline{32}\ 30 | \underline{5.6}\underline{54} | \underline{32}\underline{31} | 5.\ 6 |$$

咆哮。 河 西 山 冈 万丈高， 河 东河北 高粱 熟了。万 山

$$\underline{664} | \dot{2}\ | \dot{2} | \underline{5.6}\underline{54} | \underline{32}\ 30 | \underline{5.6}\underline{54} | \underline{32}\underline{31} |$$

黄河 在 咆 哮。 河 西 山 冈 万丈高， 河 东河北 高粱 熟了。

丛中 抗日英雄真 不少， 青纱帐里 游击健儿

万 山丛中 抗日英雄真 不少， 青纱帐里

逞 英豪！ 端起了土枪 洋枪， 挥动着大刀 长矛。

游击健儿 逞 英 豪！ 端起了土枪 洋枪， 挥动着大刀

保卫家乡！ 保卫黄河！保卫华北！保卫全中国！

长矛。 保卫家乡！ 保卫黄河！ 保卫华北！ 保卫全中国！

女 风在 吼， 龙格龙格 龙格龙， 马在 叫，

男高 风在 吼， 龙格龙格 龙格龙， 马在

男低 风在 吼， 龙格龙格 龙格龙，

龙格龙格 龙格龙，黄河在 咆哮， 龙格龙格 龙格龙，

叫， 龙格龙格 龙格龙，黄河在 咆哮， 龙格龙格

马在 叫， 龙格龙格 龙格龙， 黄河在 咆哮，

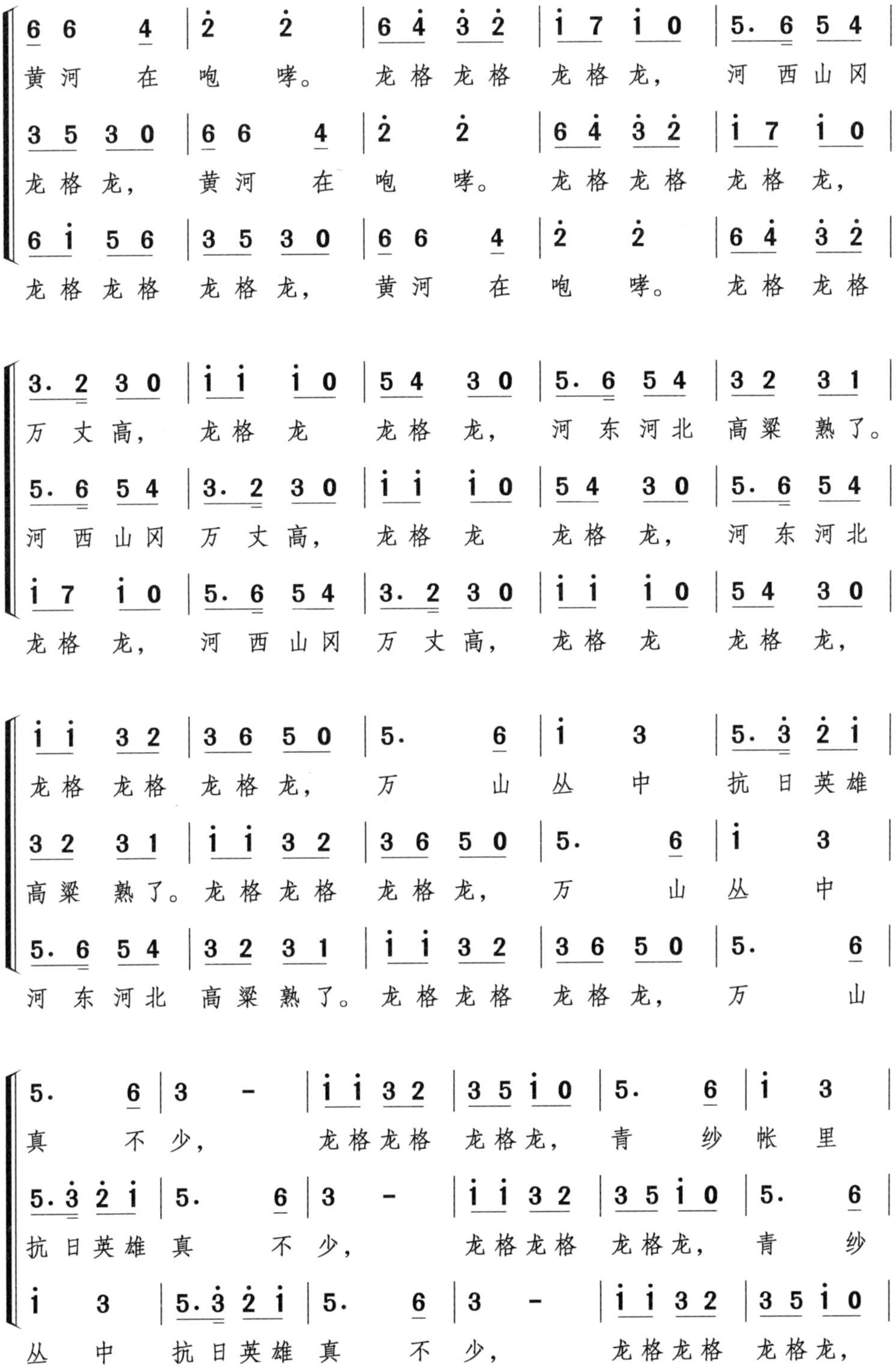
黄河在咆哮。龙格龙格龙格龙，河西山冈
龙格龙，黄河在咆哮。龙格龙格龙格龙，
龙格龙格龙格龙，黄河在咆哮。龙格龙格
万丈高，龙格龙龙格龙，河东河北高粱熟了。
河西山冈万丈高，龙格龙龙格龙，河东河北
龙格龙，河西山冈万丈高，龙格龙龙格龙，
龙格龙格龙格龙，万山丛中抗日英雄
高粱熟了。龙格龙格龙格龙，万山丛中
河东河北高粱熟了。龙格龙格龙格龙，万山
真不少，龙格龙格龙格龙，青纱帐里
抗日英雄真不少，龙格龙格龙格龙，青纱
丛中抗日英雄真不少，龙格龙格龙格龙，

5.·3·2·1· | 5.· 6· | 1· - | 3·3·5·5· | 1·1·3·3·
游击健儿逞英豪！　　　龙格龙格　龙格龙格，

1· 3 | 5.·3·2·1· | 5.· 6· | 1· - | 3·3·5·5·
帐里　游击健儿逞英豪！　　　龙格龙格

5.· 6· | 1· 3 | 5.·3·2·1· | 5.· 6· | 1· - |
青　纱帐里　游击健儿逞英豪！

53565· | 1·1· 0 | 3·1· 535· | 65·1·1· | 53565·
端起了土枪洋枪，　　龙格　龙龙格　龙格龙格，　挥动着大刀

1·1· 3·3· | 53565· | 1·1· 0 | 3·1·535· | 65· 1·1·
龙格　龙格，端起了土枪洋枪，　　龙格龙格龙格　龙格，

3·3· 5·5· | 1·1· 3·3· | 53565· | 1·1·0 | 3·1· 535·
龙格　龙格　龙格　龙格，端起了土枪洋枪，　　龙格　龙龙格

2·2· 0 | 1·2·1·653· | 5.· 6·1·1· | 3·3 5·5·
长矛。　　龙格龙格龙格，保卫家乡！龙格　龙格

53565· | 2·2· 0 | 1·2·1·653· | 5.· 6·1·1·
挥动着大刀长矛。　　　龙格龙格龙格，保卫家乡！

65· 1·1· | 53565· | 2·2· 0 | 1·2·1·653·
龙格　龙格，挥动着大刀长矛。　　龙格龙格龙格，

3·1·5.·6· | 2·2·5.·6· | 3·3·5.·6· | 3.·2·1· | 1· - | 1· - ‖
龙格，保卫黄河！保卫华北！保卫全中国！

5· 6· | 2· 2· | 5· 6· | 3· 3· | 5.·6·3.·2· | 5 - ‖
保卫黄河！保卫华北！保卫全中国！

5.·6·1·1· | 5.·6·2·2· | 5.·6·3·3· | 5.·6·54 | 3 - | 3 - ‖
保卫家乡！保卫黄河！保卫华北！保卫全中国！

不忘初心

1 = G 4/4

♩ = 70

朱　海词
舒　楠曲

```
3 - 2.2 | 3 - - - | 5 - 6.5 | 5 - - 5 | 1 2 3 1 7 5 | 5 6 1 - - |
```
[童]不　忘初心，　　继　续前进。[合]啊！

```
5 - 4 - | 1 - 2 - | 3 - - 5 6 ‖: 1 1 3 2 1 2 0 3 | 3 5. 0 5 6 |
```
啊！　　　　　　　　　　1.[独]万水　千山 不忘来　时　路，　鲜血
　　　　　　　　　　　　2.[独](树高) 千尺 根深在 沃　土，　你是

```
1 1 3 2 1 1.2 0 3 5 | 5 5 5 - 3 5 | 5.5 5 5 6 5.3 0 1 |
```
浇灌　出花开的　国　度，　生死　相依 只 为了　那
大地　给我万般　呵　护，　生生　不息 只 为了　那

```
2.2 2 1 6 5 6 | 1 2 3 2 1 2.2 0 1 | 1 1. 1 5 6 :‖
```
一　句　承诺，报答 你是 我唯一的　倾　诉。　树高
一　句　托付，无惧

```
[2.] 1 2 3 2 1 2 0 6 | 1 - - 0 ‖: 1 2 3 1 7 5 | 6 3 4 5 - |
```
风雨　迎来新　日　出。　　　你是我的一切　我 的全部，

```
6 6 7 6 5 5 3 | 5 3 6 1 2 3 2. | 2 2 1 6. - | 5 6 5 2 3 - |
```
向往　你的向往，幸福你的幸　福。　不忘初心，　继　续前进，

```
[I.] 2 1 2 1 2 1. | 2.3 3 6 5 5 - :‖ [II.] 2 1 2 3 5 6 5. | 2.6 6 2 1 1 - |
```
万水千山最美　中国 道　路。　　　万水千山最美　中国 道　路。

```
(间奏略)                结束句
1 0 0 5 6 ‖ 0 5 6 2 1. | 1 - - - | 1 - - 1 ‖
```
　　　　　树高 D.S. 中国道　路。

爱我中华

合 唱

1=♭B 4/4

♩=112

乔 羽 词
徐沛东 曲

定音鼓

3·1 21 0 (55 | 1.5 51 55 15) | 3·1 21 0 (55 | 1.5 51 55 15) |

[合]爱 我 中华,　　　　　爱 我 中华。

2 2 2 1 55 2 2 2 1 55 | 2 55 1 55 2 55 1 55 | X 0 (0.5 55) |

嗨 啰啰 嗨 啰啰 嗨 啰啰 嗨 啰啰　嗨 啰啰 嗨 啰啰 嗨 啰啰 嗨 啰啰　嗨

女独 ‖: 1·3 13 53 0 | 51 25 3 - | 1·3 13 51 15 |

五 十六个星座　　五十六枝花,　　五十六族兄弟姐妹

女合 ‖: 0 0 0 {3 1 / 1 5} | 0 0 0 56 1 | 1 - - 3 |

星座　　　　阿侃啰 嗨　　　啊!

5 35 31 2 - | 1·3 13 53 0 | 51 15 6 - |

是 一 家;　　五十六种语言　　汇成一句话,

3 1 0 5 25 | 3 0 0 0 {3 1 / 1 5} | 0 5 6 - 0 3 4 - |

阿侃啰 嗨　　　　语言　　啊!

330

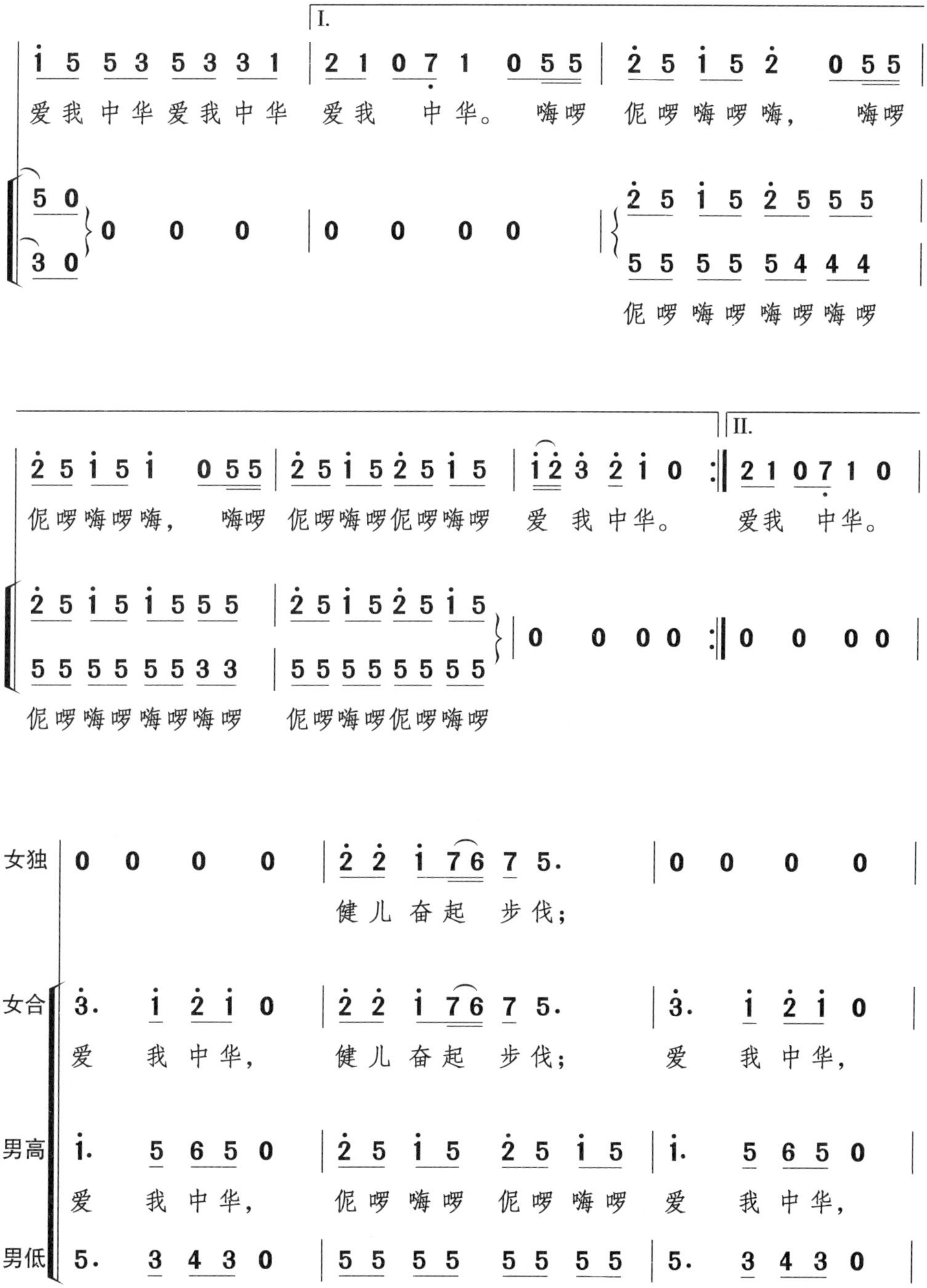
I.
爱我中华爱我中华 爱我 中华。嗨啰 侃啰嗨啰嗨， 嗨啰
侃啰嗨啰嗨啰嗨啰
II.
侃啰嗨啰嗨， 嗨啰 侃啰嗨啰侃啰嗨啰 爱 我 中华。 爱我 中华。
侃啰嗨啰嗨啰嗨啰 侃啰嗨啰侃啰嗨啰
女独
健儿奋起 步伐；
女合
爱 我中华， 健儿奋起 步伐； 爱 我中华，
男高
爱 我中华， 侃啰嗨啰 侃啰嗨啰 爱 我中华，
男低

$$
\begin{array}{l}
\underline{\dot{2}\,\dot{2}}\;\underline{\dot{1}\,7}\;\underline{6\,7}\;7\cdot\quad|\;0\quad0\quad0\quad0\quad|\;\underline{\dot{2}\,\dot{2}}\;\underline{\dot{1}\,7}\;\underline{6\,7}\;5\cdot\quad|
\end{array}
$$

建设 我 们 的 国 家; 　　　　　　　中 华 雄 姿 英 发;

$$
\underline{\dot{2}\,\dot{2}}\;\underline{\dot{1}\,7}\;\underline{6\,7}\;7\cdot\quad|\;3\cdot\;\underline{\dot{1}}\;\underline{\dot{2}\,\dot{1}}\;0\quad|\;\underline{\dot{2}\,\dot{2}}\;\underline{\dot{1}\,7}\;\underline{6\,7}\;5\cdot\quad|
$$

建设 我 们 的 国 家; 爱 我 中 华, 中 华 雄 姿 英 发;

$$
\underline{\dot{2}\,5}\;\underline{\dot{1}\,5}\;\underline{\dot{2}\,5}\;\underline{\dot{1}\,5}\;|\;\dot{1}\cdot\;\underline{5}\;\underline{6\,5}\;0\quad|\;\underline{\dot{2}\,5}\;\underline{\dot{1}\,5}\;\underline{\dot{2}\,5}\;\underline{\dot{1}\,5}\;|
$$

伲 啰 嗨 啰 伲 啰 嗨 啰 爱 我 中 华, 伲 啰 嗨 啰 伲 啰 嗨 啰

$$
\underline{5\,5}\;\underline{5\,5}\;\underline{5\,5}\;\underline{5\,5}\;|\;5\cdot\;\underline{3}\;\underline{4\,3}\;0\quad|\;\underline{5\,5}\;\underline{5\,5}\;\underline{5\,5}\;\underline{5\,5}\;|
$$

$$
0\quad0\quad0\quad0\quad|\;\underline{\dot{2}\,\dot{2}}\;\underline{\dot{1}\,7}\;\underline{\dot{2}\,\dot{2}}\;\underline{\dot{1}\,7}\;|\;\underline{\dot{2}\,\dot{2}}\;\underline{\dot{1}\,7}\;\underline{\dot{2}\,\dot{2}}\;\underline{\dot{1}\,7}\;|
$$

　　　　　　　五 十 六 族 兄 弟 姐 妹 五 十 六 种 语 言 汇 成

$$
3\cdot\;\underline{\dot{1}}\;\underline{\dot{2}\,\dot{1}}\;0\quad|\;\underline{\dot{2}\,\dot{2}}\;\underline{\dot{1}\,7}\;\underline{\dot{2}\,\dot{2}}\;\underline{\dot{1}\,7}\;|\;\underline{\dot{2}\,\dot{2}}\;\underline{\dot{1}\,7}\;\underline{\dot{2}\,\dot{2}}\;\underline{\dot{1}\,7}\;|
$$

爱 我 中 华, 五 十 六 族 兄 弟 姐 妹 五 十 六 种 语 言 汇 成

$$
\dot{1}\cdot\;\underline{5}\;\underline{6\,5}\;0\quad|\;\underline{7\,7}\;\underline{7\,7}\;\underline{7\,7}\;\underline{7\,7}\;|\;\underline{7\,7}\;\underline{7\,7}\;\underline{7\,7}\;\underline{7\,7}\;|
$$

爱 我 中 华, 五 十 六 族 兄 弟 姐 妹 五 十 六 种 语 言 汇 成

$$
5\cdot\;\underline{3}\;\underline{4\,3}\;0\quad|\;\underline{5\,5}\;\underline{5\,5}\;\underline{5\,5}\;\underline{5\,5}\;|\;\underline{5\,5}\;\underline{5\,5}\;\underline{5\,5}\;\underline{5\,5}\;|
$$

(间奏略)

$$
\underline{\dot{2}\,5}\;\underline{0\,\dot{2}}\;\underline{\dot{1}}\;0\;|\;\underline{4}\;\underline{3}\;\underline{\dot{2}\,\dot{1}}\;0\;\|\;0\quad0\quad0\quad0\quad|
$$

一 句 话, 爱 我 中 华!

$$
\underline{\dot{2}\,5}\;\underline{0\,\dot{2}}\;\underline{\dot{1}}\;0\;|\;\underline{4}\;\underline{3}\;\underline{\dot{2}\,\dot{1}}\;0\;\|\;0\quad0\quad0\quad0\quad|
$$

一 句 话, 爱 我 中 华!

$$
7\quad\underline{0\,7}\;\underline{\dot{1}}\;0\;|\;\underline{7}\;\underline{7}\;\underline{7\,5}\;0\;\|\;0\quad0\quad0\quad0\quad|
$$

一 句 话, 爱 我 中 华!

$$
5\quad\underline{0\,4}\;\underline{3}\;0\;|\;\underline{5}\;\underline{5}\;\underline{4\,3}\;0\;\|\;0\quad0\quad0\quad0\quad|
$$

Fine

332

转1 = ♭E

女合 ‖: 0　0　1.3 1 3 | 5 3 0　5 1 2 5 | 3　0　1.3 1 3 |
　　　　　　　五 十 六 个　星 座　　五 十 六 枝　花，　　五 十 六 族

男合 ‖: 1.3 1 3 5 3 0 | 5 1 2 5 3　－ | 1.3 1 3 5 i i 5 |
　　　　五 十 六 个 星 座　　五 十 六 枝 花，　　五 十 六 族 兄弟　姐妹

5 i　i 5 5 3 5 3 2 | 1　0　1.3 1 3 | 5 3 0　　4 1 4 6 |
兄弟　姐妹 是　一　家；　　五 十 六 种　语言　　汇 成 一 句

5 3 5 3 1 2.　0 | 1.3 1 3 5 3 0 | 5 1 i 5 6　－ |
是　一　家；　　五 十 六 种 语言　　汇 成 一 句 话，

I.
i 5 5 3 5 3 3 1 | 2 1 0 7 1　0 5 5 | 2 5 i 5 2　0 5 5 |
爱我中华爱我中华　爱 我　中华。　嗨 啰　侬 啰嗨 啰嗨　嗨 啰

i 5 5 3 5 3 3 1 | 2 1 0 7 1　0 5 5 | 5 2 5 2 5　0 5 5 |

2 5 i 5 i　0 5 5 | 2 5 i 5 2 5 i 5 | i 2 3 2 i 0 ‖: 2 1 0 7 1 0 |
侬 啰嗨 啰嗨　嗨 啰　侬 啰嗨 啰侬 啰嗨 啰　爱 我 中华。　爱我 中华。

II.
5 2 5 2 5　0 5 5 | 5 2 5 2 5 2 5 2 | 5　5 4 3 0 ‖: 2 1 0 7 1 0 |

女高 ‖ 3.　i 2 i 0 | 2 2 i 7 6 7 5 0 | 3.　i 2 i 0 |

女低 ‖ 5.　3 4 3 0 | 5 5 5 4　4 4 0 | 5.　3 4 3 0 |
爱　我 中华，　健儿奋起　步伐；　爱　我 中华，

男高 ‖ 3.　i 2 i 0 | 2 2 i 7 6 7 5 0 | 3.　i 2 i 0 |

男低 ‖ i.　5 6 5 0 | 7 7 7 5 2　5 5 0 | i.　5 6 5 0 |

$\overset{.}{2}\,\overset{.}{2}\,\overset{.}{1}\,76\,7\,7\cdot\quad|\overset{.}{3}\cdot\quad\overset{.}{1}\,\overset{.}{2}\,\overset{.}{1}\,0\quad|\overset{.}{2}\,\overset{.}{2}\,\overset{.}{1}\,76\,7\,5\cdot\quad|$

$5\,5\,4\,33\,2\,2\cdot\quad|5\cdot\quad3\,4\,3\,0\quad|5\,5\,4\,4\quad2\,2\cdot\quad|$

建设 我 们的国家； 爱 我 中华， 中华 雄姿 英 发；

$\overset{.}{2}\,\overset{.}{2}\,\overset{.}{1}\,76\,5\,5\cdot\quad|\overset{.}{3}\cdot\quad\overset{.}{1}\,\overset{.}{2}\,\overset{.}{1}\,0\quad|\overset{.}{2}\,\overset{.}{2}\,\overset{.}{1}\,76\,7\,5\cdot\quad|$

$7\,7\,5\,55\,5\,5\cdot\quad|\overset{.}{1}\cdot\quad5\,6\,5\,0\quad|7\,7\,5\,2\quad5\,5\cdot\quad|$

$\overset{.}{3}\cdot\quad\overset{.}{1}\,\overset{.}{2}\,\overset{.}{1}\,0\quad|\overset{.}{2}\,\overset{.}{2}\,\overset{.}{1}\,7\,\overset{.}{2}\,\overset{.}{2}\,\overset{.}{1}\,7\quad|\overset{.}{2}\,\overset{.}{2}\,\overset{.}{1}\,7\,\overset{.}{2}\,\overset{.}{2}\,\overset{.}{1}\,7\quad|$

$5\cdot\quad3\,4\,3\,0\quad|5\,5\,5\,5\,5\,5\,5\,5\quad|5\,5\,5\,5\,5\,5\,5\,5\quad|$

爱 我 中华， 五十六族兄弟姐妹 五十六种语言汇成

$\overset{.}{3}\cdot\quad\overset{.}{1}\,\overset{.}{2}\,\overset{.}{1}\,0\quad|\overset{.}{2}\,\overset{.}{2}\,\overset{.}{1}\,7\,\overset{.}{2}\,\overset{.}{2}\,\overset{.}{1}\,7\quad|\overset{.}{2}\,\overset{.}{2}\,\overset{.}{1}\,7\,\overset{.}{2}\,\overset{.}{2}\,\overset{.}{1}\,7\quad|$

$\overset{.}{1}\cdot\quad5\,6\,5\,0\quad|7\,7\,7\,7\,7\,7\,7\,7\quad|7\,7\,7\,7\,7\,7\,7\,7\quad|$

(间奏略)

$\overset{.}{2}\,5\,0\,\overset{.}{2}\,\overset{.}{1}\,0\quad|\overset{.}{4}\,\overset{.}{3}\,\overset{.}{2}\,\overset{.}{1}\,0\quad|0\quad0\quad0\quad0\quad\|$

$5\quad0\,5\,3\,0\quad|5\,5\,5\,5\,0\quad|0\quad0\quad0\quad0\quad\|$

一 句话， 爱 我 中 华。

$\overset{.}{2}\,5\,0\,\overset{.}{2}\,\overset{.}{1}\,0\quad|\overset{.}{2}\,7\,7\,\overset{.}{1}\,0\quad|0\quad0\quad0\quad0\quad\|$

$7\,5\,0\,7\,\overset{.}{1}\,0\quad|7\,5\,4\,3\,0\quad|0\quad0\quad0\quad0\quad\|$

D.C.